最后一单酒
Last Orders

[英]格雷厄姆·斯威夫特 著 郭国良 陈礼珍 译

北京燕山出版社

目 录

译序 / 001

伯蒙德西 / 002
雷 / 006
伯蒙德西 / 010
雷 / 013
老肯特路 / 017
埃米 / 019
十字路口 / 020
文斯 / 021
雷 / 024
黑荒原 / 027
文斯 / 030
雷 / 035

伦尼 / 037

达特福德 / 043

雷 / 047

文斯 / 056

伦尼 / 060

文斯 / 064

格雷夫森德 / 067

维克 / 071

雷 / 079

文斯 / 085

雷 / 090

文斯 / 093

罗切斯特 / 097

雷 / 107

查塔姆 / 109

维克 / 112

雷 / 116

文斯 / 118

伦尼 / 118

雷 / 121

文斯 / 122

伦尼 / 123

查塔姆 / 124

维克 / 127

威克农场 / 128

雷 / 135

曼迪 / 136

文斯 / 147

雷 / 150

伦尼 / 156

威克农场 / 159

雷 / 161

文斯 / 163

雷 / 167

坎特伯雷 / 169

伦尼 / 171

维克 / 172

文斯 / 173

雷 / 175

雷的规则 / 177

伦尼 / 177

维克 / 180

雷 / 180

伦尼 / 181

维克 / 184

雷 / 192

坎特伯雷 / 197

维克 / 198

埃米 / 198

雷 / 201

埃米 / 203

维克 / 210

雷 / 211

埃米 / 218

雷 / 221

马盖特 / 226

文斯 / 228

埃米 / 230

马盖特 / 231

埃米 / 236

雷 / 241

杰克 / 246

马盖特 / 247

译序

郭国良　陈礼珍

格雷厄姆·斯威夫特（Graham Swift, 1949—　）在一九六七年离开生活与学习了十多年的伦敦，去剑桥大学读书，在此期间开始萌发文学创作的意愿。一九七〇年，他进入约克大学攻读博士学位，研究十九世纪英国小说中的城市问题，但是他对学术研究并没有多少兴趣，将精力都用在了写作之上。一九七三年，斯威夫特放弃了学业，前往希腊当了一年英语教师。回伦敦以后，他主要以教书为业，后来逐渐成为职业作家。

经过数年的蛰伏和沉淀，斯威夫特以紧凑的节奏接连推出《糖果店主》（*The Sweet-shop Owner*, 1980）、《羽毛球》（*Shuttlecock*, 1981）和《水之乡》（*Waterland*, 1983）三部长篇小说，在英国小说界声名鹊起。他的《水之乡》获得多个文学机构颁发的奖项，还入围了代表当代英语小说界最高荣誉的"布克奖"最终候选名单，他由此成为英国知名的青年作家。之后，斯威夫特又发表了

《世外桃源》（*Out of This World*，1988）和《从此以后》（*Ever After*，1992），在读者、评论界和媒体上均受到广泛关注，但是离名誉的高峰似乎还差一步之遥。一九九六年，斯威夫特出版了《最后一单酒》（*Last Orders*，又译为《杯酒留痕》《遗言》或《遗愿》），一举夺得了当年的"布克奖"。斯威夫特此时真正破茧而出，熠熠生辉于英国文坛。

《最后一单酒》的英文名"Last Orders"是双关语，既指酒店打烊前最后一轮点单，又指最后的遗愿。这是一本关于死亡的书。此书绝大部分章节都以人物为名，采用多重声音叙述，不同人物轮番出场，倾诉自己的故事，所有人的声音交织在一起，结成一张跟已故的杰克·多兹有关的回忆之网。随着叙事进程的推进，书中人物之间的纠结关系与爱恨情仇的拼图慢慢成型。小说开始时，"主人公"杰克·多兹已经去世，但是全书的情节却围绕他展开，他是全书不在场的"中心"。死者并未真正远去，在小说的叙事空间内，他一直在对生者施加影响，存活于生者的回忆中，这些回忆使得他们认清了生活的本质。

全书描绘出众多亲人和朋友跟杰克·多兹人生轨迹的悲喜交集处。斯威夫特用的是克制的笔调，有时甚至略带荒诞的喜感。杰克·多兹的离世没有在生者心里引发过度的悲伤。即便本书主题是死亡与葬礼，但斯威夫特也甚少使用悲情的手法。在斯威夫特笔下，死亡被赋予一种坚硬的现实感：对死者，它是生命的归宿；对生者，它是生活中的现实事件。死亡是自然的过程，是离别，使人伤感，也带来解脱和宽慰。

斯威夫特在《最后一单酒》里延续了此前多部作品都情有独

钟的做法：描写自己熟悉的伦敦街景。《最后一单酒》充满了英伦气息，一群老友在伦敦市区度过了大半辈子，他们在肉铺、蔬果店、赛马场和酒吧里过着平凡的日子。小说开始时，他们在伦敦东南部伯蒙德西的一家酒吧相见，准备起程护送老友杰克·多兹的骨灰去东边的马盖特海滨举行海葬。这是一本关于旅行的书。除了以人为名之外，其他章节以地为名，构成一条从伦敦南区朝马盖特海边行进的葬礼路线。雷、文斯、维克和伦尼一行四人带着杰克的骨灰一路经过罗切斯特、查特哈姆、威克农场和坎特伯雷，他们一路走走停停，最后到达海边。在这条实际的旅行路线之下还隐藏着一段心灵的旅行——杰克的朋友和家人在此期间对各自人生旅程的回忆。

斯威夫特用平淡的笔调和简洁的叙事结构描绘了一群处于社会边缘的普通人以及他们跨越大半生的爱恨情仇。和二十世纪后期的很多小说家一样，斯威夫特在小说中不事体系，消解了宏大叙事，将焦点放在一群平凡至极的老年人身上。书中描写的人物大都是生活在英国伦敦市区的底层工人阶级，他们中间有屠夫、殡仪馆从业者、赌徒、蔬果店店主、二手车商人、单身母亲以及失智人士。斯威夫特用笔锐利透髓，剖开生活平静的表皮，触及到内心深处的创伤之痛与情感之苦。琐碎的日常与充满劳绩的生活早已将这些苦痛碾进灵魂的裂隙里，杰克·多兹的海葬之旅就像一道亮光，照进家人和朋友的记忆深处。《最后一单酒》看似凌乱的叙述声音从不同角度丰富了读者对书中人物的认知，透视出他们心中的欲望与挣扎。在现实生活的沉闷帷幕下，每个人都执着于不同的信念，慢慢活成了属于自己的人生。人生是一片杂糙的图景,从来不该单调,也不需要追求纯粹,《最后一单酒》各个人物诉说了温馨的回忆和暖暖的情谊,同时也没有避讳人生暗角中的欲望煎熬和龌龊的隐私。这是一本关于人生纠葛的书。

《最后一单酒》要讲述的是发生在一天之内的故事,然而斯威夫特却花了数年时间构思和写作。本书的构造程式和主体思想中含有向福克纳的《当我弥留之际》、乔伊斯的《尤利西斯》、托马斯·布朗的《瓮葬》、乔叟的《坎特伯雷故事集》等众多经典名著致敬的成分。斯威夫特意识到在之前的《水之乡》等小说中有些"用力过猛",于是在《最后一单酒》里刻意淡化了戏剧冲突,将行动和故事的叙事性大幅削减,转而追求对内心情感与思想的描写,让各种人物的声音直接言说,留下灵魂闪现的时刻。斯威夫特在书中的长处不在于华丽的辞藻或者巧智的隽语,而体现在对叙事节奏缓急有度的优雅掌控、错落而又精巧的多视角剪裁呈现手法、对日常生活气息的细节洞察力、整体氛围的营造方式和以淡写浓的情感刻画方法之中。

本书基本以回忆的形式呈现,不断使用插叙和闪回,不同章节有不同的叙述视角,都用第一人称"我"的叙述声音,给阅读增加了一定难度。出于人物性格的设定,有些段落的叙事难免显得琐碎或者过于精练,有些地方还运用了意识流手法,个别语句没有完整的语法,甚至没有空格,以不加标点的方法表现人物在回忆时的跳跃式思维和不间断的意识流程。其中很多都是书中人物对英国本地风貌和街景的呢喃呓语,因为文化差异问题,中国读者理解起来或许会有一定困难。为了保持原文特色,我们在翻译过程中将这些形式保持了原样,并没有进行省略或归化,以遵从斯威夫特致力于描写伦敦本地生活和英国特性的文学愿景。

斯威夫特不愿意让故事中的人物去"追寻"人生或者生命的意义,尽管我们经常想当然地认为必须有个意义或目的。他认为人生的奇妙之处在于它永远使人困惑不解,在于它并没有任何意义或目的。《最后一单酒》描写了一群生活在平庸时代的普通人,他们处于社会边缘和人生暮年的夹缝中,过着并不十分体面的生活。但是他们每天都在踏实而倔强地活着,感受着,思考着,让人无法蔑视这些卑微的人生。大部分时候,斯威夫特笔下的人物都以克制的态度和淡淡的语气讲述故事,有些地方甚至掺入了粗粝的幽默感,但是情感的暗流一直在文字中间涌动。随着旅程越来越接近海葬地点,情感不断在集结和流动,到文章最后送别的那一刻喷涌而出,却又戛然而止,恰到好处。

《最后一单酒》纷繁穿插的叙述声音之下深藏着一群普通伦敦老年市民的苦涩人生。杰克·多兹的海葬仪式触发了他们的缅怀之意,随之涌起的还有他们曾经的青春与躁动、温情与浪漫,还有失落与郁闷。所有的一切全都化成缕缕回忆,在不同的叙述声音里袅袅升起,虽然终将消失,但是谁都无法否认它们曾经存在过,在此时,在此地。

打烊在即,离别时刻终将来临。杯酒将尽,而回忆留痕。

此中译本多年前曾由译林出版社出版,现又再度由蓬蓬勃勃的北京燕山出版社推出,进入其"天下经典"系列,实乃幸事快事。趁重版之际,我们对原译做了少量修订,特此说明。在此,也向策划和责任编辑深表谢意。

献给艾尔

人乃高贵之灵物,成灰也庄严,入土亦煊赫。

——托马斯·布朗①:《瓮葬》

我就喜欢在海滨之边。

——约翰·格拉弗-凯德②

---

① 托马斯·布朗(1605—1682),英国作家、医生,著有散文《一个医生的宗教信仰》、《瓮葬》等,以巧智、修辞艺术和玄学思辩闻名。
② 约翰·格拉弗-凯德(1880—1918),英国作曲家,他于一九〇七年创作的海滨歌曲《我就喜欢在海滨之边》曾在英国风靡一时,传遍大街小巷。

伯蒙德西

这是不平常的一天。

伯尼倒了一扎啤酒,放在我面前。他看了看我,那张松弛下垂的脸现出迷惑的神情,但他知道我不想聊天。酒吧开门才五分钟,我就来了,就为了静静地喝杯酒,坐坐。尽管葬礼已是五天前的事情了,但他还能看到我那条黑领带。我给了他五块钱,他放到钱柜里,给我找了零。他一边看着我,一边格外小心翼翼地把硬币放在紧靠我酒杯的吧台上。

"再也不能像过去一样了,对吧?"他摇着头说,目光顺着吧台望向远处,犹如望向无人之地。"再也不能像过去一样了。"

"你没有看到他走的那一刻。"我说。

"你说什么啊?"他问。

我啜了一口啤酒沫,说:"我说你连他最后一面都没见到呢。"

他皱了皱眉,用手摸着脸颊,看着我。"当然了,阿雷。"他说完就走到吧台那边去了。

其实我压根没想要拿这事开玩笑。

我喝了一大口杯中的酒,点上一支烟。除了我,这里还有三四个早早就来了的酒客,此时并不是气氛最好的时候,冷冰冰的,一股消毒药水的味道弥漫其间,而且显得过于空旷。一束斑驳的阳光透过窗户照射进来,让人不禁想起教堂。

我坐在那儿,看着高挂在吧台后方的那只旧钟。托司酒、斯莱特里酒、克洛克梅克酒、索斯沃克酒。它们成排地陈列在酒架上,颇像风琴管。

伦尼是第二个到的。他没系黑领带,他压根就没系什么领带。他快速地打量了一下我的衣着,我们俩都觉得自己弄错了。

"伦尼,我给你要杯酒吧?"我说。

"这真是意想不到的事啊!"他说。

伯尼走了过来。"这么早,改时间了?"他问。

"早上好!"伦尼说。

"给伦尼来一杯。"我说。

"伦尼,我们都退休了,对吗?"伯尼问。

"我已经老了,不是吗,伯尼?我不像阿雷那样,闲人一个。我有果蔬生意要去打理。"

"但今天就不必了吧?"伯尼问。

伯尼倒了一杯酒来,然后又到吧台那边去了。

"你还没有告诉他吗?"看着走远的伯尼,伦尼问。

"还没呢。"我看了看啤酒,又看了看伦尼,答道。

伦尼扬了扬眉毛,脸涨得发红。他的脸每次都这样,就像受了伤要出血似的。他拉了拉他那没系领带的衣领。

"真想不到啊,"他说,"埃米不来了吗?我是说她还没改变主意吗?"

"是的,"我说,"我想得全靠我们这几个老朋友了。"

"那毕竟是她的丈夫啊。"他说。

他拿起酒杯,但并不急着喝,似乎今天连喝啤酒也有不同的规矩。

"我们上维克家去吗?"他问。

"不用了,他马上就来。"我回答说。

他点了点头,举起酒杯正要往嘴边送,半途中又突然停了下来。他的眉毛扬得更高了。

我说:"维克会来这儿。带着杰克来。喝吧,伦尼。"

维克不到五分钟后到了。他系着一条黑领带,这是意料之中的事,因为他是从事殡葬业的,他刚从殡仪馆回来。但是他没穿整套工作服而是穿着一件淡黄褐色雨衣,一顶扁平的帽子从一只口袋里露出来,似乎他刻意要表明这一点:他是我们中的一员,这不是在履行公事,这是两码事。

"早上好!"他说。

我一直在想象他会带什么来。我敢说伦尼也和我一样。比如说,我脑海里浮现出这样的景象:维克打开酒吧的门,捧着一只镶有黄铜饰品的橡木骨灰盒,神情肃穆地走进来。然而他夹在腋下带来的,只是一只很普通的牛皮硬纸盒,大约一英尺高、六英寸见方。他看起来就像是刚逛了一圈商店后买回了一套浴室瓷砖。

他在伦尼旁边的凳子上坐了下来,把纸盒放在吧台上,脱下了雨衣。

"刚出炉的。"他说。

"这就是吗?"伦尼看着他问,"这是他吗?"

"是的,"维克答道,"我们喝点什么呢?"

"里面是什么呀?"伦尼问。

"你觉得呢?"维克反问。

他把盒子转了一圈,因而我们能看到盒子的一侧用透明胶带纸粘着一张白纸。上面写着日期、编号和名字:杰克·阿瑟·多兹。

伦尼接着说:"我的意思是,他不只是装在一个盒子里,对吗?"

听到这个,维克拿起纸盒,用拇指弹开了盒子顶部的盖口。"我来杯威士忌,"他说,"我想今天是喝威士忌的日子。"

他在盒子里摸了摸,然后慢慢地拿出一只塑料坛子。它看起来像一只大的速溶咖啡瓶,有同样的拧盖。但它不是玻璃做的,而是一只古铜色略带反光的塑料坛子。盖子上面又有一个标签。

"拿着。"维克说着就把坛子递给了伦尼。

伦尼接过坛子,举棋不定,好像他没准备好去接却又不得不接,又好像他应该先洗洗手似的。他似乎没想到坛子会这么沉。他坐在酒吧的高脚凳上,捧着坛子,不知该说什么,但我觉得他跟我一样在想着同样的问题:坛子里面装的是否全是杰克的骨灰,还是混有其他那些在杰克前后焚化者的骨灰?这样一来,伦尼就可能正捧着一些杰克的骨灰和一些,比如说:某某人妻子的骨灰。但就算骨灰是杰克的,那会是他的全部骨灰,还是坛子里能装多少他们就装了多少呢——他可是一个大块头。

他说:"这看起来不太可能,对吗?"然后就把坛子递给了我,一副跃跃欲试的样子,好像这是晚会中的一个游戏。猜猜坛子有多重。

"很重啊。"我说。

"塞得很满呢。"维克说。

我觉得我的骨灰可能还装不满这个坛子,因为我个子偏小。我思忖着打开盖子不太好吧。

我把它递回给了伦尼。伦尼又把它递回给了维克。

维克问:"伯尼去哪儿了?"

维克是一个高大魁梧的大块头,那种在做事情前要先搓一下手的人。他的手总是非常干净。他手捧坛子看着我,好像刚送给我一个礼物似的。知道你的殡仪员就是你自己的至交真是一种安慰。对杰克来说,这一定是一种安慰。知道你的至交会给你做好殓葬准备,装好骨灰,并安排好一切后事真是一种慰藉。所以,最好维克死在我们后头。

对杰克来说，这也一定是一种慰藉：他有自己的店铺，"多兹氏祖传，家庭肉店"；而街对面的就是维克的店铺，"塔克氏家传，殡仪服务"，店铺的橱窗里摆放着蜡花、大理石墓碑以及在鞠躬的天使。这样的搭配不仅是一种慰藉、一种激励，而且也甚相宜，因为一边有死去的动物，另一边有僵死的人。

也许这就是杰克从来没有想过挪窝的原因吧。

雷

我曾对杰克说："它从来都没挪到别的什么地方去。"杰克问："你说什么，阿雷？我听不到。"他正探身靠近文斯。

那时已临近关门打烊的时候了。

我说："人们都把这店叫作车马店，但它从没挪到过别的什么地方。"

"什么啊？"他又问。

我们坐在吧台边，老地方。伦尼、杰克、文斯和我都在。那天是年轻的文斯的生日，四十岁生日，因此我们都喝醉了。如果推算起来，这也恰逢车马店的百年诞辰。我正盯着那个老钟看——顶部周围的黄铜字：**车马店**，斯拉特雷　一八八四。这是我头一次琢磨这些字。此时，文斯正痴痴地盯着伯尼·斯金纳新招的酒吧女郎，叫布伦达还是格伦达来着。确切地说，他是在盯着她绷得紧紧的裙子，她站着就像坐着一样。

我也不例外，不光是看着那个挂钟。

杰克说："文斯，你的眼珠子都快鼓出来了。"

文斯回答说:"她的屁股也一样。"

杰克笑了。你可以想象我们是多么希望能像文斯那样年轻啊。

我好长时间都没看到杰克和文斯这样亲密了。他不得不表现出亲热的样子,也许是因为今天是文斯的生日,假如今天真是他的生日的话。因为当晚伦尼与我在小便时碰到了,他对我说:"你想过他怎么知道今天是他的生日吗?杰克和埃米都不是见证人,对吗?他们没有任何的凭证。我爱人乔安一直认为埃米只是胡乱掐了三月三日这个日子。我猜四月一日愚人节会更好,不是吗?"

伦尼是个经常搬弄是非的人。

我们站在那儿一边撒尿一边摇来晃去,我说:"是啊,这些年来我从没怀疑过。"

伦尼说:"不过,最近我也忘了自己的生日。我们这伙人早就过了四十岁了,对不对啊,阿雷?"

"老早就过了。"我答道。

伦尼说:"可不能嫉妒别人风华正茂哦。"他拉上拉链,摇摇摆摆地回到了酒吧。我还站在那里看着小便池发愣。

我说:"用那样的名字来称呼酒吧真是傻里傻气的。"

杰克说:"什么名字?"

我说:"车马店,车马店,我不是说了嘛。"

文斯一边看着布伦达,一边:"阿雷只是在开玩笑。"

"当它一直纹丝不动时,也能叫作'车马店'?"

杰克说:"好了,阿雷,得由你来赶马。你对马不是很有一套吗?你应当告诉那儿的老伯尼,叫他用力甩鞭子。"

文斯说:"她随时都可以来甩我的'鞭子'。"

杰克说:"那样,即使曼迪不来敲你的头,我也要敲的。"

他这话说得正是时候，因为不过半分钟的时间曼迪本人就进来了，开车来接文斯回家。她站在杰克旁边，与埃米和乔安一起拉家常。文斯没看到她，而是看着别的东西，但杰克和我看到了，却没有吱声。她走到文斯身后，用手捂着他的脸说："嘿，睁大眼睛，猜猜我是谁？"

她已经没有布伦达那样的身材了，但对一个年近四十的女人来说她已经算不错了。最起码她的衣着就很不错，黑色蕾丝上衣外面套着一件红色的皮夹克。她说："我来接你，小寿星。"文斯抓住她的一只手，假装要咬它一口。今天他系着一条他最喜欢的领带：蓝黄相间的曲线条纹图案，松松地打着结。他轻轻地咬着曼迪的手。她把手从他脸上收回来，假装要去挠他的胸口。他们俩起身要走的时候，我们看着他们走到门口，伦尼此时就说："嗬，如漆似胶啊？"一边说着，一边不由得咂了咂嘴。

但还没等他们离开，杰克就说："不跟我亲一个吗？"曼迪笑着说："当然可以啦，杰克。"在众目睽睽之下，她用手臂拢着杰克的脖子，好像真是那么回事似的，然后给了他两个湿湿的吻，两边脸颊一边一个。当她踮起脚尖的时候，我们都看到杰克的手绕过去拍她的屁股。他的手掌真大。我们看到曼迪的一只脚后跟都从鞋子里抬出来了。我猜她去埃米家时喝了不少。然后，杰克晃动身子让她松了手，对曼迪说："好了好了，走吧。"又指着文斯对她说："把这个小丑一样的家伙也给带走。"

这时杰克与文斯对视了一下，杰克说："生日快乐，儿子。很高兴见到你。"好像他并非想见就能见到他似的。"杰克，晚安！"文斯说着把挂在酒吧衣帽钩上的夹克拿了下来，他停了一下，似乎伸手想与杰克握一下。就当是一种宽容和谅解吧。但他却把手搭在了杰克的肩膀上，好像他需要搀扶似的。但我从杰克的表情得知，他迅速地捏了一下杰克。

杰克说："你只剩一个小时了。"

曼迪说："所以得好好利用它啊。"

伦尼说："一定要。"

文斯说："这就要看你的运气了！"

曼迪使劲拉着文斯的手臂，而文斯则不慌不忙地拿起酒杯喝完了杯中酒，说道："要我说，就让他们挨饿。"说着他用衣袖擦了一下嘴。"非那样不行。"

伦尼说："老兄，你已经老了。酒吧打烊前回去，而且你得有辆车送你回去。"

我说："车马要开走了。"

伦尼说："曼迪，别理阿雷，他今天走背运，下错了赌注。你就睡你的大头觉吧，曼迪。"

她那件红夹克与伦尼的脸色反差很大。

曼迪说："伙计们，晚安。"

杰克笑着说："孩子们，晚安。"

当他们离开时，文斯用手肘轻轻地碰了一下曼迪的背，大家都看得出他们是这个酒吧里唯一有富贵相的人。外面停着一辆高档车，是他们做生意赚来的。家里还有一个可爱的小女儿等着他们，十四岁。不过她侧面看起来像有十八岁了。

"哎，好一对鸳鸯啊！"伦尼用手挠着一只空杯子，问："今天谁牵头啊？"杰克答道："我。"那样子好像今天也是他的生日似的。

就要打烊关门了，想要什么就快点喽。伯尼使劲敲着铃，好像那不是一辆马车，而是一辆消防车似的。即使那一刻它一动也不动。烟雾、喧哗和谈笑声弥漫了整个酒吧。布伦达在弯腰清理吧台上溢出的酒渍。现在是星期六晚上。我说:"今年有一百年了,有人注意到了吗?"

杰克问:"什么一百年啊?"

"酒吧,车马店,看看钟。"我回答说。

杰克说:"现在是十一点差十分。"

"但它从没挪到别的什么地方,对吗?"

"这只挂钟吗?"

"车马店,车马店。"

杰克说:"阿雷,你觉得它该去向哪里呢?你觉得这车马店究竟该把我们带到哪里去呢?"

伯蒙德西

维克拿起坛子,准备小心地把它放回盒子里,但这不是件容易的事。盒子从他腿上滑落到了地上,于是,他把坛子放到吧台上。

它大约与酒杯一般大小。

他说:"伯尼!"

伯尼在吧台的另一边忙着,像往常一样把汗巾搭在肩头。他转身向我们走来。他刚要对维克说点什么,突然看到了放在伦尼杯子旁的坛子。他停了一下,问:"那是什么?"不过似乎他已经知道答案了。

"那是杰克,"维克说,"杰克的骨灰。"

伯尼看看坛子,又看看维克,然后快速扫了一眼整个吧台。他当时的表情和他平时在决定撵走一个不受欢迎的顾客——这可是他的拿手好戏——时的表情没什么两样。他似乎变得很激动。然后,他又平静了下来,近乎有点害羞。

"那是杰克?"他问,凑上来,似乎那坛子会回复他,似乎它会说:"你好,伯尼。"

"天哪,"伯尼说,"他在这儿做什么?"

于是,维克解释了一番。由他来解释再合适不过了,因为他是专业人士。要是由伦尼或我来解释,听起来可能就像堆胡话了。

接着,我就说:"我们认为他应该最后一次来车马店看一看、瞧一瞧。"

"我明白了。"伯尼说,似乎他并不明白。

"真是没想到啊。"伦尼说。

维克说:"伯尼,给我来一大杯苏格兰威士忌。你也来一杯吧。"

"我会的,谢谢,我会的,维克。"伯尼说,既若有所思又满怀敬意,似乎来杯威士忌是适宜的,而且拒绝殡仪员的邀请也不太好。

他从架子上拿了两个杯子,把一个对紧酒瓶,斟了两下,然后又给自己斟了一下。他转身把多的那杯推过去给了维克。维克递了五块钱过去,但伯尼举起一只手。"我做东,维克,我做东,"他说,"并不是天天都如此,对吗?"然后他举起酒杯,看着坛子,似乎想豪言壮语一番,但他却说:"天哪,一个半月前他还坐在那儿呢。"

我们都盯着自己的酒杯。

维克说:"来,敬他。"

我们举起酒杯,喃喃道着。杰克杰克杰克。

"维克,也敬你一杯,"我说,"星期四那天你做得很好。"

"确实很棒。"伦尼说。

"甭提了，"维克说，"埃米怎样？"

"还撑得住。"我说。

"她来不来，有没有改变主意？"

"不来，她要像往常一样去看琼。"

大家陷入一片沉默。

维克说："这是她的最后决定，是吗？"

伦尼把鼻子靠在杯子上，似乎不打算说点什么。

伯尼看看坛子又担忧地看看吧台四周。他看着维克，但似乎不想弄得大惊小怪。

"说得对，伯尼。"维克说，然后拿起了坛子。他弯腰去捡那个掉在地上的盒子。"影响了你的生意，是吗？"

"也影响你的生意，维克。"伦尼说。

维克小心地将坛子放回盒中。斯拉特雷的钟已指向十一点二十分了。感觉没那么拘谨了。更多的赌客走了进来。有人放起了音乐。总有一天要回来，一定要回来，来到蓝色小海湾……好多了，好多了。

红木桌上开始有了酒杯圆形湿漉漉的印迹，空旷的酒吧开始升起了阵阵蓝色的袅袅烟雾。

维克说："呃，现在咱需要的是司机。"

伦尼说："大家都在琢磨他的心思。猜猜他会开什么车来。据我所知，他最近一段日子，每星期都开不同的车。"

伯尼说："又是四处去兜风？"

他正说着，外面街上响起了汽车喇叭的嘟嘟声。停了一会，接着又响了一通。

伦尼说："听起来像他。听起来像是文斯。"

外面又是一阵汽车喇叭声。

维克说:"他不进来吗?"

伦尼说:"我猜他是想让我们出去。"

我们没出去,但我们都站起来,来到了窗边。维克捧着那盒子,生怕有人会偷走它似的。我们踮起脚尖,头靠着头,这样就能够越过窗户下方的磨砂玻璃往外看了。我看不太清,但我没吭声。

"天哪。"伦尼说。

"是辆奔驰。"维克说。

"那老兄可不是闹着玩的!"伦尼说。

我按着窗台好再撑高点多看一眼。那是辆宝蓝色的奔驰,乳白色的座椅,在四月的阳光下闪闪发光。

"天哪,"我说,"是辆奔驰。"

伦尼说:"隆美尔[①]该会喜欢的。"这像是他留存了近五十年的一个笑话。

雷

我正在看信,抬起头来发现埃米正盯着我。

她说:"我想他早就知道自己无论如何最终都会走到这一步的。"

我说:"他什么时候写的信?"

她说:"出事前几天。"

我看着她,问道:"他本可以告诉你的。他为什么还要写信呢?"

---

① 隆美尔(1891—1944),纳粹德国元帅,二战中曾任德国北非远征军司令,后因被控参与谋害希特勒的活动,被迫服毒身亡。

她说:"我猜他以为我会认为他在开玩笑。我猜他觉得写信会比较合适。"

这封信不长,但还可以再短些,因为它就像一些表格背面的小号字体的说明一样过于注重措辞。那压根就不是杰克的语言。但我想,当一个人知道自己气数已尽时,他也可能会变得拖泥带水、装腔作势。

但信件的要旨还是清楚的,说他希望把他的骨灰抛撒到马盖特码头边的海面上。

信中甚至都没写:"亲爱的埃米",而是写着:"敬启者"。

她说:"我告诉了维克。他说这没关系。在他的遗嘱里,他只说了要火葬,但如何处理骨灰,你可以自行决定。你随便把它扔哪都成,只要不是私人的宅地就行。"

"所以?"

"所以,维克说:'埃米,如果你想做,那就去做吧。如果你想让我做,那就由我来做。我会注意节省花费的。但有件事是确定的。'他接着说:'即使你不做,杰克也永远不会知道。'"

"所以呢?"

我们坐在圣托马斯教堂边的花园里,正对着大本钟。她望着外边的河流,似乎在思考,如果她现在就有杰克的骨灰的话她该怎么办,如果他已告诉过她,要她伴随着大本钟的钟声把他的骨灰撒在泰晤士河里。但我们没有杰克的骨灰。我们有的只是杰克的睡衣、两条裤子、牙刷、剃须刀、手表和其他一些零零碎碎的东西。这些都是在去收拾遗物时工作人员用一个塑料袋装好了的。所以我们现在不用再去那儿了,没理由再去了。不用再走过那吱吱作响的走廊,不用再无所事事地待在那里喝茶。现在已经有人躺在他的床上了,另一个家伙。

那是温煦的一天，天空是灰暗的，水面是灰暗的，她一直望着河对岸不说话，于是，我说道："如果你想去的话，埃米，那我带你去。"我想这也许正是她想让我说的。

"坐那辆旧露营车去？"她转过身问道。

我说："当然。"我想她会微笑着说好。我想天就要转晴了。

她说："我不能去，雷，我的意思是——谢谢你。但无论如何我不想去。"

她再一次望向河面。因为杰克好不容易才最终打算做那些看起来他永远都不会做的事：卖掉铺子，收起他那竖条纹的围裙，另找一种活法来过日子。因为她和杰克好不容易才在马盖特找到了这幢舒适的小平房。西门那边。这一切都已经准备好了。可就在这时，杰克被该死的胃癌给弄垮了。

这本不该由我来说，但我还是说了："埃米，这是他临死前的心愿。"

她看着我。"阿雷，你会那样做吗？"她面无表情。"那样事情就了结了，对吗？那样他的愿望就实现了。他只说：'敬启者'，不是吗？"

我停了会儿。"好吧,我来做。当然我会这样做的。但文斯呢？"

"我还没有告诉文斯。我是说,还没告诉他这件事。"她看着信，点了点头。"我会告诉他。也许你和他——"

我说："我会和文斯谈谈。"

我把信还给了她。那是杰克的字迹，但稀稀拉拉，显得苍白无力。根本不像是平日里在他店门口看到的牌子上所写的字。猪排——特价。

我说："事情本来有可能更糟糕，埃米。你或许早已买下那幢平房，正准备要搬。或许你可能才刚刚搬进去而且——"

她说:"不管怎样,他似乎还是做了他想做的事了。"

我注视着她。

"他一直累到死。"她把信折了起来。"到最后我成了问题。我成了障碍。难道你不知道吗?当我知道他是认真之时,当我知道他真的要停止这一切时,我说:'我该怎么来安排琼呢?'他说:'那就是问题所在,老婆。如果我不再是个卖肉的杰克·多兹,那你也就不用每星期去跑那些徒劳无益的差使了。'那就是他所谓的'徒劳无益的差使'。"

她再次望着河水。"你知道,当他改变主意时,整个世界都要随之而改变。他说我们要从头再来。"她又一次轻轻哼了一声。"从头再来。"

我越过花园向远处看去,因为我不想她通过我的表情猜到我在想什么。我想:在马盖特的平房里从头再来,怎么说都是个可怜的起点。那儿并不是真正的乐土。

远处角落里一位护士坐在长椅上正使劲地嚼着三明治。一群鸽子摇摆着踱来踱去。

也许埃米也正这么想着,也许她一直就这么想的。那儿并不是真正的乐土。

我说:"你确定你不想去吗?"

她摇摇头。"我有我的理由,对不对,雷?"

她看着我。

"我想杰克也有他的理由。"我说,轻轻地拍了拍她手中的信。我伸手到她的手臂上轻轻捏了捏。

"海边吗,呃,雷?"她又一次望向河面。"是的,他有他的理由。"随后她就默不作声了。

那护士一头金发,盘成了标准的护士发型。穿着黑色的袜子。

"无论怎样,"她说,"当你把一切都合计好了,当你把杰克开店时欠的债还掉时,我想我们就无力去那样做了。"她的表情有点痛苦。

"我们手头一直都缺钱。"

那护士已经吃完三明治了,她掸了掸裙子。那群鸽子走得更快了,啄着面包屑。它们看起来就像散落的骨灰,星星点点带着翅膀的骨灰。

我问:"缺多少?"

老肯特路

我们经过奥尔巴尼路和特拉法尔加街,拐过罗瑟里斯弯。绿精灵,托马斯·贝克特,纳尔逊爵士。天空一片湛蓝,蓝得几乎和车身一色。

文斯说:"一路都很顺,是吧。"他把手从方向盘上移开,于是我们能体验一番车自动运行时的情形。车似乎稍稍有点往左偏。

他说他想让杰克感到骄傲,他想好好对待杰克。这车已在展厅里放了快一个月了,既然那"顾客"还没打定主意要买,让他多想会儿也没什么,但一直把车搁着不用也不太好。他想他应该给杰克最好的礼遇。

但对维克、伦尼和我这样的大活人来说也不错。当你坐在乳白色的皮椅上,透过有色电动窗向外看时,天空是那么美,甚至连老肯特街看起来都像是换了新颜。

车向左拐去。伦尼说:"别把车撞个凹痕出来,小子。你不想做亏本买卖吧。"

文斯说不会的，从来没有，尤其是在这种特殊场合，他开得分外平稳和谨慎。

伦尼说："双手离开方向盘也叫分外谨慎？"

接着文斯问维克当灵车要上高速公路时他们在车上做什么。

维克说："踩油门呗。"

文斯没系黑领带。就我和维克系了。他系了条红白相间略显花哨的领带，穿了套深蓝色的西服。那是他在展厅里穿的衣服。他从展厅来，其实他本可换条领带。他脱了夹克，叠放在伦尼与我之间的后座上。夹克质量不错。我觉得文斯干得挺好，毕竟他的工作很不错。他说他们现在连午餐时间都要来回奔忙着张罗生意赚钱，觉得大城市的日子也不好过。

伦尼说："别怂恿他了，维克。"

维克说："灵车是不一样的，大家都给灵车让道。"

伦尼说："你的意思是在这儿他们不给文斯让道？"

维克坐在前排，文斯的旁边，把盒子摆放在腿上。我知道为什么由维克来拿盒子，因为他是专业人士，但一直都由他来捧着似乎不太好。也许我们该轮着来捧。

文斯侧过脸看着维克，笑着说："你这个大忙人今天终于放假了啊，维克？"

文斯穿着一件镶着银灰袖边的白衬衫，还散发着刚刮过胡子的味道。他的头发都梳向脑后。西装是全新的。

我们经过煤气厂，通过艾德顿路，穿过铁路桥。温莎王子。太阳从高耸的楼群后方升起，照亮了我们的脸庞，文斯从仪表盘下拿出一副很大的太阳镜。伦尼开始细声地唱起歌来，歌声从齿间轻轻飘出："蓝色的海湾……"我们都能感觉得到，感觉到阳光，感觉到肚中的啤酒，感觉到前方的旅程：这似乎是杰克为我们准备的，好让我们感到特别，好让我们高兴。我们似乎是去郊游，去狂欢，世界看起来是那样美好，等着我们去享受。

埃　米

得了，让他们去吧，琼？让他们去处理骨灰，他们所有人都去。让他们在你和我都不在场时去处理。男人们都去了。对他们有好处。

杰克本该知道的。只工作不休息是不行的。除非你认为在车马店里赖吧台也算休息。

这是我这几年一直跟他讲的。我们该放松一下自己，给自己找点乐子，给自己放个假。他那勇敢的小埃米。当你摔下马背的时候，应该立即再爬上去。我们应该为了自己而做自己。从头再来。

在你和他之间，也许一直都很难做出抉择。

我可怜的、勇敢的杰克。

去游乐场，去荡秋千。海边玩耍。这些东西，琼，你从没有过。骑驴，玩沙子，过家家。海浪涌上岸，海滩上拥挤的人群，孩子们在欢叫、奔跑，到处都是孩子。他看着这一切，仿佛一切都是幻景。看着小鸟，飞快地吻我，码头的尽头。

但是那不是码头而是防波堤，他把这都搞错了。他应该知道码头和防波堤是两样不同的东西，即便防波堤看起来更像码头，但码头只是港口的一堵墙罢了。只是现在没有防波堤了，全在多年前的一场暴风雨中给冲毁了。冲得好，我说，谢天谢地。所以或许这不是他的错误，或许只是他退而求其次的安排。如果他的骨灰一定要被抛撒，如果那只是单纯的抛撒而已，如果他一定要被带到某个地方的尽头然后被抛撒的话，那么，杰克，就别把我包括在内，我不会去搞什么抛撒。还有，它得是那个码头。尽管它本该是个防波堤。

十字路口

维克说："帕姆要我代她问好。她会想着我们的。"

伦尼说："乔安也一样。"

文斯说："还有曼迪。"

我想要是提到老婆的事，我就该闭嘴了。

文斯说："维克，能在葬礼上见到帕姆真好。我们不是经常有这样的荣幸。"

维克说："是悲伤的荣幸。"

伦尼说："确实很难得。"

我们到了新十字路口站的红灯前，车辆慢得像蜗牛。

我觉得卡萝尔甚至没听说这个葬礼。要是她出现在葬礼上，我一定会大吃一惊。

伦尼说："她们本来也可以一起来的。乔安已经准备好了。但我想埃米如果——"

我说："伦尼，我不知道我们七个人全挤到这东西里来会成什么样子。"

文斯说："我们四个就很舒服。也许这只是男人的事。"

我说:"五个吧。"

文斯说:"五个。"接着又说:"阿雷,它不是个东西,是一部奔驰。"

伦尼看了看我,然后看了看我们周围的车,说:"伙计,到目前为止,那种不塞车的车还没有制造出来,是吗?"

伦尼老爱搬弄是非。

维克说:"帕姆非要给我们做三明治并且准备了个水壶,但我说我们已经够大了会照顾自己的。"他捧着盒子就像那就是他的午餐似的。

文斯说:"维克,她很好。能见到她真好啊。"

伦尼说:"乔安已经完全准备好了。"

我们往前挪了四五米又停下了。人行道上的行人从我们身边走过,像平时一样闪入了车站的入口处。我们本该竖一个醒目的标志:**骨灰**。

伦尼说:"塞车时,每部车都一样,不是吗?"

文斯的手指有节奏地敲打着方向盘。

维克说:"帕姆说他起码有个不错的仪仗队。"

我们都笔直地坐着,仿佛我们与众不同,仿佛我们是高贵的王室成员,人行道上的人都该停下来向我们挥手致意。

文 斯

这是一辆380S系列超豪华型奔驰,不骗你。八缸,自动挡。开了六年了,但开个一百三十码也没有任何摇晃。尽管在新十字路上办不到这一点。

车身颜色由顾客随心定制，全套真皮内饰。

所以侯赛因最好尽快买下它，现金支付，最好是现在。否则，我的口袋就瘪了。

我不准备把杰克最后那小小的要求和我那一点点恩惠告诉任何人，包括埃米和曼迪。我总是说，杰克，不要老是找我，不要期望我帮你付什么钱。

在我看来，人只有在临死时才有可能有求必应，尽管他没有要求得到一辆装有胡桃木仪表盘的超豪华S系列加长型奔驰。所以我希望他最好他妈的喜欢它，我希望他最好他妈的喜欢。

最好侯赛因也他妈的喜欢它。

这车的胎侧是白色的，左前胎气少了点。

我说："杰克，让我给你倒一杯，然后我就回家了。我现在是个有家室的人了，对吧？"但是他看着我，突然举起一只手，似乎人人都得闭嘴，似乎就是那最后一句话让他难以容忍。我看到阿雷和伦尼开始盯着他们的啤酒了。

但这是真的。曼迪，小凯茜和我。那时她还只穿着短袜呢。

他说："伙计们，失陪一下，我要跟文斯单独谈一下。"然后他把我推到了角落里的一张桌子前。他说那星期过得很拮据，问我可不可以借给他五块钱，那样他就可以请雷和伦尼喝啤酒了，而不用看上去像个傻子似的。但是我知道这不是就五块钱的事，我还知道这不是他叫我顺便去看望他一下的主要原因。五块钱，五张百元票才差不多够了呢。如果有求于我的话，就直接点好了。

但是他没有低声下气求我的意思。他看着我，好像我才是那个求人的人，好像不是他要向我借钱而更像是我要还债给他似的。

好像至少在这些方面——他没让我知道——我是欠他的：很多年前我就和他生活在一起了，而且就像是有血缘关系一样的。即使不是血缘关系问题，至少也是肉的问题。肉或车。就这两个选择。

我说："不要指望我来帮你。"

但是他盯着我看，好像那正是他要求我办的事，就好像我们成交了一笔生意，他现在正想收到我该支付的部分。我是懂生意经的，对不对？因为我自己就是一个商人，一个卖二手车的。好像卖二手车就不行，他卖肉就神圣得不得了似的。

我说："眼皮底下的机会都看不到。街那边新开了一家超市，他们让你当肉食部经理，去不去全在你。你不是没有选择，对不对？"

他回答说："我没选吗？"

我说："那你待在原地好了。等着自己的葬礼吧。"

他又说："至少我不用听别人的指挥。"

我问："不用听别人的指挥？你一向都在听别人的指挥。你一直都听你老爸的指挥，不是吗？店门口怎么说的来着？"

他看着我，好像可以用眼神打倒我。

他说："这有利也有弊，对不对？"

我给了他五块钱，说："别指望我来帮你，就这样了。"又塞给了他五块钱。"什么都别指望了。"

我说："杰克，都十块钱了，给你的朋友买点啤酒吧。给你自己也买一点。现在我要走了。"

那他过去究竟做了点什么呢？这要说到埃米。他所做的一切就是，在战争获胜后回了家，我——欢迎他回家的礼物——就躺在那原本是为琼而备的幼婴床上。

它有巡航控制系统，电动转向。

四十多年以后，他躺在那里，身上插满了管子，不用他妈的听别人指挥了。他说："过来，文斯，我要问你件事。"他闲不住的。

这车真漂亮。

那个叫斯特里克兰的外科医生看着我，好像我就是他的下一个病人，好像他将要下刀的那个人就是我。我想，因为他知道我不是真正的近亲。但是当时我又想，不是的，那个老浑球先让他很不好过，现在这个家伙要以牙还牙了。杰克就是这样的人，他甚至不会让一个可能救他性命的人有好日子过。

他开始解释。他说："你知道你的胃看起来是什么样子的吗？"就好像我完全是个傻帽一样。

他又说："你知道它长在哪里吗？"

这是我能想起它的唯一方法。就像在搞修理，比如说重镗内燃机，或气缸除碳装置。我不知道我们身体内部是怎么运行的，但是当我碰到一部好车的时候，我一眼就能看出来，我甚至知道怎样把它的引擎给拆卸了。要是你对我说，对待血肉之躯不是拆引擎那么简单的一件事，确实如此，但是，一部好车终究是一部好车。

所以侯赛因最好掏钱。

雷

杰克过去常说："一群幽灵，阿雷，你们在办公室里就像是一群幽灵，完全是一堆不动脑筋的僵尸。"他还会说："你需要抽个时间去趟史密斯菲尔德,看看真实的人是怎样生活的。"

有时我真去了。在那些清晨,尤其是当卡萝尔和我关系破裂,甚至彼此连话都不说的时候。我就会早早地溜出去,像平时一样搭六十三路车,但是过两站后就会下车,然后在晨曦中走过法林顿路,再走过查特豪斯街,在史密斯菲尔德吃早点。我们去位于长巷的咖啡馆或是那些在早上七点半就卖啤酒和点心的酒吧。家住佩卡姆的特德·怀特,家住罗瑟里斯的乔·马隆和家住坎伯威尔的吉米·费尔普斯都是那儿的常客。当然啦,在以前的日子里,文斯也在那儿,在接受训练。在他参军之前。

他们曾说:阿雷,你需要的是大吃一顿,你看起来太瘦了。你要长点肉。我就回答说我天生就这体格,轻量级的,吃再多也白搭。

但是奇怪的是,你从没见过一个卖肉的是瘦子。

他过去常常跟我讲各种各样的关于老史密斯菲尔德的杂谈,各种各样的胡扯。什么史密斯菲尔德是真正的市中心,是伦敦的心脏。当然,要是提到肉,那则是血淋淋的心脏。什么史密斯菲尔德如何不只是史密斯菲尔德,它是生命和死亡。这就切中要害了:生命和死亡。因为肉市对面就是圣巴特医院,而圣巴特医院另一边是伦敦中央刑事法院,位于老纽盖特监狱旧址上,过去常常在那里绞死犯人。因此在史密斯菲尔德你可以得到三样东西:肉、药和绞刑。

但是,吉米·费尔普斯跟我说杰克所告诉我的一切只是他老爹隆尼·多兹一字一句跟他说的。在杰克完全不可能听到——那时杰克和文斯正在运货回伯蒙德西的路上——的情况下,吉米·费尔普斯告诉我说,杰克原先从没想过要当卖肉的,压根没有。这只是因为老爹不让他有别的选择,要知道多兹氏一家自打一九〇三年起就是屠夫世家了。

他说:"你知道杰克想干什么吗?别跟杰克说我告诉你了,行吗?"他脸上略带微笑,又略显畏缩,就像杰克还在那里,而且还可能从背后悄悄靠近他。"当杰克还是文斯现在这个年纪时,他开始学徒,就像我过去那样,但他常常一有空就瞄着那些从圣巴特医院里出来的护士看。我觉得就是护士迷住了他,他认为每个医生都可以自由地享用一两个护士,但是有一天他跟我说——他不是开玩笑的——他要洗手不干了,而且要告诉老爹让他自己去料理那肉店了,因为他真正想做的是医生。"

吉米笑得直不起腰来了。他穿着脏兮兮的工作服坐在那里,手捧着茶杯,笑得直不起腰来。他说:"他那时是认真的,他说无非就是换一身白外套而已。你可以想象出来吗?多兹医生。"

但是他看见我没笑,神色就正经起来了。

"你不会告诉杰克吧。"他说。

"不。"我说,若有所思的样子,好像有可能会告诉他似的。

而且我在想,吉米·费尔普斯是否一直都想做一个卖肉的。我记得杰克在沙漠里说的话,我们在本质上都是一样的,不论是当官还是当兵,都是一样的料。一个人肩章上多几颗星并不意味着有丝毫差别。

我成了保险公司的小职员,也并不是出于自己的理想。

但是我从来没有告诉过杰克,而杰克也从来没有告诉过我。尽管你可能觉得,当他躺在圣托马斯医院,周围有那么多医生和护士的时候,那会是一个把它说出来的好机会。但是他所说的只有:"哎,阿雷,这应该是圣巴特医院吧?按理说应该是圣巴特医院。"

然而,在我看来,不管他过去是否想过要当医生,这些年来做卖肉的,这些年去史密斯菲尔德,足以让他可以好好地嘲笑一番医生这个职业。因为,他告诉我,当医生过来找他谈心说悄悄话时,他从不说恭维话,也没有客套寒暄之类的。

"阿雷,"他说,"我叫他把一切都告诉我。他说他不是一个爱打赌的人,但是我还是把他套了进去。'一赔二,怎样?'他说。我说:'听起来好像我是最被看好的,对不对?'然后,他开始说他怎么可以做这个,怎么可以做那个,我说:'别把我整迷糊了。'我把自己的睡衣上头拉开了。我问:'你要在哪里动刀子?'他看上去好像鼻子给气歪了,好像我很离谱似的,于是我说:'职业爱好而已,知道吧。职业爱好而已。'他满脸困惑地看着我,因而我说:'在你们那份病历里没说我现在是干什么行当的?对不起,我是说"曾经是"。'于是他很快地瞥了一眼他的便笺——这才有了一点羞怯之色。接着他说:'啊——我知道了,你以前是一个屠夫,多兹先生。'然后我说:'一流的屠夫。'"

黑荒原

"有人告诉我吗?"维克问,"为什么?"

"那是我们以前常去的地方,"文斯回答,"周日郊游嘛,坐着那辆肉铺的老货车。"

伦尼说:"我知道,不是吗,小子?你还以为我不记得了?不过,这可不是什么周日郊游。"

我说:"那是他们度蜜月的地方。"

伦尼说:"我还以为他们没有什么蜜月呢,都省下钱来买婴儿车了！"

"他们后来还是去度蜜月了，"我紧接着，"那是在琼出生以后。他们觉得至少得度个蜜月吧。"

伦尼瞥了我一眼。"是该度个蜜月。"

"是的，"文斯说，"一九三九年的夏天。"

"怎么，当时你也在场吗，小子？"伦尼问道。

大家陷入了沉默。

"哎，从肉铺货车到奔驰？"伦尼打破了沉寂。"想想，阿雷，假如今天你也不在的话。"

文斯正透过后视镜看着我们，但你无法看到他太阳镜后的眼睛。

我说："是埃米告诉我的。"

伦尼道："埃米已经跟你说过了。那她说了为什么她不去吗？"

大家又一次陷入了沉默。

维克说："这难道有什么差别吗？杰克还不是什么都不知道？事实上，我已经跟她说过，假如她愿意忘掉所有事情的话，那么杰克也就永远都不知道是怎么回事。即使他们把骨灰撒在公墓地里，杰克也不会知道，不是吗？"

"哎，你可是殡仪员。"伦尼道。

我说："她要去看琼。今天是她去看琼的日子。"

"那可不是借口，"伦尼说，"假如埃米不去看琼一次，琼也同样不知道。琼对所有的事情都一无所知，不是吗？假如埃米忙不过来，她可以等送完骨灰再去看她，也不必非得今天去吧，对不对？"

维克说："你有什么资格说人家。"

伦尼答道："这毕竟是他的骨灰啊！"

维克道："最好是快刀斩乱麻。"

伦尼说："这毕竟是他的遗愿啊！"

文斯说："我们怎么知道他这举动不明智呢？"

伦尼说："我不是说了吗？我才不会傻到要去写这样的遗嘱呢。"

"写得不够详细。"我说。

伦尼说："什么还不够详细？"

"杰克立的遗嘱。关于他的遗愿。他并没指出要让埃米来做这件事，只是希望能有人来做这件事。"

伦尼说："你怎么知道？"

"埃米给我看的。"

"埃米给你看的？看起来好像我是这里唯一不知道内情的人。"他看着窗外。穿过格林尼治公园的后边，我们继续前往黑荒原。有些人已经憋不住了。"阿雷，我倒也听到过一些说法。"

文斯看着后视镜。

维克有些不自在了，"啧啧"地咂了咂嘴，似乎是时候该换个话题了。他说："这就跟马一样，如今非揍他不行。"

维克一直捧着骨灰盒。我觉得不应该老让他一个人捧着。

伦尼说："尽管那样，他还不是给你出些馊主意。"

我说："我上次出的主意很见效嘛。"

文斯仍透过后视镜看着我们。

伦尼说："得了吧，对我们哪个来说都不是什么好事。"

维克说："谁，阿雷？"维克是当裁判的好料。

我说："还用说吗，对吧？"

我看着窗外。黑荒原根本就不黑，也根本不是什么荒原。蓝天之下，处处绿草如茵。要不是那些道路纵横交错其间，还真可以飙上一回车。这里曾经是强盗横行的地方。专抢那些去多佛的马车。要钱还是要命。

维克说:"看来,这仍是一个谜。为什么非要去马盖特呢?"

伦尼说:"我觉得那只是试探一下罢了,就是想看看我们到底会不会去。"

文斯在位子上半转过身来。"那你们认为他真的知道?你们觉得他能看见我们吗?"

伦尼眨了眨眼,停了一会儿。他看了看我,然后再看了看维克,好像他需要人来判定一下。

"说话注意点,文斯,注意点。当然他看不见我们。他什么也看不见。"

维克那放在骨灰盒上的手稍稍动了一下。

紧接着,伦尼咯咯地笑了起来。"别忘了,小子,假如他看不见我们,假如他什么也看不见,你为什么要去借一辆奔驰车呢?"

文斯把眼光投向了前方的路。

阳光在草地熠熠发光。然而,杰克却看不见这一切。

维克用轻缓的语调说道:"尽一份心意,文斯。这是尽一份心意。这是一辆相当不错的车。"

文斯说:"这可不是一辆运肉的货车。"

文　斯

杰克的眼睛闭着,看起来好像睡着了。或许我可以趁这时候逃走,偷偷地溜出去。但是假如他没有睡着的话,我溜出去他肯定知道。他可能在试探我。于是我叫了一声:"杰克?"果然,他立刻睁大了眼睛，速度之快出乎意料。

今天是那个护士当班，一头黑发的凯利护士，我喜欢的那个。要是有一半的机会，我都会去追求她。特别是在什么非常时期，比如世界末日什么的。怎么样？凯利护士，就你我两个人？不错，我可以跟凯利护士一起溜出去。

我说："埃米说你有话要跟我说。悄悄话。"

他沉默了一会，然后说："我告诉埃米我想见见阿雷。我让她叫阿雷到我这儿来一趟。"

他看着我。

我说："是我，杰克。我是文斯。"这药是怎么啦，全都怎么啦！

他回答："我还没老糊涂呢。"直愣愣地盯着我。

我猜他现在明白了，终于明白了。好像明显越来越不行了，而他却还要继续这样沉沦着活下去，活下去，这可不是什么人故意要开的玩笑。就比如有人告诉你你已经完蛋了。但其实你并没有完蛋，离完蛋还差得远呢。

他肯定也知道。但我不知道知道了是什么样的感觉，我也不想知道。

他说："我知道是你，文斯。我也知道我自己。你想做交换吗？"

我笑了，傻傻地。

他说："文斯，你过来。我想问你些事情。"

这是一个狂乱的夜晚，外面狂风暴雨。透过最低的一格玻璃窗，你可看到外面的雨点不停地拍打着，飘落着。但我知道外面，无论是天晴还是下雨，对里面都无关紧要。因为它不是我们所要谈的话题。

我幻想着护士凯利下班的样子，撩起她的裙子。

"过来，文斯。"

我觉得我已经离他够近了,但还是往床上头又挪了一点,身子往前倾。他的手平摊在床单上,手指微微蜷起。扎着输液管的手腕上缠着绷带什么的。我知道他希望我握住他的手,这对我来说不算什么难事。但似乎只要我一抓住他的手,他就会抓住我的手不放。

他说:"我告诉埃米,我想单独和雷说几句话。"

"好的",我说,"雷这个人不错。"

"雷这个人不错。"他说。

他看着我。

他接着说:"埃米不知道发生了什么事吗?她不知道要不要来吗?"

我回答:"她没事,她正在尽量争取过来的,她会尽量的。"

我已知道她不会来了,即使她想来也不会来。我知道她今晚会再走进我和曼迪睡觉的客房,想要我搂着她,抱着她,就在曼迪面前,好像我是她的新丈夫,好像我是杰克。

他说:"我这下可省事了。"

我看着他。

我说:"对我来说可不简单。"

他继续说:"人人都会有恐惧感。"

凯利护士正弯腰照顾另一位可怜的家伙。我第一次看到她时,就曾对杰克说:"杰克,你在这儿肯定能好起来,会康复的。"但我现在不这样说了。不知道当你行将就木时有凯利护士这么一个美人儿来照顾,是祸还是福。

她的名字叫作乔伊,护士乔伊·凯利。她左边胸脯上的工作牌是这么写的。

杰克行将就木,而我那东西却已勃起。

他说:"那么,那个鸟人斯特里克兰都跟你说了些什么?在手术之前。对你说了些好话,是吗?"

我想了一会,回答:"我现在告诉你,这已没什么关系了。他说你有十分之一的机会。"

他看着我。"十分之一。你没打赌吧?我敢说你肯定没有打赌。"

我能感觉出来他知道我一直都知道,他也知道我没有抱什么希望或盼头。

杰克,该你下赌注。

他说:"文斯,扶我坐起来一点。"他抓住我的手臂,我撑住自己,这样一来他就能把自己拉起来。他腹部的伤口肯定很痛了,绷带上有一片紫色的血渍。但他没有唉声叹气,一直熬到我用另一只手把枕头放到他的后背为止。他现在没以前那么重了。魁梧的杰克!

他说:"这样好多了。"他说这话的时候我能看见他体内的抽搐,我看到他的喉咙在动,是想使劲多咳些痰出来。我赶紧从架子上抓了一只碗,拿出准备好的纸巾。这情景就像凯茜小时候一样。

他身子往后靠了靠,擦了擦嘴。我把碗放回了柜子。他应该变得不太像他自己,但其实没有。他变得更像他自己了。或许是因为他的身体都蜷缩着,所有的重心都转到了脸上。尽管那脸已经变了,变得凹陷,肌肉松松垮垮的。这反而让脸部的主要特征更加突显出来,好像有人在里面点亮了一盏小灯似的。

我说:"你找我有什么事吗?"好像我很忙,而且马上就要走似的。但事实却并非如此。

他看着我,直视着我的脸,好像也在寻找那盏小灯一样,或是在我脸上寻找他自己的影子。他的目光直穿我而过，似乎我也是凹陷的，我也是空的。他发现我没有与他一样的眼睛、声音、骨架或托着下巴两只眼睛直勾勾地盯着你眨都不眨一下的模样。

他就这样不停地看着，也不需要停下来。

好像我不是真实存在的，我也不曾存在过。但杰克却是真实存在的，比过去任何时候都真实。尽管他很快将不复存在。

他说："我想向你借点钱。"

我问："钱？"

他回答："钱。"

我问："你需要钱吗？"

他把手伸向了床头柜的抽屉。"我的钱包放在里面，在手表和梳子旁边。"他把抽屉拉开了一半，略带些谨慎和神秘，好像他所有的生命都在那抽屉里。

我问："你在这儿需要钱？"

他说："需要，儿子。"

他那神情让人感觉好像现在我是他父亲似的。该睡觉了，杰克，别胡闹了，我是来跟你道晚安的。

我看着他，耸了耸肩，准备掏出钱包拿钱。可他立刻抓住了我的手。

他说："我想借一千块钱。"

我惊叫起来："一千？你要一千？"

他说："这个礼拜五要。不是开玩笑的。"

我们彼此看着对方。他紧握着我的手。"不要问我为什么，文斯，不要问我为什么。这是一个请求，不是命令。"

我看着他。他头顶上方悬吊着一个标语牌：**请勿进食**。

我问："是借吗？"

雷

他说:"抓住缰绳,雷仔,来,替老爸抓着缰绳。"

有时候爸爸会让我和他一起坐在马车上,仅仅是为了兜兜风。在马车背面高高悬挂着一个牌子,上面写着"**弗兰克·约翰逊——废品回收**"。但是爸爸说我生来不是收废品的料。他说我应该坐在办公室里工作,从事脑力劳动。我不知道在他心里那到底是因为我的体格太小还是因为我的头脑灵活,抑或是因为坐办公室会更体面一些。所以假如我生来就是肌肉发达,事情或许就不同了。至今他都没让我卸过一次车。他让查利·迪克逊干那活。

爸爸他自己并不强壮,只是稍微高一点。整个身子就像衣服挂在衣架上一样,从肩膀松松垮垮地垂下来。有时候我总会想,像他这样高的人怎么会生出我这样一个小矮子鬼呢?我是不是真的是他的种啊,我一点都记不起母亲的样子了。

废铁商人并不是一个令人羞耻的行当。爸爸不是个没有骨气的人。他从来不会在马车上歇斯底里地吆喝。他从不招揽生意,他是按合同工作,一直以来就是这样子的。

后来我在保险公司找到了一份工作。他为我能成为办公室文员而高兴。而他是自己的老板,废品堆的老板。后来,战争爆发了,废铁行业飞速发展了起来,我本可以帮他干点活,可是我不得不去参军。他说:"像你这样的小个子,他们会把你给刷下的。"但是他们没有。"得,毕竟,这对你来说更容易藏住头,这就是我对你的建议,藏住头。"我照做了。战后,不在人世的不是我,而是他。不是因为炸弹而是因为他的胸膛。但是无论怎样我又回到了办公室。和杰克·多兹在沙漠露营之后,我在布莱克弗来兹的一个办公室里工作。我有一个院子,楼上两间楼下两间,战争并没有摧毁它们。我从查利·迪克逊那里收房租,以应付自己的生活支出。或许你会说,一个有产者,但是作为一个职员,我每天都会去工作。那么做有一部分因为是我已知道一个人做什么和他理想中想做什么是两码事,是有区别的。但是另一部分原因是为了纪念父亲,就好像他一直在看着我。

过去他会让我打扫马厩,喂我们家的"老马公爵",有时也会让我和他一起坐在马车上。但我没有收过废铁。嗒嗒嗒的马蹄声。终于有一天他告诉我可以握缰绳了,我紧紧地握住它们,并且牢牢记住驾马车的诀窍。他说:"不要蛮拉,要用巧劲,还要多吆喝几声。"我从没告诉过他这是一份小个子可以做的事情,只要小个子就够了,不就是对付马嘛。

"这是伯蒙德西,雷仔。你以为这是哪里——阿斯科特?"

那时我坐在他的身旁,看着我们家"老马公爵"的后背,我想就在那时我第一次产生了对女人肮脏的想法。自然而然就想到了。根据那时我对她们的了解,我认为女人或许就是另一种动物。但是事情并非如此。在一个星期天我带着黛西·迪克逊去看"老马公爵",尽管我明知马儿出去干活了,其实并不在马厩,因为老爸接到了一项特殊任务。马粪和马尿的味道好像并没有激起她的动物本性,根本没有产生料想的效果。我特意抱来一些干净的麦秆,说:"这里就我们俩了。"她没好气地说道:"这么多的马粪蛋子,我能怎么着?"

十年之后,在父亲过世很久以后,她的妹妹卡萝尔来问我是否想卖掉院子,不过她父亲很担心,因为他不知道没有财产证该不该买那辆马车。为什么查利不亲自来问我呢？我心想她知道我一直喜欢黛西吗？黛西曾对她说过点什么呢？在她弯腰把炉子的煤气调大时，我发现她的屁股是那么的漂亮。

那时是马儿的世界，那时真是这样。每次我想起和父亲一起坐在马车上时都不会记起那些破铜烂铁什么的。我记起的是"老马公爵"，记起的是车夫的和小贩的生活。在接过缰绳之后，我看到爸爸身子微微弓着，手肘撑在膝盖上，他看着外面的世界就好像世界不曾从他身旁经过一样。我看见他抓了抓脖子，又用手扶了扶帽子。我看见他点了支烟，再也顾不上胸膛痛不痛了，吐出第一口烟，噘起下嘴唇，然后用拇指尖搓搓下巴，香烟夹在两指中间，又用大拇指揩揩额头。所有这些我也会做，不自主地就会这样做，同样的姿势，同样的动作。

我不该让文斯得到那个院子的。

伦　尼

乘坐肉铺货车周日出游，我还依稀记得那情景。

我还依稀记得他们把我们的女儿萨莉从车上抱下来——有时她已是昏昏欲睡了——我爱人乔安说："你们不进来喝一杯吗？"埃米说："不了，我们得让文斯回家睡觉。"我还记得萨莉脚趾间的沙子，她那装满贝壳、海藻和死蟹的小桶，还有她头发上、衣服上海水的味道，以及我和乔安为她涂的防晒护肤霜的味道。

我们本可以自己带她去，只是因为我们没有钱买车票，当然自己也没有汽车。没车，没店，更没有房子，紧巴巴地过日子，当时我们的处境就是这样。要是你想知道的话,我在部队的日子就好多了。我还记得——或许这只是我的猜测,这不会给像埃米这样的女人添光彩的——当埃米说不进来时看我们的那种眼神,好像在说我们住在小破棚子里,而他们住高楼大厦似的。埃米好像有些忘乎所以了。她和杰克到海边去玩了一天,而我和乔安却在萨瑟克公园喂鸭子。

埃米仍旧站在那里拉着萨莉的手,摸着她的头发正要弯下去吻她。当时我真想说:"这是我们拥有而你却没有的东西。"但是我没有说出来。我只能看着埃米吻着我们的女儿,而乔安也倒吸了一口气。

炸弹炸在哪里,这并不是我们的错。那老头遗留下来的就只有邮局的三先令六便士和巴洛集市上的两轮小推车,这也不是我的错。你必须记住,杰克和埃米也有他们的不幸,还有小文斯,可怜的小家伙。幸与不幸往往相伴而行。这或许是我的想象,或许只是我个人的想法:出去一整天,吹吹海风,埃米看起来真漂亮。杰克,她看起来仍旧是一个大美人。

杰克:"快来,埃米。"而文斯则早已坐在了小货车里,等着被送回家睡觉。他好像并不怎么困,因为他正看着站在门口的埃米和萨莉,似乎希望萨莉能转身和他挥手再见。

我们自己本来也可以出去玩上一天的。我说我最后一次去的那个海滩叫萨勒诺,尽管我并不怎么喜欢海滩,但我们还是可以去玩上一天,我可以去看埃米穿泳衣的样子。但我想做父母就意味着得故意迁就。小货车前座里根本没有地方再容得下我们了,很奇怪他们四个竟然挤下去了呢。这都是为了萨莉的缘故,也是为了杰克和埃米的缘故,当然特别是为了埃米。就好像我们不知道一样。

乔安说:"这两个孩子就像兄妹一样,啊?"

但是,有一天萨莉从学校回来说:同学们在操场上叽叽喳喳地议论文斯。说他脑子有问题,就像他的大姐一样。说他也应该在收容所什么的,巴纳多收容所。你想想看,那只能有两个选择,要么是孤儿院,要么是垃圾场。她说文斯老是不停地和他们打架,她真不知道该怎么办。

我们告诉了她,她那时也差不多有十岁了。我们让她不要告诉任何人,所以我们说了。那听起来就像是童话故事,编出来哄小孩的那种。

几年以前,在杰克叔叔和埃米阿姨——当然,她知道杰克和埃米并不是她真正的叔叔和阿姨——刚刚结婚时,他们生了一个女孩儿叫琼。那小孩并不正常,生下来就不正常,需要特殊的照顾。有时候不幸的事情总会发生,并不是经常发生但也绝不是绝对没有,可它确实发生了。埃米阿姨知道她不能再生孩子了。不然她会有同样的风险,所以她是一个不幸的女人。杰克也高兴不起来。

后来,战争爆发了。炸弹落向伯蒙德西,而且有一颗竟落在了我们老家,但那是另一回事了。因为还有一颗落在了普里切特家,当时他家刚刚诞生了一个小生命,那就是文斯。他叫文森特·伊恩·普里切特,假如你想知道的话:文·伊·普①怪他的父母。那是在鲍威尔路,他们的房子就在埃米那时所住的维勒街的拐角。那是一九四四年六月——一颗流弹。一个星期后,普里切特夫人

---

① 原文为"V.I.P",这三个字母是文森特名字的缩写,英文中有"贵宾、大人物"的意思。

和文斯被人从废墟里挖了出来,然后搬到了一个安全的地方,那刚好是琼出生后的第五年。那就是她的名字的来由①。普里切特先生那时正好休假在家,这可以说是倒了霉,也可以说不是,看你怎么想了。你爸爸和杰克叔叔都在和德国佬打仗,尽管那时我们连面都没见过。

普里切特家几乎什么也没剩下,只剩下了文斯,一个朝气蓬勃的孩子,蹦来蹦去,无忧无虑。假如你没有弄明白的话,正是埃米收养照看了文斯,并像自己孩子一样把他带大。也许你会理解,或许将来某一天你会知道,她有她的理由。

对于如何领养一个孤儿那时是有规定的,是有法律的,但是记住,那是在战争年代,一个所有规则都被遗忘的年代。所以战争结束后一年多,杰克叔叔回来了,没有人对他和埃米领养了一个孩子而提出异议,文斯就这样有了新的爸爸和妈妈。所以你会说从那以后一切都圆满了。除了琼,她本不该再是个婴儿了,但她仍然是。你听懂了吗?埃米常常想要——特别想要——一个女孩。

"你一个字都不能说出去,知道吗?"我们对她说。

但是没过多久她告诉我们,他们下周日又要去马盖特,但他们却不想让她一起去。乔安问:"你说了些什么?"她这一问,弄得大家慌兮兮的。萨莉说她什么也没说。只是货车里太挤了,现在连文斯都坐到了货箱里。我问:"他们让文斯坐在货箱里?"她说:"是的。"也是在不久之后,她哭着从学校回来,说文斯还是知道了。那些人亲口去对他说了。

---

① 琼,英文为"June",意思是六月。

这件事迟早都会发生的，我怎么知道到底会在什么时候。

现在文斯有些怨天尤人了，他告诉萨莉说，现在他知道他们那天在操场上说的都是真的，但她说那没关系，他依然是文斯，她依旧会支持他。但是文斯离开了，把她推倒在地。

我想每一代人都希望自己的下一代会更好，希望会有第二次机会。我早该知道她是那种爱之愈深责之愈切的人。事实上，她对文斯很温柔，甜得像糖一般。我想她会成为他的好妻子，并不是每个女人在了解情况后都会接受他。当然，话又说回来，她也许会嫁到比多兹更糟糕的人家。你可能会说：瞄准一家肉铺没多大意义，但是当你老爹所拥有的只是水果摊时，那就已经上了一个档次了。但是，文斯对于多兹肉铺有他自己的想法，似乎他与它无关似的。假如我早知道他后来的成就的话，我想我会说："把他给抓牢了，女儿。"或许也会说："算了吧，他不属于你。"

但是那曾经也是我的梦，是每一个穷光蛋的梦。一套笔挺的西服，一根花哨的领带，一辆豪华的轿车，平日里口袋里还装着一沓钞票。我每晚都去斯科比体育馆，那就是希望所在。你可以看各种比赛。战争结束了一切。一个拳击手或是斗士？表演很好，棒小伙。虽然我从未明白为什么使好左钩拳可以帮你以进为退地诱敌深入。

看谁先进那里。可爱的曼迪小姐。操你这个来自兰开夏郡的小妞。

我想每一代人都在为下一代而瞎忙乎。文斯对多兹肉铺有他自己的想法。即便如此，他那样做还是有点过火了——在一个同龄人都谢天谢地不再有征兵令的时候，他却仅仅只为逃避杰克的管制而去当了五年兵。不想做屠夫学徒而想去学修吉普车，为此而去中东服役了五年，我想那代价也太大了。这小子或许还可能会给炸个稀巴烂。他要是被炸了可不关我什么事。

女儿啊，不要对我说那些胡话，说什么他会回来，会马上来看你，不要告诉我他逃走去加入外国志愿军是为了更好地塑造自己。

我说："好吧，杰克，你不能说他没有走你的老路。你不单是一个卖肉的，你也当过兵的。"

他看着我，好像在说：我没有心情和你开玩笑。

他说："我是凭爱好自愿成为屠夫的。"

但是我知道那里面多少也有些逼不得已的成分。我就曾和阿雷私下聊过几次这事。

他说："当兵——我说他是个该死的不负责任的人，该死的逃兵，我就这样叫他的。"

我想你可能是对的。

我说："这不是唯一的理由，你认为他的理由是什么？那绝不是他唯一的理由。"

但是他没在听，他能听到我说，但是他就是不听。就好像世界上只有一个理由，这就是杰克·多兹家族，世世代代都当卖肉的。

我说："他不属于你，杰克，他们不属于我们，对不对？"

他说："讲明白点。"

他看着我，我想，你应该为他不属于你而高兴。你终于肯听我说话了，你也许算是个人高马大的家伙，可我打拳击也差不多有十五年了吧。

我说："他们不属于我们，对不对？即使我们拥有他们，他们也不属于我们。"

他说："废话。"

于是，我说道："另一个理由是萨莉，他临行前给了她一份礼物，我想她很快就会扔掉它。"

达特福德

伦尼说："哎，你们家凯茜怎么样了？"

文斯过了很久都没回答，好像他没听到或他的注意力正集中在路上。我看到他正从镜子里看着呢。

"还在车库为你工作吗？"伦尼问。

伦尼知道她不在了，而且也知道文斯不喜欢"车库"这个字眼。如今它被当作"展厅"使用。有一天晚上，伦尼在车马店里说："展厅，他叫它展厅，我们都很明白那展出的是什么东西。"

"没有，"文斯说，"她不干了，不是吗？"

伦尼说："我希望她还有其他事做。"

文斯没有回答。

伦尼替他答道："不，我听说她没有其他事做。"

文斯说："那刚刚你为什么还问？"

文斯把油门往下踩了踩。我们都听到轰鸣声变得更大了。

维克说："你们刚才说我们在哪停下来吃中饭，休息一下吗？"

伦尼说："真奇怪，没什么。你不能总听到什么就相信什么吧！"

我说："好主意，维克。"

维克还抱着那个骨灰盒。他也不能老一个人捧着它。

伦尼说："真可惜她从来没有去医院看杰克。当他还在的时候——杰克肯定会喜欢的。她过去可是叫他爷爷的啊！"

文斯说："他可不是爷爷。"

维克说："我说要不就停在罗切斯特附近的某个地方吧！"

伦尼说："女儿。谁有女儿啦？"

我们的车子正开到 M25 号高速公路的交叉路口。那里车子可真多。

伦尼看了看我。他说："这阵子苏茜有写信给你吗？"

我说："偶尔有。"

他说："如果你那个的话，你认为她会来吗——我的意思是，你想她会露面吗？"

维克说："你这是什么问题啊？"

伦尼说："很好的问题。"

我说："没想过。"但其实我想过了。

伦尼说："这是一个很好的问题。"

维克说："杰克还指望我们停下来吃顿中饭呢！"文斯看着他。

伦尼说："你的那群孩子怎样啦，维克？我想你做得不错——生了两个儿子，把他们领进这行，那么你就可以退休了。子承父业什么的。"

维克说："马马虎虎啦。"

伦尼说："'塔克氏家传'——听起来挺不错的，是吧，文斯？"

文斯没有作答。

"不是吗，文斯？"

文斯咬牙切齿地说："我在这，我又没聋。"

他绕出去超了一辆卡车。

伦尼说："女儿。"

天空晴朗，一片蔚蓝，还飘着几缕白云。微风拂动了路旁的树梢。路标牌上写着"七棵橡树,达特福德隧道"。虽然我们早出了伦敦,但是路两旁的风景使人无法判断这儿到底是城镇还是乡村。似乎我们在走,却又一直都在原地。

我说:"那个盒子肯定很沉吧,维克,想把它递到我这儿来吗?"

伦尼说:"那么你打算什么时候归隐山林?什么时候让小伙子们接手呢?"

我看着伦尼,心想,别放弃,维克,还有我们两个呢!

维克说:"不急。为了几个客户我还要再在公司里待上一段时间。"

我没能看到维克的脸,但是他没在窃笑,也没转头或眨眼。

"那几个年轻人还不打算赶我走。你饿了吗,伦尼?"

"有点口渴。"

文斯说:"你可以到处转转,维克。你可以去比马盖特更好的地方。"

伦尼说:"这小子想去巴哈马群岛了。"

文斯说:"最多花个千把块吧。"

伦尼说:"杰克舍得吗?乔安最好现在就开始存钱。"

文斯说:"我也是这么猜的。"

维克保持沉默。

伦尼说:"费用不是你承担吗,小子?"

我说:"你还是把他递到这边来吧,维克!"

维克说:"对不起,阿雷,"好像他忘了似的。"哦,你想把他端过去捧一会儿吧?"他转头微笑,好像他并不想伤害任何人的感情。

伦尼说:"还有,维克!如果你在干这行时死翘翘了,那也很方便啊!"

维克说:"我也想过。来,接着。"

他把盒子递给了我。

"迪克和特雷夫来处理后事吗?"伦尼问。

"当然。"

"不错,"伦尼说,"不错。女儿,哼,阿雷,你说呢?除了麻烦,还是麻烦。"

现在我捧着盒子,杰克就在我的膝盖上。我们都一起看了看窗外掠过的景色。这时,伦尼说:"真的,你该退了,维克!如果年轻的凯茜能这样做,我想你也行。"

文斯说:"她并没有退。"

伦尼说:"没有?也对,她还不至于沦落到去乞讨为生吧?你知道吗,小子,一笔不小的损失啊!我猜她去赌马了。"

文斯没有再说什么了。

"我猜她一条裙子的价钱够你买六条领带了。"

文斯什么也没说:只是微微耸了耸肩。

"我听说她这阵子在赌马。"

伦尼的脸粗拉拉红彤彤的。我不知道这是多年前打仗时留下的,还是他的脸一直都是这样通红,一直都没有消退过。他迅速地瞟了一眼捧着骨灰盒的我。我此时觉得自己把它捧过来真是愚蠢至极,端坐着捧着它,那样子就像一个要玩具的小孩子。

文斯说:"或许我们该停下来休息一下。"

伦尼说:"可能她没去看杰克也是一件好事。这样的话,他就永远不知道他的孙女是个……"

文斯说:"她不是他的孙女。"

"事情另有隐情吗?"

维克说:"老兄们——忘了谁在车上呢。"他该有个哨子。

伦尼说:"他什么也听不见,正如他什么也看不见一样。除非你们相信这小子。"

我把骨灰盒从膝盖上移开。我打算把它放在伦尼和我之间的位置上,但是文斯的夹克放在那儿。

伦尼说:"真够滑稽的,如果你问我文斯有什么格言的话,我想那就是'眼不见,心不烦。'"

伦尼看着我摆弄着骨灰盒。他说:"杰克就在盒子里,是吧,阿雷?"

我把骨灰盒放在夹克衫上。然后稍微拍了拍衣服,唯恐把它弄皱了。文斯微微转了一下镜子的角度想看看我在干什么,但是我能看出他并不在意,他不是在想着夹克衫这事。他没有把镜子再转回去。

车子继续前行,车厢内鸦雀无声。文斯好像极力想说些什么,但是他只是盯着他夹克衫上的骨灰盒发呆。最后,他抬起头把脸侧过去,好像他不是故意说给哪个人听的,如果说有的话,那就是伦尼。他的音调有点怪。

他说:"我以前想他们能看到我的。我以前一直认为我看不见他们,但是他们能看见我。"

雷

苏茜放下吹风机,用手在头上轻快地抓了几下,好让头发松开来。我想,我无法否认,她比卡萝尔好看多了,就算卡萝尔在她这个年纪时也不如她。这种比较对卡萝尔来说是不够尊重,也是不公平的。但是也没关系。因为她是卡萝尔的一部分，在她身上有卡萝尔的影子，我们都是彼此的一部分。这不是说：再给我一次机会，我就可能选择苏茜而不选择卡萝尔，因为没有卡萝尔就没有苏。但是那也不是不可能，如果我是另一个不同的男人，再年轻一点的，如果我的名字叫安迪，来自澳大利亚的悉尼，那么我会更喜欢苏，像当年喜欢卡萝尔一样。我会喜欢上自己的女儿。

还有一件事也是真的，那就是他们现在在这种事上胆子更大，步子更快。当我在她这种年纪的时候，我得打好背包排队出操。可能应该像文斯一样，晚一点出生。但我不像文斯，要不然，也就不会有现在已经十八岁的苏茜了。

她的晶体管收音机放着音乐。转，转，转起来，我转起来……她跟着音乐的节奏扭动肩膀，好像在跳舞，但她只是坐在那里。我再次在半开的门上敲了敲。可能是因为吹风机和收音机的声音，她最初没听到。所以我端着咖啡杯在那儿站了大约半分钟。

卡萝尔逛商店去了，苏在洗头发。星期六早上。我自己不久也要出去。像往常一样：买烟，聚赌，灌酒。冲上一杯咖啡是我出门前爱做的事，同时也是窥视女儿的好手段。

她转过头来，笑了笑，撩了撩头发，这次是纯粹为撩头发而撩头发。我心里想，正如我好些年前当她还坐婴儿车时第一次说的那样，她是个喜欢卖弄风情的人，而且精于调情之道。她对她老爸卖弄风情，她知道当她这样做的时候，就表明她想索要什么东西。

她说："谢谢。"把收音机声音调小，用手握住杯子，吹了吹杯口，很快地喝了一口。然后放下杯子，开始梳头，略带疑惑地看着我，好像我不怀好意似的。她说："又要去车马店？"这个问题根本不需要问,因为星期六我一般都去车马店,但她这样问至少能令我心生不安,这也就是我知道她又要索要什么东西的另一个原因。我又开这个老玩笑——"车马店可不会自己开到我面前来"——这时,她笑了,但同时也皱了皱眉,鼻子上方显出些许不安,这让我知道此事非同小可。

她收起笑容,又喝了口咖啡。"不要现在就走,等会儿好吗?"她慢慢地深吸了一口气。她把杯子搁在膝盖上,端详着杯子,头发垂落下来,那样子好像在许愿,又好像在祈祷。我想,天哪!我几乎要大声地脱口而出。想起萨莉,想起伦尼来找我时说:"阿雷,我需要赢上一把,快点!"想起在肯普顿胜出的那匹马:"猛将普卡尼尔",二赔十一。她抬起头,像看结果公示牌一样看懂了我的表情。"不,不是那个,"她说道,几乎要笑出声来,又似乎一阵轻松,"不是那个,是其他的事。"

她拍拍床,示意我坐下来。这是一张她六岁就开始睡的小单人床。

* * *

她说:"他在寻根。"

卡萝尔说:"他们家是干什么的?"

她说:"他的祖先,他的出身。他想追溯他的家族史,他想回到他们老家看看。在这儿待久了,很多人都这样做的。"

所有的人都在寻根。

要是他那一族起源于萨默塞特郡那边的一处村庄那就很方便了,因为走那条路可以当作是一次愉快的假期,当作是去西部乡村做一次愉快的远游。他们可以尽情欣赏巨石阵,索尔兹伯里大教堂，切德大峡谷，以及所有来这里的澳大利亚人都想看的风情。带着一个帐篷，开着一辆从朋友那借来的旧福特车。那是个夏天——她在大学里的第一个暑假，所以事情就方便多了。时代变了，现在是留长发，穿短裙，戴小饰品。不要告诉我那不是他待在这儿的主要原因。寻根，寻个屁，我不觉得他们是否会在意能不能找到一个叫小当霍尔还是什么来着的地方，他们只要找到一块茅草地能让他们在上面抱着打滚就可以了。

如果不是他说为了寻什么根，我们根本不会同意的。

但是你不得不同意，这是一个放纵的时代，不用在乎自己的亲戚朋友和长辈们是怎么说的。

没有人能拥有一切，不是吗，雷仔？驾！我知道黛西·迪克逊要结婚啦！

但是当他们离开后我希望他们一切都好。我希望我就是他们。我想象着他们一路穿越英格兰。汉普郡、威尔特郡、萨默塞特郡，翻山越岭，一起浪迹天涯。我想象着他们支起帐篷，带着青草的气息蜷缩在一起，只有一层薄薄的布将他们和夜空隔开。姑娘，我能告诉你一些关于在星空下露营的事情，沙漠的夜晚会把你冻个半死。而且无论他们有没有做，我都情不自禁地想象着他们找到了一片偏僻的墓地，四周长满青草，异常的安静，看着墓碑上的名字。

打了一场世界大战才让我得以去旅行，让我去看看这世界，如果你硬要这么说的话。但是他却一路从悉尼欢欣雀跃地走到萨默塞特郡。一路上还有她的陪伴。而我却仍然住在伯蒙德西，仍然住在这个老爸的院子里，为了让查利·迪克逊开心。每天都去喝酒，逛赌场，开车去布莱克弗来兹。而在过去的十五年里我没带卡萝尔去过任何地方。

我说："我们赌一赌他们坐的车会不会抛锚，怎么样？"

她说："我们赌一赌她会不会怀了孕回来，怎么样？"

她紧绷着脸，一脸严肃，好像这全是我的错，都是我一手造成的，因为不是她先答应让他们走的。

是的，你们两个，为什么不干脆离开这里一起私奔呢？

我不知道哪个在先：是否是她的女儿长大了并且拥有了许多她不曾拥有的东西，从而使她的行为表现得像一个曾做出过错误选择的女人；还是她想这事已经想了多年，但为了养大苏茜而把它藏在心里。她已经四十岁，马上就奔四十一了。她不想再要一个孩子，一个已经够了。有时我甚至想她从未想要生苏茜的。苏茜是为我而生的。有时我想，当你想起埃米时，你就会觉得这个世界真不公平。

她说："那赌什么呢，'福仔约翰逊'？你为什么不把钱押在那上面呢？"

她又喝了一大口咖啡。额头上还是有不安的神色。我想只要她现在没有怀孕就不会有什么大问题的，为什么她如此难以启齿呢？随后，好像我在脑子里踢了自己一脚，狠狠踢了一脚，我几乎在床上打了一个哆嗦，因为我清楚地知道接下来会发生什么。我本该早就意识到它会发生，我多么傻啊！我想她知道我已经知道了，因为随后她就开始撒娇，好像我已经给了她解除警报的信号。她眨着她那双蓝眼睛说："爸！"她对眨眼睛很有一套。

她说安迪这个冬天要回悉尼去，她想和他一块去，和他在那里一起生活。她想到澳大利亚去住。

我多么傻啊！给了他们得寸进尺的机会！他们先要开车到萨默塞特郡，然后乘飞机到悉尼。我想这个星期六我是去不成车马店了。

她把手放在我的手臂上，捏了捏，好像此时此刻正极力想跟我说点什么。只是有关我和她之间的事情——和那个叫安迪的男孩无关——是一些我和她都得尽力解决的事情。好像如果我说不，她也会接受。

但是我没说。而如果让卡萝尔来决定此事，她就会说："不，不行，女儿！不行就是不行。"

我说："你在这儿不是有家吗？"但我知道这样开始跟她说一点用都没有，因为她最终都会讲："我已经十八岁了，我不再要你管了。"但她没有这样说：她只是给我做了一个那样的表情。

我说："那你上大学怎么办？"

这可不是一件小事，雷·约翰逊的女儿要上大学，而且打算当老师，这可不是一件小事。要是老爸在肯定会为此骄傲的。

她说："澳大利亚也有大学，那儿也有老师。"她看着我，好像如果我还要继续这样争论下去的话，她已经准备好奉陪到底。因为她知道确实不是因为我的缘故，她才做了这些事情的。这一直都是她的一个痛处，虽然她不再提起。似乎她已经认定老爸已经彻底地无药可救了，似乎我本来可以为自己拥有的聪明才智找一席更好的用武之地。

"有点头脑，"杰克总是说，"有点头脑，阿雷，有头脑！"

爸爸，除了去那个枯燥的办公室外，你还可以做些更好的事。

但我确实可以做更好的事，去投注店。我工作，我赌马。

我说："你对澳大利亚一无所知。"

她说："我自己会去认识，不可以吗？还有，安迪会指引我的。"她有点畏缩，因为她一直都在避免提到他。

我说："我相信他会的。信不信我揍他。"

她看起来惊呆了,而且很伤心,同时又略带愤怒。因为这不公平,不该这样的,这不该是我说的话。这次谈话就像一场战斗,需要用我的才智,用我的气魄去应对。我从来都没说过我不喜欢安迪。我真的喜欢他。我喜欢这个浑蛋。

她的脸色又高兴了起来,双眼炯炯有神。但是她随后就换了口气——她也不傻——换用了软绵绵的口气恳求着。

我想她比她妈妈十八岁时长得好看是应该的,因为世界在进步,长相也该进步。出生太早不是谁的错。但是在卡萝尔十八岁的时候我没见过她。那时我还在当兵呢。我怎么会知道呢?而事实是,不管怎样,我从来没告诉过苏茜这一点,或许现在是时候了,那就是我以前喜欢过她的大阿姨。

我一直都喜欢你的姨妈黛西。

我说:"那么到时安迪拿什么来养活你?他拿什么来养你?"

我看见他们开着吉普车穿过澳大利亚。

但是这时卡萝尔从商店购物回来了。我们听到开门声和放包的声音。我现在本该已在赛马场连赢了三场,正在车马店喝第一杯酒呢。此时,争吵几乎一发不可收拾了,我和苏都忍住了。因为这全是我的错,卡萝尔说这是我干的好事,她希望我明白,这就如同如果苏怀孕了全是我的错一样。所以我必须站在苏的一边,给自己辩护,我不得不违心地去辩护。我想那也正是苏茜所指望的。但是不管我说什么对她们都不起作用。因为那是她们两个人之间的事,我知道,这是她们之间的一场斗争。我只是站在中间,她们都想尽力逃到我身后来寻求保护。每个周末她们都像两只猫一样为此事吵吵闹闹,吵得我头昏眼花直迷糊,以至于我都觉得自己虽然已经和她们一起生活了十八个年头,但还是无法理解她们。有时,当我没看着苏茜或卡萝尔的时候,我就会看着"老马公爵"的屁股。

我押了三十块钱在一匹叫"银勋爵"的马上，五岁多点的马。三十块，想想，那是一九六五年的钱啊，我没把这事告诉任何人。我想，如果它赢了就意味着她可以去了，就意味着她路费也有了。除此之外没有其他办法了。但是我想你可以说我已经把问题解决了，因为我不打算失去那三十块钱。要去赌马，有时候你对事情的来龙去脉了解得一清二楚后才会下注。但是有时你又会光凭感觉，仅仅只是看到了事情的征兆。

不是人人都能看到好运的征兆，但是他们都称我为"福仔约翰逊"。

有时候我也会出错。

我想用这钱来押苏茜一生的幸福。我把钱押在了与我意愿相违背的事情上。但是在内心深处另一种想法也在萌发。我不想去想它，但还是想了。而且我觉得苏也想到了这一点。我觉得甚至卡萝尔也想到了这一点。那就是如果苏离开这里了，如果她去了我们看不到的遥远国度，对我和卡萝尔来说或许都是一次重新开始的机会。

它以优先半个身子的距离首先到达终点，一赔十二。当她妈不在的时候，我把钱偷偷塞给了苏，三百六十块。我说："别把这事告诉别人。"我说："这是你的路费，当你需要的时候就用吧！如果你需要的话。"我不想告诉她我是怎么得到这些钱的。但是我想那也不难猜到。所以我说："'银勋爵'，切普斯多，赢了半个身子。"

然后汉迪·安迪到我家来道别，苏双手抱着膝盖坐在他身边。他说他们已经决定了，不会再改主意了，他会照顾好苏的。他说他觉得他们更有默契了——现在他已经探寻到他的祖源了——这使人很难相信他那时穿的是一件阿富汗人的夹克衫。他说因为有了这一切,有了苏,他觉得自己更"完整"了。他的脸上已有了细细的皱纹,似乎他习惯了在阳光底下眯着眼睛看东西。我想踹他一脚。我想把那浑蛋的膀子给捏碎了。

卡萝尔走出房间。我们听到厨房门"哐"地给关上了。过了一会儿,他说:"谢谢,约翰逊先生,是马,对吗?"我看着苏,她正咬着嘴唇,低着头。安迪笑得像个白痴。于是我起身向卡萝尔走去。

她不再生气了,却在哭泣,用一只手捂住脸。好像厨房的门是她最后的一发子弹。她俯在洗碗池边哭着说:"如果她要去,我就永远都不会再见她了,听懂了吗?"但她的语气里没有愤怒,只有哀求。

我抱住了她。对一个四十岁的女人来说她还算十分苗条,我可以摸到她的肋骨。如果我再高一点,她就可以把头靠在我脸颊下,而我也可以吻她的头发。这种感觉好像她又变成了另外一个女儿。她一直都是她爸爸的乖乖女,查利的乖乖女。为了她父亲而嫁给了我。

我说:"你不能阻止她,她已经十八岁了。"

她说:"我没有阻止她。"

那时我才明白她哭泣并不是因为不想苏去世界的另一边过一种全新的生活,而是因为,她嫉妒苏。

我努力让一切都好起来,我努力让我们的生活好起来。我甚至不再赌博了。我试着戒掉它。

但是这没用。或者说,如果那年十一月她父亲没有突然去世的话,那可能就有用。灾祸总是不来则已,一来就一串:摔了一跤,去拉活时,下水道的铁管子上,撞破了头。当场就死了。查利·迪克逊,收废铁的,废品回收。

我并没有什么预感,也没见到任何征兆,那也没有给她所要的自由。事实正好相反!

我睡在苏的床上,没睡着。一大早就去工作了,在史密斯菲尔德吃早餐。

四月里的一天,我看到了事情的征兆。或者你可以说我戒赌也戒够了,有道理!既然我过去能做到,那么现在我也能做到。一百块,这是我三个多月来攒下来的赌本。那个星期六是由我去街上买东西的。当我回来时,我一路哼着小曲。假如我无忧无虑,喜欢漫游……我看着她的脸,犹如万物复苏的春天,而我则是快乐的使者。我说:"我想让你看样东西,就在街上。"

她朝窗外望去,我指了指。

宝石驹,来自尤托克西特的,八赔一百。

她问:"那是什么?"

我说:"一辆房车,露营车,豪华型,两个人流动的家。"

她说:"真是没法过了。"

文 斯

那时和现在可不一样,汽车在高速公路上行驶,虽然已过了半个肯特郡了,但是在脑海中伦敦仍然余味犹存。这感觉就像是在进行航海旅行,只不过是正好反过来罢了。你并不是在等待或者希望看见大陆,而是你本来就在陆地上行驶,迫不及待地想看到海边、大海。

我看着萨莉的大腿,看着田园、森林、小山、牛羊还有农舍,看着高速公路,灰灰的、干干的,就像大象的皮肤,朝我们逼近,而且一直朝着我们,越来越近,近得可以把它捧起来,一口吃掉。不过我又看着萨莉的腿,她把它们搁在埃米的腿上。也并不是完全搁在上面,因为她的腿不停地在移动着、摇晃着、滑动着。当我们的车快到达海边的时候,她的腿开始上下摆动,她的脚放在仪表板下,这架势跟她赢了点阵游戏时一模一样。O代表果园,P代表加油站。当埃米问她是不是要下车小便的时候,P就代表撒尿了。接着她会和埃米一起去,两人隔开了,蹲在篱笆后面撒尿。我觉得这并不只是拿出来就撒的问题,还是有些许区别的。

这和她们走路的方式没有多大关系,也不是萨莉裙子翻起来的问题,因为要是萨莉没有把裙子扯平整的话,埃米也会帮她做的。而是她们的柔滑和光洁,她们那种似黏非黏的感觉。那种味道是你在高速公路上开车时闻不到的,但是那种味道就在那里,我知道那是萨莉身上的味道,肉眼是看不到的。那味道像海边的味道,就好像去之前海边的那种特别的味道。

萨莉坐在埃米的腿上,我坐在中间,旁边是杰克。我们可以随时交换座位,我也可以坐在埃米的腿上,我不是很重。萨莉也可以坐在我的腿上。但是我觉得埃米还是希望萨莉坐在她的腿上。我看得出来。

有一天,他说:"你得坐到后面去,你们俩都老大不小了。如果你想让萨莉去的话,你就得坐到后面去。"

所以我就坐到了后面,在那里我看不到萨莉的大腿。我所能闻到的只有肉散发出来的那种甜甜的、腐蚀的、黏喉咙的味道。

那种味道并不是一开始就有的。那里放着装野餐用具的包和装海滨用具的包，有他们放在那儿给我垫坐的毯子，还有他用来洗刷异味的肥皂的味道。但是过了一会儿，肉的味道就弥漫开了，就好像一开始那种味道就潜伏在那里，不久，恶心的感觉就开始发作，你不得不强忍住。

但是我没有出声，绝对没有。我想他们也不知道，前面的窗户打开了，空气很流通嘛。我没有敲打车厢说："让我出去，我快憋死了。"我这么做是为了萨莉，因为那样她才能待在那里。她坐在前面，我既看不到她，也闻不到她身上的味道，我只闻到肉的味道。她虽然坐在我既看不到也闻不到的地方，但她在那里总比不在那里要好得多。当我们到了那边下车时，我就能看见她了，还有大海。肉的味道和恶心的感觉就会被大海的味道冲得烟消云散，尽管那种味道还在车子里，而且回家时还得忍受，但没到那时候也就不会去想它了。事已至此，也就不可能是另外一个样子。我想，当我乘车回家时，事情就扯平了，因为来的时候有对前方大海的憧憬，而回的时候有对刚才旅程的回忆，或许没有比这更恰当的了，你既不用盼望也不会失望，两件糟糕的事情当中插了一件好事。两边是新鲜的空气和明媚的阳光，中间是车厢。

我想萨莉如果知道我这样做是为了她的话，她一定会很感动。不过我并没有告诉她。或许她根本不会感动，或许她也不会去想，又或许她觉得我的做法很可笑，会觉得我在后面车厢里就像被关在笼子里的动物。或许他们叫我坐车厢的真正原因是他们喜欢萨莉胜过喜欢我。

琼不是我姐姐，我没有姐姐。

我钻进车里，他随后就把车门关上，一扇门上写着多兹，另一扇写着家传。接着他就折回去，开动车子，我开始讨厌起他来。

我讨厌他，讨厌肉的味道，觉得他们没什么两样。那种抗拒恶心的感觉是最好的感觉，比想一些快乐的事情感觉要好得多，比如大海，比如萨莉，因为在那些情感里没有抵制。我躺在毯子上，不停地讨厌他，心想我决不会去当个卖肉的，那不是我将来想做的事。当我躺在那里恨他的时候，发现了另一件事，一件在肉味之外能让旅途变得可以忍受的事。我把耳朵贴在毯子上，我能感觉到下面金属运转的声音，能听到传动系统运转的声音，车轴带动轮子转动的声音，我会想，这就是汽车运转的方式。我躺在这辆车的传动系统上。我已经不是自己了，我成了这部车子的一部分。

但是有一次，我吐了，吐在了毯子上，沙滩包上，野餐包和其他东西上，吐得到处都是。我并没有出声，只是呕吐。于是那里没有了肉的味道，只有呕吐的味道。

第二次，他说萨莉不来，我可以坐到前面去。我想，都让我给搞砸了，萨莉现在不去了，我说："我不介意的，我不介意坐到车厢去的。我不会再呕吐了，真的。"但是他说："她反正又不去了，这次不去了，你还是坐到前面来吧。"

他们两个什么都没说。好像那时让我坐车厢是一种惩罚，现在让我坐前面也是一种惩罚。但后来我想，应该说抱歉的不是我，而是他们。他们对不起我，因为是他们赶我到车厢去的。他们对不起我，因为他们一直在扮演萨莉的父母，而现在他们却要当起我的父母来了。他们在主干道上拐了个弯，好像不去海边了。

我们在一个小山顶附近停了下来，许多农田顺着小山斜伸向远方。满眼绿色。我什么也没说，没有说，心想："我们为什么要到这儿来？"我记得山顶上有一个古老的风车，山下是一片美丽的景色：田地、树林、篱笆、果园、农舍、教堂的尖顶和村庄。它们零星地分布着，好像有人把它们拼凑了起来一样。

我们在山顶小坐了一会儿，汽车的发动机还在响着，外面刮着微风。他们互相看着对方，他说："看山下那面，那是你妈妈和我第一次见面的地方。当时在采啤酒花。"但我还是不太明白，因为我知道"采"是摘的意思，比如说摘苹果，但是我对"采花"一点概念都没有。于是我问："'采花'是什么意思？"他尽力向我解释，好像他事先对此毫无准备一样。可是我仍然听不懂。埃米说："他们把肯特郡称为英国的花园。"她朝我怪怪地一笑。然后他说："这就好比要有城市得先有农村。看到那些果园了吗？没有果园，伦尼叔叔就没有苹果卖，是吗？看他们放羊……"似乎他对这个事先也毫无准备，不过是用这话来搪塞我罢了。说着他停了下来看着我。他又看着埃米，埃米点点头，然后他说道："跟我来。"

我们走出车子，来到田野里，我很害怕。到处都是羊，咩咩地叫，盯着我们看。他站在那里看着眼前的景象。我想，那是因为羊会被人宰杀，被人切碎然后吃掉。那景象很遥远，也很渺小，好像我们也在遥远的地方，也变得很渺小，会有人在看着我们，就像我们现在看风景一样。他看着我，我知道我害怕的原因是因为他也害怕。我老爸杰克可从来都没怕过。他看起来不像我老爸杰克，而是其他什么人。他深深地吸了一口气，接着又快速地吸了一口，我估计他要改变主意了，但是他已经开始摇摇欲坠了，几近崩溃，在那个山顶上，他无法控制住自己。

伦　尼

于是，文斯回家了，穿着新便服，坐在车马店的高脚凳子上，四处敬酒,请我喝了一大杯苏格兰酒——我本来不该喝的——稍稍放松点之后,他用寒冬一样的语气问道:"萨莉近来好吗?"

你很难从脸上看出他是否生来就是厚颜无耻,还是他真的是个榆木疙瘩,居然还认为自己可以一切从头开始,重修旧好,认为自己已经受过惩罚,拜军队生活所赐。现在他居然问起我女儿来了。

我想他同样欺骗了杰克,因为从杰克的举止可以看得出来文斯变了。他离开了,发现自己当初不该那样做。你应该相信杰克不会头脑发昏到相信文斯当兵五年的唯一原因是为了回来请求宽恕,然后重修旧好。

只有部队才能使男人完美。

年轻人,你能够回来真好。慢慢来,休息休息,好好乐乐。你知道的,我那个旧铺子的大门随时为你敞开。

但是他并没有休息,也没有找乐子,而是很快就投入到了工作中。他把当兵时省下来的相当一部分补贴都压在了雷·约翰逊特别推荐的赛马上。而阿雷,就像他最近的表现一样,干得不错。这辆露营车就是证据。那是一个相当敏感的话题,我们就不谈了,就像在伦尼·泰特为了女儿需要中个大奖一样,我们就不谈阿雷是如何做到的了。

文斯没有买露营车,他买了一辆一九五九年产的"豹牌"汽车,你可能认为他打算让世人都知道他将会怎样过日子。只有军队才能培养出真正衣冠楚楚的奸商。他把"豹牌"汽车停在查利·迪克逊的旧院子里,都是雷的好意。查利·迪克逊去了天上的废品收购站。于是,他给自己买了一套工具和手推车,大部分日子都在捣鼓着发动机,把它拆开来又装起来,把车子整整,喷点漆,然后再卖掉。然后他又买了一辆车,如法炮制。快到年底的时候,除了那辆露营车，阿雷的院子里还放了两辆车。我对杰克说："你不能再自欺欺人了，这可不是这个小伙子的业余爱好。他可能就喜欢整天躺在车底下，并且他可不是为了爱好而那样做的。事情没那么简单。"

他说："那是阿雷的错。"

我说："或许吧，但是阿雷也有自己的苦衷，对不对？"

但是杰克并没有轻易放弃。他使尽了浑身解数去争取文斯。局面变得很尴尬很荒唐，这还表现在曼迪·布莱克身上，从布莱克来的。

事情是这样的，她一天清早坐着一辆送肉车来到史密斯菲尔德，那里离她家很远，但对她而言是越远越好，只是又累又饿，而且还迷了路。杰克和他的伙伴们请她吃了一顿像样的早餐。但是杰克更进了一步，让她在他家住了一晚。其他任何人可能要么在她背后指指点点，要么是为了省得被人嘲笑或少给自己添麻烦而置之不理，但杰克却不是这样的人。你可能认为埃米对此会有话说。你可能会说这只是出于友好，或者只是出于多兹家族有收留迷路人的老传统。不管怎么说：曼迪在伯蒙德西出现了，在杰克的货车里。我猜杰克当时并没有想到文斯。他当时在想琼，在想埃米。可怜的傻瓜。

麻烦的是，因为文斯回来了，家里没有多余的床了。但那不是问题，文斯说，他看能否睡在阿雷的露营车里。就睡一个晚上，他已经习惯住在露营车里，即使是在十一月中旬。这样一来他就可以跟他的爱车亲密接触了。这个晚上是她一星期里过的最好的时光，她乞求他们不要走漏她的风声，而他们也不忍心把她赶出去。我想，只是后来他们都习惯了把她当作一个长期住客时，杰克才想到他也许可以用她来讨好文斯。至于他为什么会有这种想法的,那就不得而知了。似乎他期望文斯对他说:"谢谢杰克。现在我要回史密斯菲尔德了,那里看起来不错。"文斯好像自己不会采取措施一样,而且还不只是这样。好像曼迪可以任由杰克摆布似的。事实是,兰开夏炖肉①小姐正睡在文斯的房间,而文斯则睡在阿雷的露营车里。她迟早会去院子里向他道谢,说给他添麻烦了,会去看看他整天都在那里干些什么。那里就他们两个人,有一辆露营车,文斯又有钥匙。杰克,你还是滚一边去吧。

最有趣的是,曼迪不知道她有多幸运,要不就是她比任何人想的都要聪明,都要更有远见。因为——尽管还没有人知道——文斯已经着手创办多兹汽车公司了,后来发展为多兹汽车销售大厅。也就是我所说的"车库"。尽管在我看来那是一个前途未卜的举动,也不足以成为年轻人创立美好事业的一个光辉榜样,但他却成功了,靠它挣来的钱比"多兹父子"家庭肉铺以前任何时候挣的钱都多。看看那套西装。它让她可以去买连衣裙,去做发型,去享受阳光下的假日。有时我希望萨莉重新回到这家伙身边,这个遭瘟的,我真的希望这样。因为她自己干过的事已经不能再糟了,我还记得那些我和乔安都没去的到马盖特的旅行,我真的记得。

* * *

他问:"萨莉好吗?"
我说:"难道你想知道?"
他说:"伦尼,我当然想知道啊。来,再喝一杯。"脸色没有

---

① 火锅炖肉是英国兰开夏郡一道著名的风味菜肴。

丝毫变化。

我说:"她结婚了,对不对?"

我想,这个臭小子胆子倒不小,我得治治他。只有部队才调教得出他这样的人来。他本来没有这种流氓习气的。更可叹的是,他长得倒是一表人才。难怪他们会叫他当标兵了。我想,他在过去五年的军队生活中肯定与几个妓女或什么的有染。为什么他现在坐在这里,站着喝酒,就像是个不可一世的英雄,他所做的一切就是很荣幸地成为最后撤离亚丁的部队之一,并且学会了使用扳手和黄油枪?这与杰克、阿雷和我当兵那时是很不一样的。该死的沙漠。

我说,她结婚了,对不对?但是我没提她不和她丈夫住在一起的事,她丈夫在本顿维尔蹲监狱。因为他或多或少总会听说的。四项盗窃罪,一项蓄意伤人罪。我们国家需要的是恢复兵役制度,文斯,我说得对吗?

我也没告诉他萨莉现在生活有多拮据,做零工赚点钱,收点房租,和你现在一样,可以去问阿雷。

我也没告诉他她没有孩子。不过,没孩子对她来说是减轻负担了,我说错了吗?

他说:"我听说了,我听说她结婚了。"眼睛都没眨一下。"那么,伦尼,你的水果蔬菜生意做得还可以吧?"

文　斯

但是一辆好车不仅仅只是一辆好车。

对于男人而言，一辆好车不仅能把自己从一处带到另一处，而且是一种慰藉、一个伙伴和一笔资产。至于女人的感受，我就不得而知了。曼迪开起车来就没什么特别的感觉，觉得车和手提包没什么两样。但是好车值得人们去尊重，你对它好，那它也对你好。如果有必要的话，你可以把它拆开来看看它是如何运作的。那不是多么神秘的东西。

人们诅咒汽车，说汽车是我们时代的祸根。但是我想说的是，这不是很棒吗？竟然有这样的事物存在，每个人都可以跳进去，有了它人们想到哪儿就去哪儿，难道这不是很棒吗？真无法想象一个没有汽车的世界。要我说，这世界上没有什么东西比你在加大油门风驰电掣般地行驶在路上时更能体现你活着，证明你忙碌地生活在这个时代。各种标志、信号灯和斑马线保证这一切循序而行，一切都在运转，都在前进。我们在哪儿？离格雷夫森德三英里的地方。我们在朝着格雷夫森德行驶。或者当你大热天戴着墨镜开着自己的车穿行在城镇上，胳膊搁在窗子上，手中夹根香烟，一路看美女。开着我的爱车向前奔……

我常说：车不能独自称之为车，得是人和车的结合体，得是互相燃烧。要是没有人去开动它，汽车就什么都不是。而没有车，人有时也什么都不是。我称之为汽车化。我说的是，要让汽车适合顾客的品位。我不仅仅是汽车销售商，我也是位汽车裁缝。我还是一流的技工，我对引擎的了解不亚于你对你妻子那个部位的了解，但是我没有那样做已经好多年了。一辆好汽车就像一件好衣裳。

他说："对不起，多兹先生，很遗憾听到这事。"

油嘴滑舌的家伙。

我说:"侯赛因先生,老规矩,你想开着它绕街区跑一圈吗?"

于是,我们钻进奔驰车里。

他说:"那葬礼什么时候举行?"

我回答道:"星期四。引擎跟新的一样,外漆和内饰都是定制的。"

他说:"多兹先生,失去父亲是一种沉痛的打击,最沉重的打击。"

我说:"前面的悬挂系统需要调校一下,我会处理的。换挡就像奶油一样顺滑,不是吗?"

他想,杰克死了,所以我很容易搞定。

我说:"常规保修。"

我们沿着雅买加路前进,然后沿罗瑟里斯环形交叉路折回来。

他说:"让我想想。"

这意味着他可能不买,也意味着他对凯茜已没有兴趣了。还意味着我对他已经没有牵制力,赚不到这笔钱了。

我已经几乎赚了一千块钱。

我们从阿比街回来,把车停在马路旁,在那里坐了一会。你总得让上钩的人开动一下脑筋。

我说:"我有很多问题想问你,侯先生,可是——你了解我的——你的首次采购。"

他说:"嗯——等到星期五,凯茜到时当然会去参加葬礼。"

我说:"你是在问我呢,还是在告诉我这一事实?"

如果你的情妇板着个脸的话,那就大煞风景了,对不对?得去溜达溜达,表示一下敬意。

他说:"问。"

我说:"那要取决于她。"这也意味着取决于他。"侯先生,这辆车很带劲。完全属于你了，我甚至不知道到时我会不会去。"

他满脸茫然地看着我，心想，杰克死了，所以我成了容易击败的对手。

我答道："你的意思是凯茜从来都没告诉你？她从没说过？"

这是所有发明中最好的东西。如果别人没有发明它，我们可能也会发明它。它不仅仅是轮子上的座位。它是我们的工作伙伴。它是个伴。它不会对你提问，也不会对你撒谎。你可以待在里面，在那里你可以找到真实的自己。如果你没有一个属于自己的地方，那就待在汽车里吧。

格雷夫森德

维克坐在前排座位，没有再捧着那个盒子了，他按着门板上的按钮调整座椅。

伦尼说："维克，你坐在那儿非常舒服吧？"

他答道："还行。"

文斯说："所有的座椅都可以电动调整，内饰是顾客定做的。"

伦尼说："但维克不是顾客啊。"

"别说得那么肯定，"维克回答说，"文斯，你要多少钱？"文斯突然把头转了过来，他信以为真了，维克都还没来得及眨眼笑笑。一脸苦瓜相的维克。

我得承认，在我们这些人中维克气色最好，好多了。我想，要是拿伦尼、维克和我做比较，任何人都会认为维克要年轻五岁。

可以打赌，他将是我们中活得最长的。文斯除外，他可不是个黄毛小子。我们中最先死的，第二个死的，将会是……

维克说："只不过测试一下罢了。"

他的脸很干净，但毫无表情，我猜测他以前是个半个月就得理发的人。可能是与尸体打交道反而让他身体更健康。也许是防腐剂的缘故。或者当过海军的缘故，清新的空气和咸咸的海水。正是我、杰克和伦尼先归于尘土，招引苍蝇。

他不仅看起来是这样，而且表里如一。就像没有人要把维克·塔克撵出去。就像没有人争论他是否应该坐在前面的位置，该不该捧盒子，就好像他是这次小小行程的领导。文西，她走得很稳。哎，哎，头儿。我估计那一定也是和他的工作有关。它需要待人接物都头头是道，四平八稳。当然，在他那个行业缺乏尊严是不行的。

尊严，就是这个字眼——尊严。

维克·塔克，听您差遣。

他又坐回椅子上，半闭着眼睛。

伦尼说："阿雷，你还没说吗？"

"说什么？"

"你是否觉得苏会来。来为你送行。"

我说："这无关紧要，是不是？这无关紧要。"

"即使是这样，"伦尼轻声说道，就像他认为维克要睡着了，"我们总得找个人来。"

他的意思是，没有卡萝尔，其他什么人也行。

我说："澳大利亚离我们很远很远。"

"没有从这里到另一个世界那么远。"

我看着伦尼。

文斯说:"什么另一个世界?"

伦尼说:"小子,你怎么说话的。"

文斯说:"但是它比锡德纳姆要远。"

因为那是卡萝尔现在住的地方,她早就搬到那儿去了。巴里·斯托克斯,贩卖日常用品和家用电器的。

伦尼说:"假如。"好像他之前没听到文西说什么。

文斯说:"阿雷,我们可以在回去的路上去看看,在南环城路上。"

文斯精神抖擞起来了,好像他想起来自己是这些人中年龄最小的。

伦尼说:"假设。假设你有一些特别的要求,假设你就像杰克一样有一些特别愚蠢的要求。谁将会去做这件事呢?"

"我想我不会有愚蠢的要求。"

"天知道!"

我想,埃米不在这里。

"好,"我看着伦尼说,"那就是你。"

伦尼看着我。他的脸跟熟透了一样。一定是长期和水果蔬菜打交道的缘故吧。你可以看得出来这是他想听到的回答,但是他摇了摇头,轻轻地,面带微笑。"你想再考虑一下?或者你在想更便捷的方式?"

文斯说:"别担心,阿雷,还有我在呢。你想要什么——奔驰车还是劳斯莱斯?"

圆滑的家伙。

伦尼说:"看着路,要不然我们任何人都不会在了。"

文斯说:"你们想在哪里下车?"

维克一边咳嗽,一边在座位上动了动身子,他没睡着。他说:

"阿雷，你现在可以去那里了，不是吗？去澳大利亚，看苏茜。去看孙子孙女们。是什么阻止了你去那儿？你是个自由人啊！"

他转过身，看着我。好像他之所以帮我走出窘境只是为了要将我带进另一个窘境。

我说："维克，费用是个小问题。"

维克说："你赌上他一马。我似乎记得它以前很奏效。"

我看着维克。他板着个脸。他是什么意思：自由人？

"那很好，"文斯说，"你可以去看看那边的世界。在那里住上一段时间。去曼谷看看。"

文斯把头转向驾驶镜。

他说："但那只是出于兴趣，呵，你们希望在哪里下车？"

好像他是个出租车司机似的。到哪里下，伙计们？

"我无所谓。让维克来定吧。"

但是维克什么也没说。他没说"阿雷，你看着办"，然后伸出一只小手指，殡仪员的礼节。突然我看到了自己在车上的那一幕，被装在一个纸板盒里，放在一辆大车里，只有文斯在开车，文斯系着领带，扣着袖口，戴着墨镜。

我把那个院子卖给他了，便宜得很。他又转手卖了它，赚了一大笔。

于是，我想，但是我不会去看的。这没关系，这无关紧要，因为我不会去看。除非是真的，就像文斯似乎认为他们正在看他一样，那些死人。所以当我死了，我也能够看到我自己的葬礼。他们都在看着我们，甚至现在，老头、查利·迪克逊和文斯的父母，还有"老马公爵"，还有杰克，透过箱子看着我，周围全是尸体，杰克、伦尼和我在战争中幸存下来，躺在沙漠里，因为我们很幸运，还没有轮到我们死。

因此，如果苏茜来了我就能够看到。

伦尼说："我想他们应该在塔腾哈姆角让你下车。"

我看着伦尼。他没有一脸苦瓜相。

文斯说："这样基本上就定了我们去哪了。"文斯两眼放光，就像发现了新游戏一样。"那我们其他人怎么办呢？伦尼，你呢？"

"哦，我听阿雷的，我不挑剔的。这——无关紧要。"

这盒子就像椅子扶手一样放在我们之间。

文斯说："骨灰就有关紧要。"

伦尼看着文斯。

"你怎么说？维克。"

维克抬起头，好像他又要睡着了一样。

"哦，"他说："都安排好了。"

文斯说："什么安排好了？"

维克说："几年前，我买了一块地，在坎伯威尔新公墓为我和帕姆买的，那时地很便宜。"

大家都陷入了沉默。我们继续驱车前行。每个人都在互相猜测彼此到底在想什么。但是我想维克要比谁都猜得更准。我想实际上维克知道的比他表现出来的要多得多。也许，这也算是他和尸体打交道的收获吧。

维　克

这是一个好行业。不存在什么贱买贵卖，也用不着诓骗着卖给邻近的傻瓜他用不着的东西。没人想要它，但人人都需要它。

任何行业中都有奸商，而最坏的就是那种乘人之危的奸商。我知道那些人会诈骗一个丈夫去世还不到一星期的寡妇，连哄带骗地卖给她结实的橡木棺材，内衬缎面，加上坚固的铜柄，其实一口普通的棺材就够了。毕竟我还从没听到有尸体对棺材抱怨过。他们那些人出售棺材就像文斯出售汽车一样。但这行业本身的确是个好行业，一个稳定的行业。它永远都不会缺少客源。

在我看来，它是一种特权，是一种教育。在这里，你可以看到人最脆弱的一面和最坚强的一面，你可以看到，当人只能严肃地面对自己，当葬礼需要他沉浸于庄严和仪式中时，平时那些所有世俗的心机都荡然无存。但对殡仪员来说太庄重了也不行。那就是为什么讲一两个笑话也不出位的缘故。那也是为什么我说：维克·塔克，听你差遣。

这一行不会有太多人去做的，你必须从小得到熏陶，代代相传。它在一个家族中延续，就像死亡在人类中的延续，这样也是一种慰藉。一种延续。这不是你们所说的那种受人羡慕的职业，但却也有令人满足和骄傲的地方。没有自豪感你就不能主持葬礼。当你穿着套装，戴着礼帽和手套，迈开脚步慢慢地走在灵车前面时，你不能看起来像在致歉的样子。在那个时刻，你必须让戴孝的人和去世的人所期望发生的都得以进行。你必须让整个世界都驻足关注。有时候殡仪员比警察可风光和气派多了。没有威信也不能主持葬礼。当人们不知道该怎么做的时候，就要告诉他们该怎么做。在尸体面前，大多数人都茫然到分不清前后左右的地步，事实就是这样。杰克的葬礼也同样如此，和其他成千上万的葬礼一样。看着高悬的挽联，听着响起的哀乐，大家往往都不知道什么时候该转身，什么时候该走，也没人说"仪式结束了"。阿雷就是这样，他在埃米边上，坐在侧廊边的前排座位上，眼睛直直地看着前面,我走上前去,拍拍他的肩膀,在他耳边轻声提醒了一下,就像曾经提醒过无数的人那样:"现在可以走了,阿雷。他们都会跟过来的,埃米也会跟过来的。"这个时候,雷·约翰逊——大家都管他叫福仔——会完全听命于我,就像一个被我送上床的昏昏欲睡的孩子一样。

我看着杰克收拾盛肉的托盘,捡起装饰用的塑料花叶,娴熟而又毫无停顿地冲洗展台,好像他闭着眼睛就能做这一切似的。但是在这样一个大热天里,他仍然干得仔细而又从容不迫。我想,他起得很早,他已有相当一段时间没有自己亲自出马干了。通常都是那个小伙子干的,那个说自己分不清肩肉和脊肉,而且脑子里老记不住价格的小伙子。直到他被解雇打发走的时候也还是没法弄清。那块红白相间的布篷看起来已破旧了,估计撑不到年底了。

在一天结束的时候,看着其他商场关门已经是个老习惯了。商店原本就是要被人看的,因此它周围都有窗户。这样你就可以打量商品和观察店主,就像看鱼缸里的鱼一样,但这并不适用于形容殡仪员的店铺。棺材店是谁都不愿意窥视的商店。所以里面的东西都相应地摆好,却无须被路人看到,拉下窗帘,幕布。没人想要看着殡仪员张罗他的事情。

所以我站在了那里——那些寂静的黄昏里我经常站的地方——在蕾丝窗帘的后面,那个窗帘将窗子遮得严严实实的,将黑色镶板的隔板也挡住了一半。这也是这行的一个习惯:隐秘性,看别人,但别让别人看。

特雷夫请了半天假,迪克去梅德斯通拉活去了,其余的员工都溜走了,灵车都停在了后面,都已经打蜡抛光了,以便明天使用。

所以我独自待在那里，还有一个康诺利先生，他在等他的妻子过来看他。

我看到杰克走出门外，收起布篷，绕了几圈手柄，又走进屋里，接着又出来锁好门，拉下防盗隔栏。所有那些东西应该花了不少钱吧，但是我自己从来不用搞得那么麻烦，因为到目前为止我还没听说有哪个殡仪馆被偷了的，连小偷都不喜欢这里。我敢说我保险柜里的钱比杰克的要多。

我想，现在他定会转到右边，拍拍口袋，看看他的手表，朝干洗店的德斯挥挥手，而后朝着车马店方向走去。如果薇拉·康诺利不迟到的话，一个小时之后，我就会在那里和他碰面。这是个干燥的季节。但是我看到他走到路边，并朝路这边看了过来，好像能看到我站在窗帘后面一样，好像用手势招呼了他一样。等熙来攘往的车辆开过，他便穿过马路。我马上退回屋里，接着就听到他开门咯咯作响的声音。

"晚上好，维克。你去车马店吗？"这听起来很奇怪，要么他在车马店见到我，要么见不到，我自己可以找到去那里的路。他知道如果我去的话通常要晚一点，因为我很少像他那么早就收工，他五点半准时下班。

我说："正在想要不要去呢。"

"干燥的季节，不错的天气。"

"不错的天气，你来就为了告诉我这个吗？"

"六月一日，维克，你知道是什么日子吗？"

我看着他，他环顾了下四周。

他说："你就一个人？"

我点点头，说："为什么不坐下来？"他看了我一眼，有点拿不定主意似的，好像深有意味，他来是有目的的。但他还是坐下来了,坐在顾客经常坐的地方,坐在丧亲者坐下来谈论他们的要求的地方。然后他说:"时候到了,维克。六月一日了,我要把我的铺子卖了。"

他说起来就像是在承认罪行,就像是来安排自己的葬礼。

我说:"那么,我一定会来喝杯酒,有喜事值得庆祝一下,你买了吗?"他看着我,眼睛眯了一会儿,好像在要求不要被取笑,可能我和其他人也有共同点吧:都爱嘲笑别人。

"我告诉你,维克。我没有告诉其他人,至今还没有。"

"那是我的荣幸,我一定不说出去。"

但是我想,这个大秘密是什么?这又有什么可惜的呢?在他六十八岁的时候,他打算退出,这在很多人看来还不是时候。他曾说他会继续开店,一直开到死,可他还没死,而店却一直在开。他现在打算做一件文斯告诉他几年前就应做的事:要么趁早收手,要么等着收尸。那可能就是关键所在,文斯告诉他的。埃米对他几乎都死心了。尽管他还不知道,也不会知道。

我想,自豪感真是个奇怪的东西。它可以使矮子趾高气扬,但对害怕显矮的高个却毫无用处。

他说:"肉店究竟是什么呢?"

我想,杰克,你已经告诉我了,因为你的整个面部表情都在说它就是一切。如果否认的话对你的打击会太大了。你不该认为不能再埋头苦干了是一个悲剧。振作起来,杰克。在我看来,卖肉的通常都是些快乐的家伙,一个个身材高大,胳膊粗壮,笑容粗犷,就像你过去那样。我才应该是那个悲伤的人呢。这是退休而不是失败,我和你同龄,只是我这一行的特殊性促使我一直坚守在这里,待在办公室里,直到把生意移交给我的儿子们。因为在这个年纪,大多数人都开始需要殡仪员了,这是个制造寡妇的年纪,我知道康诺利太太会赞同这个观点。

他说:"除了猪肉,生活中还有很多东西,对不对?"听起来好像他也不确定到底那是什么,"这样对埃米才公平。"

我问,"你告诉她了?"

他抬起眼睛,吃了一惊,说:"等一下,维克,我只是在五分钟前擦洗盘子的时候做出的决定。"

我想,这才更像是我认识的杰克·多兹。所以不知不觉间我成了这个重大决定的见证人。肯定有什么东西使你在看的时候去看你所看的地方。

他说:"所以我当时想,我最好快点告诉哪个人,最好快点告诉维克,否则在我告诉埃米前我又会改变主意的。"

这更像我认识的杰克。

我说:"如果你不告诉她的话,那有点让我为难,对吧?"

"我会告诉她的,"他有点愤愤不平,他的脸又沉了下去,好像他还不知道自己该怎样去跨过那道坎,好像这世上没有比告诉别人好消息更困难的事了。

我的办公室里有一只老钟,有规律地发出嘀嗒声。真是一种慰藉。

他问:"孩子们好吗,维克?"

我心想,都已经四十多了,还叫孩子们,但我还是管他们叫孩子们。

我说:"我让他们一直都很忙。"

他扫视了一下空寂的办公室,然后又看着我,好像要说:"看起来是他们使你一直都很忙啊,维克。"但是从他眼中的闪光可以看出这意味着什么。这种目光以前我也见过。它意味着,维克,对你来说,收手是轻而易举的,是不是?收手吧。让迪克和特雷夫来经营吧。不管怎样,店铺还在的。如果是我,这是很容易的事。

这里的我指的是文斯。

唉,杰克,你已经失去机会了,连接班的人都没有。

"你知道今天是什么日子吗?六月一日。"

我摇了摇头。

他说:"琼的生日,琼五十岁的生日,一九三九年六月一日。你知道埃米现在在哪儿吗?"

我说:"去看琼了。"

他点点头,然后看着双手。"她没有说什么,但我知道她的心思。我可以破个例。五十年,既特别又不特别。一个好机会,可以让我做以前没做过的事情。'我打算去看琼。今天是固定去看她的普通日子,但今天有点特别,对吗?'她说,'我给她买了份礼物,一只手镯。'她没必要再说其他的事情,只是看着。她没有放弃。于是,我就说:'我也去看看,我也去。'让我失去好多,维克,是这样说的吧?"

我心想,好多什么?

"我说我可以早点关了铺子,或许,可以在那里见到你。她说:'你确定你知道去哪儿吗?'我没把话说死,但那句话看起来就是一个承诺。可是时间快到的时候——就在半小时前——我知道我办不到,不能那样改变。五十年了。琼不知道自己有多老了,对吗?她不知道手镯可以用来做什么。那时我是这样想的,但是我可以用另一种方式改变。她不会看到我出现在医院,但我可以告诉她一些事情,一些作为补偿的事情。"

我想这两件事你本来应该都做的。

"埃米没有放弃。"

我想,谁说的?

他说:"琼从来都没有改变,对吗?仍旧像个婴儿,一个五十岁的婴儿,对不对?但或许我能改变。"

我什么都没想。

他看着我,思索着我并没在想的想法。他又环顾了一下办公室,小心翼翼的,好像忘记了自己身在何处,忘记了我是维克·塔克,一个搞殡仪的师傅而不是教区神父。他歪着头朝向办公室门后:"有房客吗?"

"就一个。"我说。

然后,我几乎看到他想起了那件事,那次是我专程跑过去向他求助的。那时我独自一人,人手不够,碰巧要保管两个尸体。其中一具急需处理。这是需要两个人的工作。又是一个大热天。所以我想到了在街对面的杰克。我想也许卖肉的可以帮忙。我说:"杰克,能帮我个忙吗?"我不得不领着他绕到店铺后面——到顾客听不到的地方——去跟他解释。他看着我说:"没问题,维克。"好像我叫他帮忙搬一件家具什么似的。他说:"要我动手吗?"他在围裙上擦了擦手。我们从后面穿过去,进门之前我问:"你想好了吗?"他目光锐利地盯着我,说:"我早就看到过尸体了。"我想我也已看到过,又不是只有你一个人打过仗。我说:"是的,但没看到过女尸。"但他不为所动,连眼都不眨一下,好像一个被车撞死的七十四岁的老太太和一块中腿肉没什么区别。"谢谢你,杰克。不是每个人都这么热心的。"他说:"随时来找我,维克,我可不是'每个人'。"

当这位妇人的大儿子过来看时,我想,他永远都不会知道他的母亲是由街对面的卖肉的来梳洗的。

我想你会认为一个卖肉的不易受惊吓,你会认为像杰克一样的男人不会退缩。杰克·多兹只是在去看自己女儿的问题上感到害怕。自己的亲骨肉。

我说:"就这一个,等会儿有人要过来看的。"

"那我最好快点离开。"但他没有动,"我想一个人在最后一分钟都可能会改变的。"

他看着我,我也看着他,好像在度量他的心思。我想到埃米去看琼了,就像康诺利夫人来看丈夫一样。

"你确定会告诉埃米吗?我现在是你的见证人,杰克。"

我想我是见证人,我该告诉他吗?

"我会告诉她的。"他说道,就像他还有锦囊妙计似的,"否则这个你拿了。"随后他从口袋里掏出一把皱巴巴的纸币,最多不会超过五十块钱。

"一天的收入,"他说,"双重保证,我的话和我的钱。现在你就知道我无论如何不能维持那个店铺了。"

他把那叠钱推给了我,我没有拒绝。

然后他说:"维克,你知道我曾经想过要当什么吗?"

我看着他。

"医生。"

这是一个好行当。

雷

我说:"我想去看看金字塔。"

他说:"我想去最近的窑子里看看。"

杰克是第一个叫我"福仔"的人。这和赌马没有关系,那是后来的事了。

他说:"小个子有他们的优势,而且会很有福气,希望你知道这点。小个子不容易成为敌人射击的目标,而且在这个他妈的烤锅一样的沙漠里行动也方便些。但是,你要记住,别以为我个子高就没优势了,我可以随时揍扁你。希望你明白这一点。"

接着他笑了,拿出他的手,紧握着,咧嘴笑着,不一会,又把手松开了。

"我叫杰克·多兹。"

我说:"我叫雷·约翰逊。"

他说:"你好,雷。哦,应该说,你好,福仔。你怎么会长得这么小?难道有人把你拿去缩了水?"

那是出于善意,我是这样想的。那是为了给我舒缓一下情绪,因为我是新来的,而他在这已经六个月了。但是他也没必要非得挑中我。我不知道他是出于什么原因决定选我的,永远都不会知道。那些什么福气之类的都是胡说八道。但是,如果你不经意地说了些什么,也真的这么想,有时,它就真成了那么一回事。选马也是同样的道理,靠的不是运气,而是信心。我可以告诉你,除了在一些特殊时期需要选赔率高的劣马来博命,雷·约翰逊总是挑热门。但是,对杰克来说,我觉得我就像一匹马。他选中了我。这就是我被称为"福仔约翰逊"的由来。

他问:"你从哪来的?雷。"

我说:"伯蒙德西。"

他吃惊地说:"不会吧。"

我想这下好办了。

我说:"你知道瓦乐塔街吗?你知道那条街上的废品商弗兰

克·约翰逊吗？"

他说："你知道春光路上的那间多兹肉店吗？我敢打赌你妈妈就从那儿买肉。"

我从来没有说过我没有妈妈。如果我告诉他的话，他又得对我的运气重新评价一番了。

他说："在伯蒙德西有最好的爆竹，而且，说到爆竹，我想你大概会说我们在这和在那一样安全。"

他说，因为他觉得我很有福气，所以他应该和我在一起，但这正好相反。是杰克他保护了我。不是因为我个子小，所以子弹很难射中我，而是因为他太高大，像一堵墙，又像一块大石头。不过子弹没有射中他，没射中他也就射不到我，但有一次例外。因为像我这种小个子，需要有人替我明确而坦率地说出想法。就像老爸说我脑子灵活，说我要好好利用它。如果不是他一再这么跟我说，要不是杰克一再这么到处宣传，我还真不知道自己的脑子有这么好使。"这个是雷，他脑瓜子可是很灵光的。"不过，我知道自己的脑瓜子在一件事上确实很灵光——跟在杰克的屁股后面。

我想，跟在这个家伙后面就会很安全，跟在这个家伙屁股后面就可以活着挨过这场战争。

他递给我一支烟。

他说："我告诉你，阿雷，怎样才能消除对金字塔的思念之苦。"说着他就从钱包里取出一张皱巴巴的卡片，上面潦草地写着一个地址。"船上的大副给我的，私下里推荐的。"

我说："或许，我可以……"

他说："金字塔是坟墓，是不是，雷？金字塔是用来埋葬死人的。不如妓院。"

接着，他又从胸前的口袋里拿出另外一些东西，从桌上抛给我。他说："该去好好找点乐子了。"

我说："或许……"

他说："怎么啦？和老婆分开还没多久吧？"

我说我没老婆。

他说："哦，是嘛。"他喷出一大团烟云，就好像那和其他重要事情一样，接着说道："我有。"然后，又从他的钱包里取出另外些东西递给了我。

我看了看，心想，我也要个这样的。和这个一样的。

我看了看他，他也看了看我，好像还没有明白我神情中透露的疑问，或者他不想回答我。

他说："不同的地方有不同的规矩，对吗？"

我说："你这家伙艳福真不浅。"把照片递了回去。

他说："不，你才是福仔。记住！来，喝酒。"

接着，他带我去了那个人声鼎沸，灯火绚丽，却臭气熏天的街上。我从没告诉他——我还不至于那么蠢——"我从来没去过……我从来没去过。"最近的一次是在防空洞里——那些成天待在防空洞的日子——莉莉·福斯特让我用手爽了一把。我把手伸进她的裤裆里，就像在装满各式物品的包里寻宝一样。但是她说："我不能让你进那个里面去。"但是，我射得太快太突然了，把她的裙子弄得一团糟，对一个女孩来说，这肯定是很难解释的事。自此之后，我就再也没有机会了。

当我们边走边避开拉皮条的人和乞丐时，他说："告诉你，阿雷，我们以后会看到金字塔的。"或许他已经知道了我的心思。

于是，那天下午我们就照了那张照片。我和杰克，坐在骆驼上，身后是金字塔。一定有成千上万个沙漠探险者坐在骆驼上以金字塔为背景照了相。但这张照片是我和杰克的。而这只骆驼则是曾使我离做赛马骑师最近的动物。他问："你有把握吗？"我说："当然。我过去赶过老爸的马车，这是头骆驼，没什么两样。"你不会想到这样一件小事会让他伤脑筋，一头骆驼。我说："相信我。"他回答道："我除了相信你，也没别的办法了。"

于是，就有了那张我们坐在骆驼上的照片。他把那张照片镶了个铜框放在餐具柜上，摆在水果盆旁边。我开怀大笑，杰克则强作欢笑，而那头骆驼呢，一点笑脸都没有。而且埃米一直不知道，直到现在依然不知道我们在拍照前的几个小时里到底干了什么。"这是你今天第二次骑，对不，阿雷？"也正是在那一天我第一次看见了她的照片。

我说："真有点不可思议，对吧，杰克？古埃及，世界奇观之一。"

他说："你还会看见其他的奇观。"

我确实看到了，我俩一起。就像我进了保险公司，而他成了个卖肉的。现在看来，真是不可思议，就像古代历史一样，我竟然和杰克一起去过那里，在沙漠里。我和杰克从埃及行军到利比亚，又和他一起撤回埃及，又和他行军到利比亚。大历史中的小人物。就在沙漠的某一处，伦尼·泰特也在行军和撤退，虽然我们当时并不认识他。而此时，米基·丹尼斯在贝尔哈姆德阵亡了，同时，比尔·肯尼迪在马特鲁也阵亡了。杰克说，法老去世时能得到一整座金字塔作为坟墓，而比尔的坟墓里装的却只有他身体的一小部分，真是太不公平了。后来我们还去了的黎波里，毛都没掉一根，真的。只有一次除外。但那次是杰克，不是我。子弹射中了他的左肩，从我头上呼啸而过。但是，他一直说如果不是我在，把他从那些沙袋上拉下来，他或许会伤得更严重。他有可能会像比尔·肯尼迪一样。这无异于扇了我——他老婆最好的朋友——一个耳光。

当他做完手术后躺在那里的时候,我看见了他的疤痕,肚子上一条新的,肩膀上一条旧的。

看到了吗,护士?靠近点,在北非的时候弄伤的。要不是当时我哥们福仔在边上,现在我就不会在这里了。

他说:"你先挑,阿雷。不过,右边大奶子的那个除外。"

但是,这不是件简单的事,因为我从没看见过五个女孩在一起,靠在木制阳台上,除了一些项链和饰品,几乎是全裸的。看着就像一排冰镇面包,而且她们都在咯咯地笑。

我说:"她们在笑,杰克。"

他说:"那你想她们怎么着,哭吗?"

所以我选择了个子最小的。没有说为什么,结果证明这是个明智的选择。我觉得应该让某个人教我做我以前从来没有做过的事,这样的话,下次即便是没人帮我,我也可以做,而且这个人是不会泄露隐私的人。或许杰克已经猜到了,我敢打赌他已经猜到了。

"不错的选择,阿雷,体型和你很般配。"

当我进入她的小包间的时候——那里面大约有十五只苍蝇,喷了好几斤香水——和语言比起来,行动可容易多了。比如,她说:"舔我吗?"这是在她全脱光以后说的,她转过身来,摇摆着身体,又转过去,像个小绒球。于是,我就伸出了我的舌头,就像在看医生一样,这时我才回过神来,原来她刚说的是:"喜欢我吗?"但是,我想我永远也无法知道到底是什么。再比如,我射了,就像吐口水一样快,又出现了和莉莉·福斯特做的时候同样的问题,但是,至少我进去了,至少我命中了目标。然后我拿起衣服起身就想走,因为我觉得这样就足够了,短暂而美好,最好不要沉迷太久。她说:"这才十分宗(钟)呢,看看宗(钟)吧。现在就粗(出)去,你的盆(朋)友会怎样看你?"

当我们回到阳台时,杰克已经在那里等了。他斜倚着阳台抽烟,和几个女人胡扯着那些她们没听过的事情,她们个个都咯咯大笑,还向楼下的两个工程兵猛抛飞吻。他们在和妈咪讨价还价,总想把价钱给压低点。

他说:"阿雷,你觉得怎样?妈咪雅丝玛可正准备要来强行拉开你们两个了。"

但是,我没必要回答,因为我那个女人就在我身后,她替我回答了,说:"不错,不错。个子不大,家伙不小。"

杰克说:"家伙?家伙!"于是,在场的都笑了起来,而我的脸却红得像番茄酱一样。

"家伙?"杰克也笑了,而且那些女孩也笑了,甚至那些在花园里的士兵听到了,朝上看来,哈哈地笑了。后来,在战争中,我们还去了非洲的埃及的开罗。

"嗯,阿雷,看起来好像该有的都有了,呵?"

包括福气。

文 斯

于是,我打了她。我打了萨莉·泰特。

因为我对她说:"你知道孩子是从哪来的吗?"她说:"不知道。"我接着说:"我知道!"可是我没有接着说。于是她又问:"那么你告诉我呀,告诉我孩子是从哪来的。"于是,我说:"采啤酒花。

采啤酒花，然后就有了他们。"她却一直盯着我，好像她很想笑。

她接着问："什么是采啤酒花呀？"

我说我也不是很清楚，就是那么回事。你必须得做点什么，那叫采啤酒花。

她看着我，脸上带着微笑，好像她其实早就知道孩子是怎么生出来的一样。一定是她开始传开这个笑话的。我们不该把自己的秘密告诉别人。这只是那个大笑话边上的一个小笑话，但人们会记着的。甚至几年后伦尼都还会说："文斯，再来杯啤酒，再喝点生小孩的饮料。"

但问题不在于我问她还是告诉她，也不在于啤酒花或者你怎样去采摘，而在于是谁。是谁去采摘啤酒花的。

接着我就说了我想说的，杰克和埃米没有采摘我的啤酒花，他们采摘了别人的啤酒花。她叫作琼。所以那些小孩——那些挨了我揍的小孩——所说的是真的。文斯有个姐姐。但这又不是真的，因为我的啤酒花是由其他人采摘的，采摘它们是……

于是她说她知道了，她早就知道了。

所以我打了她。虽然她没有笑我，但我还是打了她，就像我揍那些其他小孩一样。

而且我也并没有停止揍其他小孩，我继续揍，越揍越多，越揍越重。因为我现在知道了，他们所说的既是真的又不是真的。因为她不是我的姐姐。琼不是我的姐姐，我没有姐姐。虽然她确实不是我的姐姐，但为了她，我揍人时更用力了。她不能亲自打人，我就替她揍。因为，在此之前，在我知道琼之前，我不能替别人揍人，我只能为了揍人而揍人。

我觉得，这算是我能为她做的一点事了。因为尽管她不是我姐姐，但我觉得我有点像她。不是他们说的那种像她——脑子痴痴的，而是我也像她一样被命运给捉弄。所以我要揍人。

我打了许多男孩：亚历克·克拉克，弗雷迪·纽曼。我不打女孩，萨莉除外。我认为不应该打女孩，因为她们和男孩不同。但是，她们知道怎样打人，在这点上她们和男孩没多大区别。因此，当一两个或一群女孩来招惹我的时候——她们说的话和男孩一样，有时甚至更过分——我不会打她们，但我会说："有种脱了裤子看看。"

这事，萨莉也有份，我发现了，她们给编成了一个游戏，在我面前蹦蹦跳跳踢踢踩踩打打笑笑："瞧，文斯，看，我们都在'踩'花哟！"竭尽全力想撩我蹦起来揍她们，但是她们知道我不会那么做的。

直到那时她都躲得远远的，所以我们都没有说话。因为我会揍她。

但是她和别人不一样，她们都只是闪到我面前，叫几句，马上又尖叫着跑开了，然后再回来重复那一套。她不一样。她说："文斯，跟我来。"我们从空袭过后的市区走过，穿过野草、石块和成堆的垃圾。在此之前，我从来都想象不出被空袭过的地方是怎样的，对我而言，这只是个词语。忽然，她停了下来，站定了，看着我，然后双手掀起裙子，裙褶都举到鼻子上了，像块面纱。她的内裤并不怎么样，深蓝色的，一点都不诱人。她站在我面前，举着她的裙子，像折起一块桌布一样，准备好了接受检阅。于是我说："给我看看你撒尿的小洞洞。"

这时萨莉完全不一样了。

她说："不行。"我说："不行我就揍你。"于是，她说："除非你也给我看你的。"

我说："我没有小洞洞，我有小鸡鸡。"

她说:"你用那个撒尿,对不?"我什么都没说。于是,她又问:"怎么样?"

她的脸上神色很正经。我觉得,她现在不像女孩了,倒像个女人,充满了活力。

于是,我就卷起内裤的一角,动作很快,大概只有半秒,她说:"再来一次。"就好像她是长官。她看着,还把手放到那上面。她把手放到那上面摸了一下它,就像在摸一个她要买的番茄或是其他什么东西,就好像这东西是她爸爸在卖的。在我属于你之前,别捏我。

于是,我揍了她。

她是我打过的唯一一个女孩。她一定知道,她比较特别。但是我打男孩从来不做选择。我打了特里·斯潘塞,打了戴维·克罗夫特。所以,校长把我拖进办公室,训了我一顿。我们叫他斯诺先生,当他生气的时候,他呼吸声很重很慢,于是,我们都叫他喷鼻子诺。如果他知道我知道我所知道的,那他还不算头脑简单四肢发达。我想他知道。他问我能不能告诉他什么叫"欺负"。当你还在我那个年纪时,有很多东西你还找不到词来形容。于是,在他喷了一气鼻子之后,我蹦出的一句是他能不能告诉我什么叫"孤儿"。

我敢说我这个回答还不算赖,而且我认为那是我做过的所有回答中最好的几个之一。

于是,他靠在了椅子上,边喷气,边摆弄钢笔。当我走进去看那个外科医生时,我就想起了斯诺先生。生命就是一个碰见各种浑蛋的过程,他们都想看着你在地上爬。

他说:"你想干什么,文斯?你将来想成为怎样的人?"

我想,这真是个愚蠢的问题,因为我已经成人了。他看着我,玩弄着他的钢笔,但问题是我自己都不确信我究竟是什么。于是,我什么都没说,只是显出一副恼火的样子,他看得出来。外面,操场上传来阵阵嘈杂声。我想成为加里·库柏①,却不可能。我想成为各式各样的人,甚至想成为那个专门训斥可怜巴巴的孩子的斯诺先生,但是我不能,因为我就是我。我想,这也就是琼会这样的原因。在她周围有很多不像她的人,因为她很不同,而且要是琼能想的话,她也会这样认为,我不想做我自己。我想和他们一样,但是我不能,我不能,我不能。

但或许琼根本不会想,她的脑海里或许一片空白,设想一下你想成为独一无二的人,设想一下你想成为一个驱动轴。

他们说一个飞弹把他们都炸死了,而我很幸运。

他说:"我的意思是,你想做什么?"他笑了笑,好像真的不想伤害我。"你想做什么工作?"

接着,我看见众多行业都一一浮现在我眼前,就像衣架上挂着的一件件衣服,修补匠、裁缝、士兵,你必须得选择一个,然后在你的余生中,你就得始终假装着自己就是这个。所以说,职业和"意外怀胎"没什么两样。我当时并不知道那个短语的意思,后来才知道的。这是个好词。

我觉得,他想要我说"当卖肉的",但是我不会这么说。我不会说想当"卖肉的"。

我对埃米说:"带我去见她,带我去见琼。"我做了他从未做过的事,尽管只有一次。文斯有个姐姐,脸长得像个疱疖。是埃米告诉我的,说他没打算要告诉我,从来没有。我一直想不通他

---

① 加里·库柏(1901—1961),好莱坞著名男影星,曾于一九四二年和一九五三年两度获得奥斯卡最佳男主角奖。

怎么会相信自己可以一直把我蒙在鼓里。是埃米告诉我的,她说琼是个意外,意外怀胎。她不是指琼现在的样子。而是指他们从来没打算要怀她。

所以,琼对他们来说是个意外,而我却是他们的选择,成为一个修补匠或是裁缝。

他说:"那么,你自己是怎么想的?"

他看着我,知道我只有一个答案。这时窗外刚好响起了哨声,游戏结束了。此时房间里又安静得像在棉絮里一样,只听见他的呼吸声。这种时候我都会想,如果他们能看见我,现在一定在注视着我。

从没人吻过她,也从没人想念她。

我什么都没说,或许他知道我现在最想做的就是揍他。

于是,我说:"先生,我最想成为的,或者说我最想做的,就是一个'采花'的人。"

雷

是埃米的声音。可是,在那恍惚之间,我以为是卡萝尔的。

她说:"雷,他们已经治不了他了。"我在声音中听出了她的勇敢,就像卡萝尔一样。

她说他现在还没从手术中完全清醒过来,而斯特里克兰医生在他完全清醒过来之前是不会告诉他这个噩耗的。但是他已经告诉她和文斯了,说得清清楚楚、明明白白:束手无策。给他开了一刀只是为了再次把它给缝上。后来,当她站在他的床边的时候,他稍稍清醒了一点，她没说什么，他也没问什么，只是看着她，说了一句，"我要见见福仔。"

我说："那你认为他知道了吗？"我的意思是说你认为他知道自己快不行了吗？但是我想，或许埃米也在想，不是不行了，那又能作何解释，或许这就是他想见我的原因，要不然为什么要叫人到床前去呢？我经常去看他，但是他现在特别要求：我想见福仔。不知道真相就不会带来伤害，可当一个人快要死的时候，情况就不同了。这不像平时你所说的什么多说反坏事，越说越糟糕之类的话，因为已经没有什么多说少说的了，你也不会再有机会决定说还是不说了。

或许，她当时也是这么想的。因为她沉默了下来，激动得话都说不出了。

于是，我问道："你不会认为他想我叫福仔，所以就……"

一句蠢透了的话。

接着她就哭了起来。我能听到走廊上人们的嘈杂声。

我问道："你要不要——找人来陪你？"

她说："没事的，文斯和曼迪会跟我待在一起的。他们晚上会守在这里。"

我说："明天探访时间一到，我立刻就过来。"

然后她说了句，"再见，雷。"听上去好像她要去远行，好像我将永远看不到她一样了，不像往常的埃米了。要走的人是杰克，不是埃米。这时她的声音和卡萝尔像极了。

"我是说真的，雷。我不会回来了。你在听我说话吗？我真的不回来了。"

她不能当面和我说这些。

我记得苏第一次从悉尼给我打电话的时候,我把话筒贴紧了耳边,好像听不清似的,人都弯腰靠到电话机上了,好像接一个从地球另一边打来的电话,你非那么做不可,但是那时苏的声音听起来就像是在不远处一样。我说:"你的声音听起来就像在不远处一样,宝贝。"但现在卡萝尔的声音听起来却像是在地球的另一边,但是我知道她是从哪儿打来的电话。

不是悉尼,是锡德纳姆。

"我没法当面和你说,但是我现在得告诉你。"

我能看见她的脸,我能从电话里看见她的脸,试着对我说最后告别的话。我现在还能看到。

"我和他在一起,雷。我现在和他在一起,我不会再回去了。再见,雷!"

我没有说"再见,卡萝尔"。再见,约翰逊夫人。我不想给她那份满足感,也不给自己那份侮辱。就这样,为了给她一个轻侮的报复,我是决不会说再见的。我放下听筒,静静地坐在那里,外面夜幕在降临。我想,我今天不去车马店了,我不能去车马店了。我无法想象她和另外一个男人在一起的样子,即使我老早就知道有这么一个人了。巴里·斯托克斯。我傻傻地想——即便她真的要去找别的男人,也该找有钱的,时髦的,或者床上功夫了得的,真要去的话,而不该去找她做兼职的那个家用电器中心的副经理。

要是我是别的男人的话,我就不会那样静静地坐在那儿等天暗下去,连灯也不开,就好像只要我静静地坐着我就会完全消失掉一样。别的男人可能会踹掉一两个橱柜,或一把推掉壁炉上的东西。别的男人可能会立刻穿上外衣,径直去到她住的地方,必要时就踹开门,然后一拳打爆他的脸。

但是我不是别的男人,我只是个小个子的男人。

我想，先是女儿离开我去了悉尼，没了音信，现在连老婆也跑掉了。可是他们却还管我叫福仔。

我想，参加过阿拉曼战役又有什么用。

别的男人或许会有不同的反应。但是，我所做的只是坐在黑暗中，静静地，一动不动，直到我再也没坐在那里了，我衣服都没脱就蜷缩在那里，直到清晨六点。然后，我起身去洗漱、刮胡子、换衣服，从烤架上拿了两片面包，又给自己倒了杯茶，好像脑袋里什么都没想。我洗完了杯盘，检查了一下钱包里的东西，装了一些东西到包里。然后，我绕到了院子里，那儿的旧马房早被查利·迪克逊改装成了一个库房。我在路上买了份《体育生活》以及二十注彩票，心想，这个星期三早上我还活着。已经是四月下旬了。我倒出露营车，扫掉了挡风玻璃上的灰尘，发动机都没关。我看了看轮胎，想把发动机盖打开看看，可是既然这车都没怎么开过，干吗还要去兴师动众地去捣鼓那儿呢？我检查了下，发现后面的东西都还好好的，油箱、汽缸、水箱以及边上的储物盒，里面放了茶壶、茶杯、茶巾和其他零星杂物。还有一本《英格兰和威尔士名胜导游手册》。我开出大门，停下来，下车关好大门——查利·迪克逊，废品回收——上了闩，又上了锁。又是一个天晴气爽的早晨。我跳上车，朝新市场开去。

文　斯

激情靓车。

想过好生活，就得有辆自己的车。

"跳上来吧,曼迪。"我说。

我经常带她出去,沿着老 A20 公路,或者七棵橡树大道,或者我们现在正在开的这条路上兜风。然后在还没到罗切斯特的某个地方拐弯。比如,獾山,肖勒姆山谷,布兰德坝口,就在肯特郡那一带。可是我从不带她到回忆巷那边去。我本该像杰克那样,停下来,然后说,就这里啦。但旅途也并不需要故弄玄虚,因为当我们第一次在阿雷的露营车上做那事时,我就把整件关于杰克和埃米的事情都对她说了。包括琼的事。

她说:"于是,就像当初我那样,杰克和埃米把你收养了。他们对你很好,就像对我一样。"听起来,好像她是在帮他们讲话。

"我从没要他们为我做过什么。"我说。

我们都是同一种类人,我和曼迪。

那时候开车出去很快就能到乡下,那时车不多,一举两得的事情。一来我可以试试我的那款新摩托,看看我的彻底修检有没有让它变好点;二来,我们也可以互相比试我们的"技艺"。那时,我们经常在车后座上云雨一翻。

真的,我们可以出去走走,在松软的草坪上铺块毯子,做那事,跟兔子一样。有时候,我们也这么做。但是有时候地上很潮,天气也不是很暖和,而且我想,她很快就看出来了——我喜欢在车上做。真的。有旧黑皮坐垫的那种车子就更好了。我喜欢在狭小的地方又挤又压,匆匆完事,似乎那就是你最合适的方式,因为你再也找不到其他更好的地方了,我想,这也是她喜欢的,因为那样无须太多的言语,一个眼神,一点头,然后她的腿就架到了我的颈脖子上。我问她:"你真的从没有在车上做过吗?"她说她在布莱克本的那些男朋友都没有车子。我说:"男朋友?他们是干什么的啊?那你一定在其他地方做过喽?"她问:"你是怎么知道的啊?"

她会坐在我的家伙上,往上耸向车顶,高度正好,然后向下推。

我知道,这不是她考虑过的,也不是她早就设想好了的,但是人的适应性很强、很快。他们抛开那些异想天开的想法。我知道,她曾经晃荡在浪荡的伦敦街头,和那些留着长头发的二流子做爱(而不是干仗)。然后,在她来到镇上的第一个晚上,没被多问就被杰克和埃米从街上给拉走了,就好像她逃离自己的父母只是为了找另一对父母似的。但是,总的来说,她不是忘恩负义的人,也不是心灰意冷的人。我说,你得知道,他们很久前也做过这样的事情。我一字一句地说:"因为你会被当成我那个不存在的妹妹"。要是她想,她可以再逃走一次的,聪明,可是她没有逃走。

她没有得到她想要的,却得到了我——文斯·多兹,嗡嗡弹的儿子,刚从阿拉伯半岛一个鸟不拉屎的地方回来的。当他不躺在她身上时,大部分时间都躺在车底下。

我说,我也离家出走过,去当兵了。大部分人都是从部队逃走,可是我偏偏逃向部队。因为他,我不想做一个屠夫的儿子。

她问:"那你为什么又回来了?"

我说,现在不一样了,是吧?现在我有了自己的事业。这多亏雷叔和皇家电子机械公司。如果当初杰克认为我会放弃鼓捣那些汽车而围上白围裙的话,那他最好再往深处想想。

"你要真这么恨他,为什么不搬出来呢?"

"我已经搬出来了呀,亲爱的,你难道没有注意到吗?现在搬进去的那个可是你啦。"

"我是说长期住在那里。"

我说,我得等待时机。一步一步来,一点一点来。首先我的事业得有起色，然后才有我自己的立足之地。

"你的事业？"她问。

"是啊。"

她喜欢舔我的文身，像是要把它舔掉一样。

"等你有了自己的立足之地，会不会有我的份呢？"

"如果你亲热点，或许会有。到目前为止还不错。"

那辆露营车，真是好使。

两个同一类型的人，虽然我们表面上看不出来。她十八岁，我二十三岁。我想，她有时候会把我看成其他类型的人，更老的那种，更像她的什么狗屁叔叔。她总是劝我要改变自己，要跟上时代，要动起来。我已经拼了老命啦！我说我老早就改变了，我已经变好了，变成另外一个人，跟上时代啦，对不对？她以为我只是说说的吗？我那时去亚丁城打仗那会儿走的就是嬉皮士的路线。她有看过被砍掉脑袋的人吗？那就是喽。

她看着我，眼睛眨巴眨巴的。

世界确实在变，这一点我知道。我不是没感觉。但是我说过要告诉你那最大的变化是什么——所有变化之下的变化。那不是甲壳虫乐队、滚石音乐，也不是长发、短裙、免费牛奶，或者国家卫生局发的避孕药。而是流动性，整个世界都在流动。你是怎样从布莱克本到这里来的？你是怎样摆脱你父母的？过去，去旅行的唯一办法就是去参军，虽然不是到处都值得去看，这一点都不假。但是看看现在人们是怎么走动的，看看他们到处走动。你在听吗？再过十年，甲壳虫乐队和滚石音乐都会成为怀旧音乐，但是车子仍是他们的必需品。汽车。越来越多的汽车。而我就是那个卖车的，我文斯·多兹会在那儿卖车！我选这行没选错！所以不要和我说什么跟不上潮流。

她看着我,似乎脑中在进行着某种交易。

"当然,你跟上了潮流,亲爱的。"她说。

她用手指把发梢绕起来含在嘴里,像个学生妹一样。

"要不是希特勒,杰克是决不会从那个店里出来的。但是,你等着瞧,总有一天,他会爬着来求我的。"我说。

她说:"他当然会的,宝贝。"

我们会冲上大路,直奔郊区而去,像是刚抢完银行夺路而逃似的。吓杀我也,嘟——嘟——嘟——嘟,边开还边哼着小曲儿!过了斯望利,有一个路边临时休息站,有烤肉,还有茶,茶浓得用棍子都搅不动。旁边是风驰电掣般开过的汽车,带起的风都吹动了我们茶杯里升起的热气,扬动她的长发。我常看到她站在路边,然后我们就会找到属于我们自己的幽静的小休息站。好像那辆车也加入了进来。我们会很疯狂。那东西滑滑的,事后得擦掉。然后,我们会去树林里散步,穿过田野,呼吸新鲜空气,在小鸟的叫声中欣赏风景。我说——我想这会给她这个来自布莱克本的人留下深刻的印象,我想她会被触动的,因为那出自我之口——"人们称肯特郡为英国的花园。"

罗切斯特

我们到 M2 号高速公路路口时,文斯还在由斯特德通往罗切斯特的 A2 号公路上,我们从那条旧公路桥上过了梅德韦河,旁边有座铁路桥。令人惊叹的是,突然一条广阔的河流映入眼帘:大小的船、码头、停泊区、泥岸,在那里似乎可以将你以前从未想起过的、已经遗忘的世界尽收眼底。

维克说:"退潮了。"他看了看手表。"它应该会在马盖特涨起来。"

伦尼说:"我看是好事,想想。"

你可以看见城堡和大教堂的尖顶,矗立在那里,像刻意放在那里的玩具。

文斯说:"有谁知道罗切斯特哪有好酒吧?"

维克说:"不知道,但是我在查塔姆倒是去过几个。"海军士兵啊。

文斯说:"是回忆巷吗,维克?"

天气渐渐变了,乌云压了过来。

我们错过了大路,只好折回来,在那处处只许单行的蜘蛛网一样的小巷里迷路了。然后,我们开到了城堡山脚下的一个停车场。伦尼说:"我从没想到这趟会变成观光旅游。"文斯说:"都下车。"他摘下墨镜,拍了拍头发,我把盒子提了起来,让他拿外套。他转过身来伸手拿。他看着伦尼,以为伦尼会递给他的,可是伦尼没有,然后我就把盒子放了回去。接着我们都下了车,伸了伸腿脚,穿上衣服。刚从车里出来,觉得有些冷。这座城堡在太阳底下看起来瘦骨嶙峋的。文斯打开汽车行李厢,取出一件外套,驼绒的。

我们应该离开这里,但我们还待在这里,走来走去,你看我,我看你,一脸窘相。

我说:"把他留在后座上,这不太好吧?"

伦尼说:"那你认为他该去哪儿,后面的行李厢吗?"

我说:"我的意思是我们就这样走了,把他一个人留下不太好。"

伦尼耸耸肩。

维克什么也没说,好像这根本不关他的事,他也没有说话权,现在他已经交货了。他目光锐利地看了我一眼，整整帽子，眯着眼睛看天上的云。

文斯说："你说得对，阿雷，他应该和我们一起走，应该。"

他侧身进去，提起那个盒子。这是他第一次提这个盒子。他把它夹在手臂里，锁好了车门，然后把它抱在胸前直起了身子。现在是他捧着，穿着那件衣服捧着盒子站在那里，好像他是负责人，似乎他已经得到了权威的徽章。刚才是由维克负责，虽然负责却又保持着一种中立，但现在是文斯负责了。

他说："好了，伙计们，跟我走吧。"他就像在指挥海上巡逻队，大步流星地走过停车场。我发现伦尼转过了头，好像要吐口水。

我们来到了大街上。它不像其他大街那样宽阔和繁忙。狭窄而又平静，弯弯曲曲的，颇有一种历史感，两边都是斜顶的古建筑。很多行人在那里来来往往，漫无目的的样子，游客都是这样走路的。这条街就像图画里的一样，似乎你不应该在这里行走，或者说它本身就不应该在这里，离川流不息的A2号公路这么近。不过，是先有它在这里的。

对面有一家叫罗切斯特食品市场的花式杂货店，出售那种怪味的茶叶和包装花哨的筒装饼干。文斯一下子就冲了进去，把我们晾在一边站着，他出来的时候手里拎着一个塑料袋子。他想把盒子塞进去，但是可以看出来里面已经有其他东西了。他说："曼迪说我们没咖啡了。"我们左右看了看，文斯又迅速跑开了，好像按捺不住兴奋似的。前面有个指示牌写着"公牛旅馆"，他就直奔那儿，好像他早就看准了那里。他说："这里，先生们，这应该适合我们。"这是一个又旧又凌乱的地方，有熟肉店、烧烤店和一家带小卖部的寻常酒吧。我看文斯打算去那家熟肉店，好像他正在考虑来一个特别的举动，好让我们觉得大家欠他什么。然后他又沿着人行道退了回来，坐在了带小卖部的酒吧里。从旅馆的入口处你可以看到河上的桥。大街逐渐地往下通向桥和大路那边，如果你闭上眼睛再睁开，你可以想象以前的驿站马车怎样嗒嗒地驶过桥，冲上那道斜坡，然后再迅速转进这个叫公牛旅馆的院子，城堡居高临下地耸立着，就像是一张圣诞卡片。

这是一家老驿站，妓女和嫖客进进出出。我可不是开玩笑的。

这里面闷热，俗气，嘈杂。我们脚刚踏进门，文斯就说："我去要点吃的，阿雷，你拿着这个。"他把手提袋递给我。"占着那张桌子，酒很多的，来一小杯烈酒，维克？"

他掏出钱包，快速走到吧台，好像这周围每个人都认识文斯·多兹。

这里有位穿着白罩衫、涂着樱红色唇膏的酒吧女招待。

我们找到桌子坐了下来，我们听见文斯说："有什么吃的吗，小宝贝？"他从来都不是一个说话小声的人，也可能是故意要让我们听到。他朝我们点点头，"有三个老家伙要服侍，还有一个不能吃东西的。"那位女招待困惑地看着我们，再看看文斯，她不知道是该笑还是该干什么。我看不见文斯的脸，但是我知道他正用他那特有的表情注视着她，好像他知道他自己可能看上去有点荒诞不经，但是他却又要挑逗她去误以为自己真是那样。

就像他那时说："想拿院子做笔买卖吗？"

她探身过去拿菜单，脸都有点红了。我能听见文斯在想："好大的胸。"

我们开始喝酒，点了些菜。接着维克又敬了一圈。菜来了，我和伦尼的大香肠、豆子和薯条，文斯的牛排和薯条，维克的蛋奶火腿蛋糕。我觉得他今天应该吃肉。女服务员端了盘子过来，俯身放到桌子那边，文斯把头伸到她腋下说："看起来不错，宝贝。"我们谁都没做声。她的一缕金发贴着脸颊垂了下来，似乎无意为之，又似乎有意为之。我们就吃开喝开了，伦尼和我还点上了烟，伦尼敬了一圈酒，好像我们一直就知道罗切斯特的公牛旅馆，而它也一直知道我们，我们想着同样的事情，那就是很可惜我们不能坐下来慢慢陶醉在这个安宁的世界，很可惜我们必须带着杰克去马盖特。因为杰克不会介意，这甚至是他希望我们做的，代表他美美地玩上一圈。你们要继续下去，年轻人，就别为我操心了。如果他在这儿的话，他一定会这样建议大家的，他一定会与我们做一样的事情的。伙计们，忘了吧，骨灰什么的。除非他现在在这里，就不会有什么问题，也就不会有什么束缚，也就没有什么骨灰。我们本来根本就不会来这里，在这多佛路的半道上。

伦尼说："他不在这里真是太可惜了。"好像杰克本来打算要来，但突然发生了其他事情而来不了。

"他肯定会中意这里的。"文斯说。

"他不应该就这样匆匆地走了。"我饮了一口酒，说道。

"不要提他了。"伦尼说。

维克静下来了。

"真是可惜呀。"伦尼说。

好像我们这样继续说下去，杰克随时都可能会推门而入，解开大衣说："哈哈，把你们都耍了，哈哈？"

这时，维克说道："如果他在这儿，我们就不在这里，不是吗？正是因为他不在，所以我们才在。"好像那是一个我们无法弄懂的真理，需要慢慢地解释。

"都一样。"伦尼说。

"他肯定会喜欢的。"文斯说。

伦尼看了看文斯。

"要不是为了他的话，我们就不会来这了，"文斯说，"没有他，我们不会来这里。"他的话好像有些自相矛盾。我们看起来都有点自相矛盾，就像任何事物同时既是它本身又是别的东西。

我说："我要去方便一下。"

其实我不光是要方便一下。我找到男厕所，拉开拉链，觉得眼睛热乎乎的，有点模糊。我两头都在流水。男厕所里又冷又湿，散发出刺鼻的味道。那里有两台避孕套自动售货机，一台上写着"哥乐动"，另一台写着"果实鸡尾"。是该让你那里享受享受了。有一块磨砂窗打开了半边，所以我能瞥见一点墙壁、一点屋顶、一点树木和一点不再湛蓝的天空。不知不觉间我想起了那些以往我撒过尿的小便器，陶瓷的、不锈钢的、涂了沥青水泥的，我曾经在酒吧、在停车场，以及在各地的市场里小便过，凡是旁边有赛马场的地方都去过。总是会有那么一扇开着一道缝隙的磨砂窗，可以看见那些庭院和小路尽头的风景，能从那个小孔中窥见人生。有赛马场的那些镇子。当你站着小便的时候，你才知道你喝了多少猫尿。一杯两杯助赌兴，两杯三杯乱理性。当我不能入睡的时候，我就在头脑中按字母顺序数着那些我去过的赛马场，看着道路纵横交错的英格兰地图。阿斯科特布赖顿切尔腾纳姆唐克斯特埃普瑟姆[①]。

我抖了抖，拉上拉链，吸吸鼻子，用袖子擦了擦脸，另一个赌客进来了，一个年轻人，但我认为他没看我，即使看了也不会

[①] 阿斯科特（Ascot）、布赖顿(Brighton)、切尔腾纳姆(Cheltenham)、唐克斯特(Doncaster)、埃普瑟姆(Epsom)，英国城镇名，皆有赛马场。

多想。老男人老眼昏花。他用年轻人的方式拿出他那货,好像那是一个可以完全控制的装置。

好,那就这样吧。哭泣就像撒尿一样。你可不希望让尿给憋了,尤其是在坐车旅行途中。

当我再回酒吧的时候,我看见他们坐在座位上,女招待在收拾杯子,屁股真好看。我看着酒吧间里的那些黄铜栏杆和墙上的图画。这个酒吧我以前从没来过,以后也不会再来。我看着他们,好像我不在这里一样。好像不是杰克,而是我,是我一直在旁观,而他们都在讨论我。海多克肯普顿①。好像我不在这里,但这里的一切都还在,没有我照样还在。所有的一切只是一个场景,一个你经过的地方,就像经过马车旅馆的一辆接一辆的货车。纽伯里庞蒂弗拉克特②。

我说:"再来一杯吗,伙计们?"

维克看着我,好像正在考虑。

文斯说:"我不了,阿雷。"他摆摆手,神色严肃。"除非你想再找一个司机,要不然你就给我叫杯咖啡和一支哈瓦那小雪茄烟。"

伦尼看着文斯,好像打算假装给他敬个礼。他说:"那我就来杯'纽约至尊'吧。"

伦尼的第三杯酒通常都喝这个。

我要了酒,递过几品脱啤酒和维克的威士忌。

---

① 海多克(Haydock)、肯普顿(Kempton),英国城镇名,皆有赛马场。

② 纽伯里(Newbury)、庞蒂弗拉克特(Pontefract),英国城镇地名,皆有赛马场。

维克说:"幸好埃米没来,要不然她可不会来这一醉方休的。"

伦尼说:"那你喝的是威士忌还是茶,维克?"他咕咕喝了几口啤酒。"杰克不会嫌弃我们吧。"接着他说:"都一样的。"

文斯说:"什么都一样?"

伦尼说:"如果是他老婆来完成这个愿望,他会很感激的。"

我说:"这不都讲好了吗。我们正在替她做。"

他们都看着我,像是在等着我发表一通长篇大论。

我闷了几口啤酒。

女招待拿来了文斯的咖啡。他抬起头,笑着说:"老东西最差劲吗,美人?"

"'替'不是关键所在,"伦尼说,"'替'没有用。有些事情是直接的。我们大家都不是直系亲属,也不是近亲,不是吗?甚至文斯也算不上近亲。"他看着文斯,好像如果他不喝上三杯的话,他是不会看他的。文斯点上了雪茄。"即使这小子也不是近亲,对不对?这儿,文斯也不比我们中的任何一个更有义务在这里,对不对,小子?更重要的是,要我说,在任何时候爱都没有失落,直到杰克临死时也没有。爱没有失落,是吧?"伦尼的脸拧成了一团。

文斯吸了一口雪茄。他没有看伦尼。他从一个塑料盒中把奶倒入咖啡中,接着他又撕开一包糖倒了进去,用他另一支空着的手,专注地、慢慢地、小心地搅拌着。好像他不打算跟我们中的任何人再讲话。

伦尼张开嘴巴,好像还有话要说,但好像有什么东西卡在了喉咙里。"我想去方便一下。"他说。他突然站起来,向周围看了看,好像头晕似的。我用拇指迅速地指了一下他该去的方向。

维克说:"我在想——"

维克和稀泥的功夫你完全不必怀疑。

伦尼无精打采地走到男厕所。不知他是不是也去抹眼泪了。

尽管装糖的袋子已经空了,文斯还是摇了摇,将其揉成一团。他抬眼看了看,"你在想什么,维克?"他镇静而礼貌地笑了笑,呷了一口咖啡。

"我刚才在想,现在这离查塔姆这么近,我们能否去看一下那儿的纪念碑。我从来没……"

文斯看着维克,稍稍扬了扬眉毛,又吸了口雪茄。维克的神情严肃而镇定。你永远都弄不懂维克这人。

"干吗不呢?"文斯说,"对吧,阿雷?"他好像在主持会议一样。他匆匆瞥了我一眼,然后回过头来看了看维克。似乎他已经把伦尼给忘了。"干你们这行的还没看饱纪念碑嘛。"他笑了笑,然后很快又把笑容收了起来,好像觉得这没什么好笑的。"这就是我们来这里的原因,对吧?缅怀逝者。"

"这就得绕弯路了。"维克说。

文斯喷出一口烟,若有所思地说道:"我们可以绕路的。"

伦尼从厕所回来了,他的脸看上去像跟自己斗争了一番,好像不知道该挂出何种表情。

他说:"轮到我了,对吧?跟刚刚一样,维克?阿雷?文斯?再来杯咖啡怎么样?再来点什么其他吃的?"

我认为伦尼应该干得更出色。

文斯匆匆瞥了伦尼一眼,但什么也没说。他吸了口烟,眯起眼睛,把烟从嘴里拿了出来——本来还可以再吸几口的——把它在烟灰缸里捻灭了。他说:"伦尼,我不知道你的意思,我来这儿是要带着东西去马盖特,那才是我们大家在这里要干的事。可维克想要我们在途中做点别的，我想我不反对。我们来这里就是缅怀逝者。"他看了看表。"两点十五分了。现在如果你想待在这儿喝一个下午的话，"——他扫视了一下桌子，好像我们一下子都卷入了一场不为他所知的密谋中，还不仅仅是伦尼——"那是你的事。我现在马上就开车去马盖特。如果你不一起去的话，你最好能找到车站在哪里。"

他喝完了最后一口咖啡，然后不慌不忙地站起身，穿上外套，耸了耸肩让衣服平整些，又拉了拉翻领。接着他就头也不回地出去了。那扇门在他身后旋转。当文斯还是小孩的时候，他的英雄偶像是加里·库柏。

我们大家你看我，我看你，没有动，虽然很明显我们没有选择。

维克第一个起身，接着是我。

伦尼捏着嗓子说："扔硬币决定吧。"他没有动。

维克说："这不该由你来定。"

我们看到座位有个塑料袋，罗切斯特食品市场的，好像伦尼的脸突然亮了起来，眼睛里有了一种崭新的神色。他拿起袋子，抓起衣服。他是我们中第一个走到门口的，尽管他在门前停下来等了一会儿，好像他想了片刻，觉得文斯马上会回来的。接着，他推开门，我们跟了出去。

文斯顺着我们来时的路往回走。大街就像一个模型。他没有回头看，但是看起来他也不想走得太快。我们跟着他，伦尼提着袋子在前头快步走着。

"嘿，小子！"

文斯没有回过头来，但他的脚步加快了，把领带拉了拉。

"嘿，小子！"伦尼走得出乎意料地快。"你忘了件东西，咳！你忘了件东西。"

文斯的肩垂了一下,但很快又振作了起来,虽然他想继续往前走,却似乎无法挪步,腿好像被绳子给系住了。他没有回头看,好像脖子也被卡住了。接着伦尼就追上了他,文斯慢慢转过头,好像有人把他的头硬掰过来的一样。

"你把它给忘了,不是吗?忘记了你的咖啡。你可能会认为没有我们你自己照样可以单干,但是你不带上这个就去马盖特,那可就真是个大傻瓜。"

雷

他说:"幸好有我的哥们福仔在这儿。"

又是那个黑发护士,秀色可餐的那个,护士凯利。她过来给他换输液瓶。她握住葡萄糖瓶的方式就像你在游戏中扔东西。来,接住了。她的眼睛里有种亮光,似乎她已经习惯了躲避别人的搭讪。

他给她看了肩膀上的伤疤,又盖上了床单。然后对她说:"我还没把你正式地介绍给我的好朋友福仔呢,对吧?"

她向我抛来一个微笑。

"我们都叫他福仔,但他的真名是阿雷,雷·约翰逊。"

"你好,阿雷。你好,福仔。我在附近看到过你。"

"雷,听到了吗?雷,这是乔伊,乔伊·凯利。"

好像我们在他家里,是他的客人一样。

"乔伊既是名字,也是品质:乐观开朗[①]。"

---

① 乔伊,英文为"Joy",意思是快乐、喜悦。

她笑了，好像这种评价她没有听到至少上百次似的。

"我和阿雷的友谊可以追溯到很久以前，那时你还在你妈的肚子里转悠呢。和隆美尔打仗，福仔救了我，不止一次。"

"不对，"我说，"反过来还差不多。"

他说："我的这条命全亏了福仔。"

她伸手去换输液瓶。

"我们叫他福仔，因为跟他在一起的人都会很有福气。如果你想打赌，那你跟他就没错。"

她挂上了一瓶新的。

"就像我和阿雷就这个问题打赌——你穿的是长袜，肯定不是连裤袜。"

她什么也没说，只是胡乱地摆弄着输液瓶。过了一会儿，她问："外面看得出来，是吧？"

"看不出来，我猜的。"他说。

"这枕头舒服吗？要不要垫高点儿？"

她又朝他俯下身子。他说："在这儿工作，你肯定有什么忠告给我。"好像他刚才什么都没说。

"女人知道自己什么时候是安全的。"

"而男人知道自己什么时候没有危险。"他举起插着针管的手臂，就像做着投降的手势。"但现在这些并不适合阿雷。阿雷真有福气，你很适合他。他还没找对象，我也是。"他又抬了抬手，然后继续自言自语般地说道："多配的两个名字：雷和乔伊，多好的一对。"

她挺直了身子。

"他个子虽小，但——"

她没等他把话说完，就问："这是你的吧？我拿走了。"

她拿走了他的尿瓶，尿液很暗，带着血色。

"雷，你都看到了，她只是来拿尿瓶。"

"回见。"说完，她就走了。她又朝我摇头笑了笑。

他说："阿雷，我觉得你行的，我觉得你行，别以为我不知道该怎么来撮合你们。"

查塔姆

伦尼气喘吁吁地说："他从没说过是在什么狗屁山上。"

他从没说过。他从没说过他不知道它在哪里。我们停下来问路，他们说，看，就在那儿，在那座山的山顶上。你们一定不会错过它的，那白塔就是海军的纪念碑。高高地耸立着，就像一座灯塔，以便大家都能看到它，它的顶部是一个绿球而不是一个灯标。它是一个明显的地标。只是没人告诉你该怎样到达山顶，而且也没什么路标。真是怪事，竟然没人记得去这座纪念碑的路。

我们驱车绕过查塔姆镇和查塔姆造船场，因为这座山夹在中间。文斯还在生闷气，他生气主要是因为伦尼的缘故。他尽量不让怒气波及到维克身上，尽量显得有耐心，作为对伦尼的一种补偿。伦尼对维克说："你在海军服役时，他们没有教你认路导航吗？"维克又坐在了前面，因为这是他的主意，完全是他的主意，但看起来他好像为自己说过的话感到后悔。但我认为即便那样也能达到维克的目的：一个转移注意力的策略，这一次把责任归咎于他，来冲淡文斯和伦尼之间的火药味。只是文斯还在发火，像一只烤锅。我想维克在做自我牺牲，他是一名优秀的烈士。不管怎样，纪念碑上一定刻有他那些已经牺牲了的老战友的名字，因为他们曾经做出了所谓的巨大牺牲，所以对他们置之不理不合适的。要是我们能到那里的话。

我们在半山腰处终于找到了可以停车的地方，就在镇政府的对面。尽管这是在镇政府的对面，但这里就像是查塔姆镇的尽头，荒芜从此处延伸开去。查塔姆似乎和一座营地差不了多少。这儿只有矮小而繁茂的树丛，一条泥泞小路从中穿过，应该是通向纪念碑的。因为有这树丛，又没有任何标记，什么都没有，所以我们看不到纪念碑。这些树丛唯一的好处就是可以方便，平常人迹罕至，我和伦尼都让尿给憋坏了，我们喝了啤酒，又在查塔姆来回颠簸。所以，当我们一走出停车场的视野范围，就到路边的树丛中方便去了。

他一边撒尿一边气喘吁吁地跟我说："他从未说过上面有什么狗屁小山。我想我们在帮杰克的忙，但我不知道今天还是荣军纪念日。"

"维克会搞定的，没事儿。得多费些周折了，对吧，我们为了表达这份敬意。"我说道。

他回答说："我不太清楚，边走边看吧。"

虽然我们还没到山顶，他已经气喘吁吁了，脸涨得通红，像草莓酱。维克走在我们前面，自顾自地走，信心十足，像在准备一场合适的仪式。我认为，即使他环顾四周时看到我和伦尼在树丛中撒尿，那也没什么。喝威士忌就这点好处。他转过身继续前行，但你可以听到他也在喘气。文斯把维克甩在后面很远，气呼呼的，看都不往后看一眼，好像他是领队，不愿停下来等那些掉队的老弱病残，他只想尽快到达山顶把那事给做完。

他背着那个袋子，罗切斯特食品市场的，但他拿出了咖啡。

树长出了嫩芽，阳光漏过枝丫倾泻而下。

伦尼说："皇家海军志愿后备队，他妈的护卫舰。"

我们继续前行，小路变得越来越陡峭。你可以看到它从树丛中延伸出来，到处都是长长的茅草，透出白白的寒意。一两丛细碎的灌木在风中摇动。我们看不到什么纪念碑。文斯停了下来，一只手搁在臀部，四处张望，像在欣赏一幅风景画。他的外套在风中飘动着。维克离文斯越来越近，虽然听不清，我们却可以看到文斯对他说了些什么。这时，文斯俯视着我们，好像看着我们受苦他很过瘾。

伦尼停下来，咳嗽了一阵，吐了口唾沫，又抬头看了看文斯，问："他现在还不让撒吗？"我们跟跟跄跄往上爬，这时伦尼又停了下来。他呼吸急促，胸部就像风箱一样起伏不断。他弯着腰，双手撑在膝盖上，似乎要说："阿雷，你们走吧，别管我。"他的嘴角处有点唾沫的痕迹。我想，在我们与杰克最后道别之前，伦尼就倒下那可不成。我们一个都不能少。我自我感觉也不是很好。

但他慢慢地撑起来了，一只手搭在我的肩膀上靠着我。文斯在看着。然后他用手指轻轻地推了一下我的背。"还爬不爬呀，啊，阿雷？"他好像看出了我的心思一样。

我们继续往上爬，没有说话，连呼吸都很困难。不久我们便走出了树林，纪念碑突然出现在我们的视野中，像是一直在等着，盼望着我们的到来。尽管纪念碑的基部隐没在陡坡后面，在蓝天的衬托下它还是显得高大而洁白。真壮观。山坡延绵而下，山脚的景色一览无遗。查塔姆镇逐渐融入到罗切斯特，在河的拐弯处竖着很多吊车，而大教堂像是一只栖息在鸟巢里的大鸟。你可以看到一个城镇是怎样成形的，被山谷包围着，还有一座桥，你还可以看见河水是怎样绕着山势蜿蜒而流。你可以看见窗户和车子的反光。阳光从厚厚的云层后面照射下来，投影在暗淡的青草上。我们仍然在往上爬，但好像进入了一个更为舒缓、空旷和平坦的地带，像是纪念碑在把我们往它那边拉。这是一块方尖石塔，对，就是方尖石塔。太阳照在上面，又白又高，好像在飘浮着，因为你看不到它的底座，好像当你快要靠近它时，它可能又会飘到别的地方去。除了偶尔被风吹得起伏不平的杂草和崎岖的小路以外，仍没有任何指示性的标记，除了我们之外，也没有别的人了。这座塔好像是自从建立之后就被人遗忘了一样。文斯在前面，已经越来越近了，维克紧随其后。塔好像并不是完全想建在这里，我们也一样不想在这里。但我们还是来了，一起，在这山顶上。这些努力就像是为了尊严，没错，就像是为了尊严做出了一番生死拼搏。

维　克

……因此，我们将他们的尸体抛向深渊。

风在怒号，冰像杏仁糖一样粘在前面的甲板上，舰艇在剧烈地颠簸着，所以不需要任何敌人来发射炮弹和鱼雷，有大海就够了。在月色如华的夜晚，它也会风平浪静，一片广袤的安宁，护卫舰浮在海上，就像湖面上的一群鸭子。一具具漂浮着的棺材。哪个更糟，平静的海面，还是狂暴的海面？或者说你看不到，只能感觉得到，通过钢铁的摇摆和震动。你参加海军是为了看海，但你看到的只是轮船不断摇摆的内部构造，你所闻到的也不是咸咸的海风，而是船上令人作呕的味道，房间里肮脏闷塞的味道夹杂着汽油味和腾腾的雾气，还有厨子一再的道歉，湿透了的厚粗呢衣和头巾、乙醚、火药、酒味、呕吐。似乎你已经到那儿了，可能永远都要在那待着，在那庞然大物起伏的内脏里。

他倚着我。我知道他希望我已经睡着了，但我的双眼仍是睁着的。我便问他："格兰普死了，是吗？"其实我已经知道了。夜晚的空气又湿又冷，他的双颊也是冰冷的，头发湿湿的，但他的衣服仍带着医院里特有的味道，那是格兰普的味道。它与平常的味道并没有多大不同，就是其他死者皮肤的味道残留在他的皮肤上。想到这是他的日常工作，加之味道又是格兰普的，这样想来也就没有多大关系了。

他说："是的，格兰普死了。"我知道他是想瞒着我等明天再说。为了他，我本可以装一下的。现在他知道自己不得不让我整晚独自待在这个陌生的房间，窗外雨声大作，而我得知格兰普已经死了。但我想让他知道，我是可以做到的，我是能接受的，和那时他告诉我他的所作所为时一样。他把人放进盒子里，因为他们已经死了。但这次不是别人，是格兰普。

"你会亲自为格兰普殓葬吗？"我问。

"当然。"

他走近我。"愿上帝保佑你！晚安！"

风沙沙地吹，雨像针尖一样敲打着窗户，滴滴答答的。格兰普死的时候肯定在下雨，那天雨一整天都没停过。但我想他躺在那里并不知道外面的天气怎样，或者说已经无所谓了。管它是晴还是雨，是冷还是暖。要是你能走到病房尽头的窗户，你就可以看到海，闪闪发光，平滑如缎，一片灰色。但格兰普不能。

这就是他们要到海边来的原因，格兰普和老太太。海上圣山，那是一处人们死后都会去的地方。

在这样一个夜晚,你可以想象所有的人都出海去了,你是如此安全,如此温暖而又舒适,而那些出海的人是多么地希望自己也能温暖又安全。但是格兰普不能那样想了,再也不能了。

我听到他们在楼下议论,听不清他们讲什么,只是听到说话的声音。夜里当我醒过来时,我能听到他们也是醒着的。没有说话声,只有风声和雨声,但我能听到他们仍醒着。我能听见在这间风声哗哗作响的房子里我们都在黑暗中睁着眼睛,就像格兰普一样,躺在一个陌生的病房里,一堆人在他的周围,但他还是感到孤独,其他人也一样感到孤独,就像我们这么多人待在同一幢房子里,却很孤独。每个人都躺在自己的床上,蜷缩着身子,如同是我们将来要永远离开人世间那一刻的样子。

我们是打裆的人。我们为尸体梳洗和整理。我们以此维持生计。我们为逝者收尸。

平民的职业:殡仪员助理。

它会传开来的,火一样迅速,船上就是这样。"这儿,老糊涂,我们船上有一个掘墓的人。"像在学校的操场上:"我们知道你爸爸是做什么的。"除非我当时从未触摸过尸体,没有出过海,也没有参加过战争。不要窥视我们这些打裆的人,要是你能忍住的话,也不要参加打裆人的炉火夜谈。这似乎是一种改变你命运的方式。

我想说的是,从某种程度上来说我了解这些,我知道你害怕什么,我对船只、信号、方位和测量水深不是很了解,不会比一个查塔姆海军士兵两个月学到的知识多。但我了解死亡,了解死者,知道海洋无论如何总是在我们的周围。即使在陆地上,在这座查塔姆镇边的高山上,一个我可以看到死者名字的地方,我们仍是漂浮在海上。我们船舱上的一切都在走向死亡。

漂浮着的棺材。

当"洛西恩号"在前进中被击中时，我正前去参加一个篝火晚会，但船被击中后我又被派去船尾拿更多的灭火水管。这时，第二枚炮弹射过来，炸死了登普西、理查兹、斯通和麦克劳德，我比大多数人都更敏锐地感觉到幸存的痛苦。注意，死的不是打裥的人。是登普西和理查兹，而不是打裥的人。似乎你能改变你的命运。

他说他不会叫我一直干这行的，我应该选择属于自己的生活。仅仅因为他和格兰普，仅仅因为打裥者这个名字。至少我不应该在我不了解，还没有亲眼看到的情况下，或者出于莫名的恐惧，就草率地做决定。因此我回答说"好的"，好像这是对我的考验。他向我解释，我便明白了，其实根本就没什么好害怕的。它甚至使你更镇定，更自信。我当时已十四岁了，我们两个人一起待在客厅。我们三个人。后来我说："好的，就这样吧。"你的生活就是为你安排的，只有你自己才可以改变自己的命运。到了那时，再想出一些其他什么逃到海上去之类的馊主意，都已经为时已晚了。

他们说，这儿有一份适合你的工作，一份你足以胜任，但也没有别人会主动从事的工作。在海上的人通常会产生一些愚蠢的想法，像美人鱼、怪物之类，这将是他们最后一次护航。我们停了船，在冰岛那边找了四天，寻找幸存者。他们都在想，这是打裥人的职责，打裥人有得忙了。可是为什么要把他们捞起来呢，咳出了最后一口气，身子也已冻透了，仅仅为了使已经乱糟糟的甲板更乱吗，只是为了不久又把他们推回大海去吗？他们来自大海，又回归大海，几乎没有在这片灰色的海域里溅起什么水花。打褶人会照顾他们的，这是打褶人比较擅长的。只一会儿，我便获得了尊敬和体谅。你不应该评价你的伙计们，更不应该对他们抱有偏见。这样就暴露了你另外一些想法：你想和打褶人保持意见一致，你想巴结打褶人。是的，我成了船上的怪物，总得有人那样做。打褶人就在这儿，毫不畏惧，打褶者，还挺押韵，胜利者，维克多，在战争年代这是个吉祥的名字。打褶人已经注意到了，他会处理的。海军部队的传统做法就是利用水手们在陆上现成的手艺，比如：木匠，绳索加工者，外科医生。海军部队也有自己特定的处理尸体的传统做法：一个帆布袋，几声枪鸣，最后一步，根据风俗和传统，把他推下这载满哀伤的轮船的船头。

雷

我想维克是不会告诉我们他到底在意哪些人的名字，他只是想看看，然后保持沉默。

这方尖石塔竖立在中间，这是为一九一四至一九一八年间的死者建造的，还有一堵高大的半圆形的白石墙，中间有一道铁门，我们就是从铁门进来的。在圆墙内侧一块接一块的石板上刻着一九三九年以来死者的名字，就像赛马的花名册一样。这墙上刻有船长、海军上尉、海军学校学员、海军士官、一等水兵、普通水兵，甚至还有一些实习生的名字，除此之外，还有司炉工人、通信兵、厨师、报务员、驾驶室技术员、医务室的服务员，给人感觉这艘船就像一个世界。

光看这名单其实你什么也弄不明白，因为上面并没标明赔率，什么都没有。如果你已习以为常的话，你只要浏览一下赛马的花名册，你就明白赛马赌注庄家不会遭受重大损失，而下注者必输。就像保险公司一样，不管因投保人张三还是李四倒了什么大霉而要赔偿一大笔钱，他们都知道从长远来看他们还是会获益的。往往你会带着赌博心理去认为运气与你同在，但往往更大的盘算又让你觉得自己该多存点钱来续保。作何选择主要取决于你的基本态度。

但是，如果没有赔率，没有统计数据，那就很难看出好坏了。看着这些名单——尽管它们是用铜字镌刻在山顶一座方尖石塔之后的白墙上，但这已经并不重要了——你唯一能确定的就是：一个人只是一个名字而已。这个名字对与它联结在一起的那个人有点意义，对某个在有生之年的人有点意义，但除此之外和阿猫阿狗的又有什么区别？对那些存在时间更长的事物——像陆军、海军、保险公司、赛马赌金计算董事会——而言，当你离去时，一切还是照旧运转，而你甚至连个泡都没起。看着这些名单，只有一种态度可谓明智，只有一句话可称至理名言，就像米基·丹尼斯和比尔·肯尼迪所推诿的那样："它不是我，过去不是我，将来也不会是我。"只有一个教训可以吸取，它看似快乐又不像快乐，你所做的并不是生活，他们称之为生活，其实只是生存。

但我觉得我能做到，我仍能把它变成生活。我可以把更大的盘算置之度外而选择去冒险。再活几年，重新开始。看着我的孙辈们，要是有的话，他们将比我活的更长。在我的有生之年。

我可能会去看看这世界。可能去曼谷。

我可能对埃米说："亏空差不多补上了。"

他站在那里，只是看着，一直没开口。他脸上表情肃穆而呆板，就像一张名单一样。他拿下了帽子，塞到口袋里，风吹起他头顶的头发。很难想象穿着海军制服的维克，跳角笛舞，爬上船杆上"喂喂"地大喊。伦尼弯着腰站在大门里面，好像要是他能从爬山的劳累中缓得过气来的话，他要四处走走看看究竟。他看了一看我，似乎想说这是一个专门为水兵建的墓，好像我们这些陆军老兵得加把劲了。我想这和抛硬币决定一样，完全是一种偶然：大海还是沙漠。文斯朝着塔走去，太阳照在白石上显得很刺眼。门两边各有一个水手石雕，穿着粗呢子大衣，蹬着海军靴，整装待发，眼睛凝视着天空，相比之下伦尼却在逃避，好像他是一个真正的懒人。门被漆成了蓝色，正上方这样写道："他们都是人中英杰，时代的荣耀。"

文　斯

一伙老浑球儿。

伦　尼

即便这样，我还是期望我的乔安将会因我而出现，尽管我永远不会让她陷入那种愚蠢的境地。如果情况并非如此，我还是会一如既往地待她。可惜这是不可能的。

爬这座鸟山几乎要了我的命。

这是一个职责问题，那就是实质所在。

维克一直站在那里看着，阿雷走过去跟文斯在塔碑脚下聊天，他们俩盯着这塔好像一对盯着纳尔逊①纪念柱看的游客。塔上写着"黑利格兰"还是什么东西。"黑利格兰，日德兰半岛，多格浅滩"。他们俩似乎不像在谈塔的事，倒像在谈其他事，完全是关于个人隐私的话题。

唉，我认为我在这里是一个多余的人，在这整个过程中都是多余的，只是陪着来一起坐坐车、喝喝酒、爬爬山。维克在那里看着死者的名单，似乎他看一天都看不够似的，另外他们两个则在塔碑脚下热乎地聊天。我根本不理解阿雷为什么对那个浑蛋那么亲密。我认为他是绝不会允许自己女儿的肚子被他搞大的，要是苏茜没去澳大利亚的话，他可能就那么做了。

雷和杰克回到了沙漠，和我同一个沙漠，大炮泰特，只是当时我并不认识他们两个。在过去五十年的大部分时光里，维克和杰克的店铺隔街相望，多兹和塔克，猪排和尸体。杰克和文斯，一个在袋子里，另一个则在生闷气。

如果不把和他近四十年交情的因素考虑在内的话，我来这里唯一的原因就是为了萨莉。这是因为当我们不能带她去海边玩时，杰克就带她去。那是一种善意，是她经历过的为数不多中的一个。而如今我带着杰克到了海边。

这是一个职责问题。有士兵的职责，也有水手的职责。黑利格兰，日德兰半岛。要我说，与其说是职责不如说是命令。在平

---

① 纳尔逊（1758—1805），英国海军统帅，因作战而失去右眼和右臂，后任地中海舰队司令，一八〇五年，在特拉法尔加海战中大败法国和西班牙联合舰队，他不幸阵亡。

凡的人生中尽职尽责是另一回事,但是那更难。就像阿雷过去常说,杰克是一个好兵,杰克应该得到奖章。但是当他回到家乡那条街时,他,像我们大多数人一样,只知道一如既往地坚持他过去懂得的东西,就好像上天有令,他只能做卖肉的而别无选择。那家店竟成了他一生的安顿,这是事实。

那时他幻想着去海边。

他们两人站在那塔碑边,像两个在接头的间谍。其中一个拿着一个袋子,一个非常可疑的袋子。

这就像萨莉做错了事,尽管我没责怪她,尽管她在跟文斯那小子闹翻后嫁给了那个傻蛋。汤米·泰森,现关押在本顿维尔监狱。她本该忠于他,要不然他出狱时,事情会更糟糕。她本该经常去看他。就像埃米去看琼一样。

这是履行职责的问题。

就像阿雷要为苏茜筹办好一切,就像卡萝尔不应该抛弃阿雷一样。永远不应该有逃跑和遗弃。就像文斯应该认真投入地做事,去做人家期望他去做的事,因为他的一切都仰仗于杰克和埃米的恩惠。杰克是那个小伙子称职的父亲,只不过不是亲生的而已。

杰克他不该自己一个人撒手而去。

我也不该。

乔安可能会来,但萨莉不会。

他们转到塔后面去了。

所以,你可以说只有埃米尽好了她的职责,年复一年。就我所知,她连一丁点回报都没有得到过。如果她现在去看琼的话,你可以说她在尽职。只是她可能明天去看琼也可能昨天就去过了。你可能会想她其实是可以为杰克抽出一天时间的。

雷

文斯抬头看着方尖塔，神情专注，好像怕它突然会有什么举动，一直都不想把视线从它身上移开，似乎很庆幸不用看着我。这是我们第一次甩开维克和伦尼。我们背后是阳光和美景。他把手放在口袋里，左腕挎着手提袋。它一定很沉，那塑料袋提手都陷进肉里了，但是他似乎根本不在乎。好像他不想跟那个袋子分开似的。

……海是他们唯一的归宿。

他仰头看着塔碑，我仰头看着他。只长年龄却不长个子还真是一件难办的事。但这塔使文斯变得渺小，因为尽管他没转过身来看我，我却看到了他那张略显幼稚和恭敬的脸。

就好像那时他追问我关于院子的事，不知道我会不会同意时的情景。"雷叔。"他走上来叫了我一声。

他眯缝着眼看着这白色的石头，忘记了拿墨镜。他本该系另外一条领带。

他说："我正在想，阿雷。"

我说："想什么？"

他说："杰克从来没跟你谈过什么钱的事，是不是？我是说，当他……他就没提钱的事？"

在方尖塔的每一个角上都蹲着一只石狮子。

我说："什么钱？"

他说："不管什么钱。"说着他换了一只脚站。他抬起了头，还在看着，但他似乎在企求着什么。他说："比方说一千块钱。"

雷德卡里彭桑当瑟斯克①。

"没有，"我说，"他从没提钱的事。"

他看了一下我，只扫了我一眼，又把视线移开了。太阳钻进了云层，这白色的石头也变得灰白，风吹进了脖子里，很冷。

"只是，"他说，好像他已经成了一家之主，"我们应该善待埃米，对不对？我们应该善待埃米。"

文　斯

我当时比那个餐具柜高不了多少，你都无法想象几年以后埃米必须得仰头来看我。

她说这些照片是他当兵时拍的，在战场上。在一张照片里，他们俩坐在同一头骆驼上，笑着，雷在前，杰克在后。在另一张照片里，杰克独自一个人在那里，敞着衬衣，露着胸膛，手里夹着一支香烟。但我不相信她的话，因为我无法理解当兵怎么会跟骑在骆驼上开怀大笑扯上关系。在另外的一张照片里他也在笑。

我想，这不会是我老爸，那个笑着的人不是我的老爸。

我说："他看起来不像个当兵的。"她答道："正是因为如此，她才喜欢这张照片。"她没解释为什么。

她说那是在沙漠，他们在沙漠里，就像伦尼叔叔也在那儿一

---

① 雷德卡（Redcar）、里彭（Ripon）、桑当（Sandown）、瑟斯克（Thirsk），英国城镇名，皆有赛马场。

样。不过那是我出生前的事了。

那些水果盘里的香蕉就是伦尼叔叔拿来的。

你得长大成人后才能去当兵,他们这样说。就像其他一切你必须长大后才能做的事情一样,比如你得先长大然后才能死去那样。其实那是个谎话。这两件事是相辅相成的,因为要死你就得勇敢,士兵们都是勇敢的。

但我现在知道了,一个人并不一定非得很勇敢才能去当兵,要变得勇敢也不一定非得去当兵。

"埃米,我能看看那张照片吗,就一会儿。"

"当然啦,文斯,你可以留着它。"

阳光洒在他的脸上,他的目光直视着你,在咧着嘴笑,还活着,好像他知道你不知道他到底是谁一样。他透过那黄铜相框凝视着你,好像他知道自己是在另外一个世界里,正在从里面偷偷窥视着你的世界。他穿着短裤,敞着衬衣,没扣扣子,一个锡制头盔歪扣在头上,看起来像是戴着玩的,而他四周全是沙子。他看起来不像一个当兵的,甚至都不像是大人,而只是一个沙滩上的小孩。

伦 尼

我想埃米如果在这儿的话,她一定会要好好地管着我们,她眼里容不下任何的行为不端,我们都得好好约束一下自己的言行。这可不是什么坏事。我觉得它不可能顺利完成。四个古怪的家伙和一个盒子。

他们正从塔碑的后面走回来，没人说话，像是刚才说了什么，现在正在沉思。文斯那个小子和小个子阿雷，就像杰克和福仔似的，半眯起眼你会发现这两对很像。或许这就是异类相吸。在我看来，当你看到杰克和雷站在一起的时候，你会觉得雷就像是杰克从衣服口袋里掏出来的小侏儒一样，一个小吉祥物。来认识一下我的朋友福仔。

不过你要提防着阿雷，就在你认为他不会有利可图时，他会吓你一跳，他会蹦出来，然后做些很精明的事情，就像他只是因为个子小而藏在背后似的。

维克还在看他那些名单。我们还要让他看多久？我敢打赌，杰克决不会猜到他去马盖特时还要来造访皇家海军。你可以说维克真够胆大的，在杰克这个日子里居然把我们拽到这上面来看那些名单，好像摆明了杰克也没什么特殊。但我并没因此表示反对，我发脾气并不是因为他。这只是尽责的问题。

查塔姆

太阳又出来了，方尖塔长长的淡影穿过草地投射在这弧形的墙上，就像我们正站在日晷上一般。在一年中适当的时节里，当太阳快要落山时，影子每天肯定都会慢慢地扫过每一排名字。

我们准备离开了，朝蓝色的大门口走去。伦尼还在门口游荡，好像他就是那个把我们放进来的人，而现在他正等着去锁门。给他点小费吧，麻烦他了。维克终于好了，他重新戴上了帽子，像是听到文斯发了什么指令：时间到了，回车上去。我们走出了大门,不是说笑着一拥而过,而是一个接一个地走过去,都没有开口。就像我们刚看完一场展览,却没人能现在就给出恰当的评论。文斯领头,我断后。

我们下山,穿过开阔的小山顶。阳光、景色和微风迎面扑来。四周没有人,唯一能听见的只有我们沉重的脚步声和伦尼艰难的喘气声。当小路开始往山下的小树林倾斜时,文斯突然停了下来,我们也都跟着在他身后停下脚步,像是接到他的举手示意似的。阳光下,我们的脸是那么的明亮。文斯离开小路走到草地上,回头对我们说:"我会赶上来的,你们都先走吧。我到那下面跟你们汇合。"

虽然我们并不一定要按他说的去做,也不必听他的命令,但根据来时的情况看,他的确轻易就能赶上我们。所以我们缓慢地继续前行,排成一列,保持了一定的间距。我走在最后,时而回头看看文斯。他穿过草地,看起来一点也不在意他高档的衣服和鞋子。然后我看见他停在了山崖边,如同维克看名单那般望着眼前的景色。

我放慢步伐,让自己跟其他人拉开些距离,或许这就是他希望的,或许他想给我第二次机会。可是他只是站在那儿,袋子提在一旁,凝视着,就像是那些石雕水手中的一个。

太阳又躲进了云层里,但一会儿又出来了。虽然我也在恋恋不舍地看着景色,但我还是转过身跟着其他人往山下去了,接着就到了树丛那儿,挡住了视线。树丛里凉飕飕的。

我们回到了停车的地方,可是没法上车,因为钥匙在文斯身上,所以我们只好在停车场闲荡,没有人讲话,只是相互匆匆地扫上一眼。伦尼在看表。维克看起来好像觉得这一切都是他的错似的,但你无法去指责他。他心意已决。这样说可能很冒昧,去那里并不是有多麻烦的事,在山顶也没什么大不了。算了,还是不说了吧。

至少现在耽搁我们的不是他。

大概过了一分钟,我们看见他从小道上下来了,提着一个袋子。他显得跟我们一样迫不及待地想要继续赶路,步履飞快,不时要在泥泞的地方滑上一脚。他表情僵硬、冷漠地走向我们,好像他希望我们不在他的身边。

我看他也像是哭过了。我们都需要有机会能单独待一会儿。

他小心翼翼地把装着盒子的袋子放在引擎顶盖上面,然后打开车门,转到后面放好衣服。我们也脱下自己的衣服,但谁也没进去,像是在等指令。他扣上行李厢,又绕着走回到司机位子那边的门那儿,扭动着脱掉夹克衫,然后打开后面的门,把夹克衫折叠好放在后排座位上。

"好了,"他不耐烦地说道,"你们怎么坐?"

维克回答道:"我坐后面。"说完就闪了进去。伦尼和我互相看了看对方。

"那谁坐前面?"

口气就像他是父亲我们是孩子,而且还是一个在发脾气的父亲。

伦尼看着文斯。

"好吧,阿雷,"文斯说,"你到前面来。"

那不是我想去的地方,现在不是,但我还是坐进去了,那张大大的椅子把我整个人都吞了进去。

伦尼坐在了后面,挨着维克。

文斯在驾驶室外停了一会儿,抚了抚头发,紧了紧领带,从地上捡了一根竹棒敲掉鞋子上的泥土后,从引擎顶盖取下袋子。

我想他接下来会说："那么谁想要——？"可他却直接把袋子递给了我，像是这样我就能替他照看好它，我坐在前排，又近又顺手。可是我不知道该怎么拿着它，怎么去照看它。

"哎，阿雷，抓紧了。"

他从仪表板上拿起墨镜，发动了引擎，车子开得很快，车轮咆哮着在地上打滑。他从查塔姆一路开去，好像什么东西都碍了他的事似的。刚想完死者，你会发现生者是怎样地劳碌和奔波。我们把车开出了停车场，经过M2号公路，三号路口和多佛四十八号公路，之后，他就几乎把油门踩到底了。他开车的样子像在补救刚才损失掉的时间，好像有什么约会要迟到似的。可事实上并不存在什么截止时间。他的脖子向前直挺挺地绷着。透过仪表板我看见指针指过了九十五码。坐好车你觉察不出车开得快的。四号交叉路口，五号交叉路口。关于开车的事就讲这么多了。我们就这么坐着，好像该说点什么，却又不敢开口。我能感觉到维克觉得那都是他的错，可你不该怪他。

维　克

其实杰克没什么特别的，一点也没什么与众不同。要我说，真的。作为一个专业人士同时又作为他的朋友，我只是想指出这一点。现在他只是茫茫众生中的一个。人活着的时候，会有许多不同的境遇，你能够做出区分来，比如从现在开始后面的位置就是我的了。但死者就是死者，我曾经观察过这些人，他们都没什么差别。要么你全都记着他们，要么你把他们全都忘了。只记住其中一个而淡忘其他人是不行的。不管是登普西还是理查兹。你记住了那些你该记住的人，而忽略了其他你从来没听说过的人，那也是不行的。死亡是让所有人都永远永远平等的方式。大海只有一个。

威克农场

　　他开车的速度突然慢了下来，拐进一条小路，我们都松了一口气。他选择了一条湿滑的道路，一句话也不说。驶向了下一个路口。六号交叉路口，一边通向阿什福德，一边通向法弗舍姆。他选择了通往阿什福德的路，好像轻车熟路一样，但这条路不是去马盖特的。他开了三四里路就拐进了岔路。我们都看着他，没作声。他说："弯路。"眼睛盯着路面，头一动不动。"弯路。"
　　路变得越来越窄，越来越崎岖，树木交错，篱笆，田野。我想你会说我们在乡下，我们已经离伯蒙德西很远了。树上布满了青苔。蓝色的天空夹杂着灰白的颜色，阳光很刺眼。他又开始拐弯了。拐了一个又一个，好像他脑中有地图一样。他沿着山脊往上行驶，只要篱笆有缺口的地方我们都能看到右边远处的景色，辽阔而粗犷。他好像喜欢上了看风景。路稍微变陡了，在接近山顶时，他开始减速，这边看看，那边看看，然后在篱笆的一扇门前停了下来，一条小道由南向北横穿田野，田野上还有两道车轮的痕迹。篱笆的门上锈迹斑斑，有一块牌子放立在门边，上面写着"公用人行小径"。
　　他关掉了引擎。我们听到远处的羊叫。他看着我，说了声"阿雷，"伸出手，掌心向上，勾了勾手指。我明白他要袋子，要盒子，要杰克。他说话的口气很坚定，不容你争辩，也不容你发问，所以我把袋子给了他。他把盒子从袋子里拿出来，把袋子抛回到我身上，袋子上写着罗切斯特食品市场。他又从盒子里拿出坛子，把盒子丢在我身上。他面无表情，打开车门出去了，把坛子紧紧地捧在胸口。

他没拿外套，也没有转到后面行李厢去拿大衣。他"砰"的一声把车门关上，朝那扇篱笆门走去。从后面我们可以看到风吹得他的领带乱舞，把他的衬衫吹得鼓起来。那扇门是铁制的，他打开门闩，把门微微打开，然后一下子钻了进去。他那件白衬衫的袖子上沾上了铁锈。他朝田野上环视了一下，然后用力把门关上，再朝田野走去，那扇门在他后面晃得厉害。

伦尼说："天哪，现在该怎么办？"

维克一声不响，好像这一切都怪他，是他首先给文斯出了这个主意——找一座山。

"不知道。"我说。

伦尼首先从车里出来，然后是我，再是维克。风很大，地上一片泥泞。我们本该去行李厢拿出大衣，但伦尼已经向那扇门走去了，他用力地打开门闩，好像他比我们都更早回过神来到底发生了什么。

"该死，"他说，"那家伙连招呼都没打。"

文斯穿过田野，到了一处陡坡边上，他的红领带像一条舌头在肩头飘动。这片地，与其说是田野，不如说是一个开阔的小山坡。我们能看到下面所有的景色，就像我们站在一只大碗的边缘上，一只歪歪裂裂的碗。谷底一片青绿相间，树丛棱角分明，篱笆就像布上的针脚一样。中间有一大片红砖的建筑，有一个高高矗立的尖顶。它看起来就像英格兰，就是那幅模样。

田野左边开始变得陡峭，渐渐攒成一座山峰，山顶上有一丛树。从另一边往上看，则矗立着一根青褐色的房柱，还有一架风车，但翼板早已不知去向。在我们面前，地势呈缓缓下坡之势，大概有七八十米的样子，然后一下子变得陡峭起来。还有一大片风景你得到山坡上才能看得见。

在门的旁边，草已被践踏得寥寥无几，上面还有羊粪。在篱笆前有一个白铁皮制的水槽。我们能听到羊叫，闻到它们的味道，在左边我们还能看到羊群星星点点地点缀在草坡上。当文斯走过草坡时，这些羊全都盯着他看。但小羊羔们更热衷于跑来跑去，或钻到妈妈的肚子下面。时不时都有一只小羊像触电般地四处蹦跳。

伦尼使劲地拧门闩。

"他没有什么特权，"他说，"他不是近亲。"他终于打开了门闩。"他根本不是近亲，对不对？"

他推开大门。还没等我和维克溜进去，他就箭也似的跟着文斯沿着小路奔去。好像爬到那个纪念碑让他精神抖擞。热热身而已嘛。

文斯已经快到了山顶边缘了，他一次都没有回头。他拿坛子的那个手肘突了出来，衬衫被风吹得鼓鼓囊囊地随风摆动。要不是一切都乱了套，你会说他看起来像是个十足的傻瓜：一个人站在田野中间，手里拿个塑料坛子，风吹得他的白衬衫和花哨的领带乱舞，还有一群羊朝他咩咩地叫。

伦尼走得很快，我和维克拼命地赶。伦尼离文斯只有一两百米远了，这时文斯在山顶停住了，一动不动地站在那里，停在那里但又好像是他已经决定了要做什么。好长一会儿文斯好像坐在悬崖边休息似的，但当我们走过去时才看到山体陡然下坡，我们可以看到盆地里的所有景色：树林、马路、农舍、果园以及烘房。

然后，我们看到文斯开始旋开坛子的盖。

伦尼说："该死的。"好像他早已知道文斯要做什么。

坛子的盖子好像很难旋开，就像一个新果酱瓶的盖子一样。我们离文斯只有几米远，他也看到我们正朝他走去。好像他早料到我们会过来，他好像甚至希望我们在那里做见证人。但他却没有料到伦尼接下来的举动。

伦尼抓住了他那只拧盖子的手臂。文斯把他推开，用手把坛子举得高高的，这样伦尼就够不到了。盖子还没被完全打开，但看上去已经很松，只连着一丝了。文斯闪到一旁，但伦尼马上堵住他的去路。这次，伦尼一只手抓住文斯的领带，另一只则抓住他胸前的衬衣。我看到文斯的一颗纽扣被扯掉了，胸口露出了一大片。文斯突然往下一栽，身体失去了平衡，手举得高高的。他尽力地想抓住坛子，但当他跌倒时，坛子从他手中掉了下来，我和文斯都看着它往下掉。我们紧张地看着它往下掉，都没心思去管跌倒的文斯，因为当坛子掉下来时，可能有两种情形，或者两者同时发生：松了的盖子被摔开，洒出里面的东西；或者坛子猛地一弹，径直滚到山坡的峭壁下。

但坛子刚好碰到一簇蓟花，停住了，盖子没掉。

伦尼马上跑过去捡起坛子，把盖子重新拧好。文斯跌跌撞撞地爬起来扑向他。文斯的衬衫已经被拉开了。左臂上沾满了泥土和碎草，跟右臂上沾的铁锈很般配。他想一把夺过伦尼手中的坛子，但他又滑了一下，他伸出手撑住了。伦尼一把抓走了坛子。

文斯站了起来，大口大口地喘气。伦尼双手把坛子捧在胸前，在他面前跳来跳去地逗他。我从没见过伦尼的脚步这么灵巧过。文斯前进，伦尼就后退，躲躲闪闪，好像他随时会把坛子抛给我或维克，而且好像我们已准备好了接坛子一样。但他像抛橄榄球一样，低低地快速地抛向一边，于是那坛子落在离我们都很远的草地上。然后他走了过去，挡在坛子和文斯之间，伸出拳头，开始左躲右闪地蹦起来。

"来啊，小子。来呀。"伦尼朝他挑衅。

文斯停了下来，略有所思的样子，好像他还没有气愤到去接受像伦尼这样年龄的人的挑衅。但是他能看得见伦尼身后草地上的坛子，伦尼看来还没有老得不中用。突然，他好像成了一个有主见的人。他看起来好像觉得只要再过一会儿就什么都没有了，但此时此刻他打算要放浪一下形骸。维克在我边上呵呵地叹了口气。我和他两个都可以绕过去拿到坛子，但我们没那么做。我想维克现在不想介入去当裁判。

伦尼说："还有爱，对不对？对不对？"

文斯朝他走去，没有抡起拳头，双手叉腰，好像他要和伦尼单挑。伦尼走上前去，突然打了文斯一拳，那可不含糊，快拳正好打在他胸口上。这使文斯停了下来，踉踉跄跄，他没料到伦尼会有这招。

"这一拳是替萨莉打的。"伦尼喘着气说。接着他又打了一拳。

"这是替杰克打的。"

这次，文斯没有站着挨打。他定了定神，然后走上前，还没等伦尼缓过气来就抓住了伦尼的右手臂。他抓住了伦尼的手腕，用另一只手掌在他喉咙下推了两把，像是在告诉他自己是让着他的，可不是什么软柿子。他把手上移到伦尼脸上，又抓又压，把他的头往后推，一次，两次，伦尼的眼球好像都要从他的手指缝里迸出来了。然后,他松开手,这样伦尼可以呼吸了。伦尼说:"来啊,你个白痴。"说着打了文斯一个嘴巴,但好像倒是打痛了自己的手。这时,文斯双手抓住伦尼的手臂,把他甩来甩去,咆哮着,他们两个拉拉扯扯的看上去像在滑冰一样。文斯一放手,伦尼就摔出去了。文斯走上去凑到他身旁,看不出到底是要踢他,还是要看看他有没有事。然后他伸出一只手,伦尼抓住他的手站了起来。他朝文斯的肋骨狠狠地打去,文斯又把他推倒在地。

我和维克一动不动地站在那里。

伦尼撑着双手瘫倒在地上,半坐半躺的,大口大口地喘气。文斯站在他身旁,弯着腰,也在喘气。你听到的只有他们的喘气声,那些羊像旁观者一样发出咩咩的叫声。文斯现在可以拿到坛子了,但他好像还不放心伦尼,他朝着坛子慢慢地移过去,挡在伦尼和坛子中间。这时,伦尼站起来了。

伦尼脸色通红,像烤过一样,驴子般大口地喘着粗气,摇摇晃晃地站着。文斯往后退了几步,也喘着气,拿起了坛子。然后他朝伦尼慢慢走去,好像现在挑衅的是他。你可以看见伦尼眼睛里的神色,尽管他在尽力掩饰。"我输了,不行了,现在只能喘口气而已。"看着伦尼站在那里只顾喘气的样子,真让人同情。文斯也站立不稳,摇摇晃晃的,喘着粗气,用防备的眼神看着伦尼。但文斯还不止这个,他脸上全湿了,眼睛也湿了。他抓着坛子,好像一个抓着玩具的小孩。

"我不会撒很多的,不会的。"文斯边说边旋开盖子。

伦尼盯着他看,没说话,摇摇晃晃地,只顾着呼吸。

"一点点,就那么一点点。"文斯说。

"你到底想怎样,每隔十分钟就停下来,这儿撒一点,那儿撒一点?"伦尼吼道。

文斯继续在旋盖子，顺便抹了一下脸上的汗水。这就像一种诱惑。就像你拿着一盒巧克力去医院里看病人，然而你自己却伸手去拿着吃，吃了一块又一块；就像你照看别人的东西，但你想把它据为己有。

文斯说："什么叫'撒'？"他抹了一把汗水。"'撒'这个字是什么意思？"

"你应该为自己的行为感到羞耻，浑球。"伦尼说。

但是伦尼好像也为自己的行为感到羞耻，站在那边，准备停手。看起来他好像觉得是自己把这一天给糟蹋了。

文斯已经拧下了盖子。他迅速朝坛子里面看了看。羊群依然在朝我们看。我想在它们眼中我们肯定是一群傻瓜，就像我们看它们一样。我又想，不管是谁从谷底往上看，他们都会觉得我们比那些羊还怪。

文斯把盖子放进口袋里，一只手在胸前把坛子抱得更紧了，另一只手伸了进去。他看上去有点伤感。他转了过去，背对着伦尼。好像伦尼已经没心思也没力气去阻止他了。我和维克也没出手阻止。他朝山坡边缘走去，背对着我们朝向山谷那边。远处有几缕阳光，近处有一大片乌云向我们飘来。大风起来了，好冷。但我想伦尼和文斯可能感觉不到。大地已经萌发出春天的气息，空气却还残留着冬天的味道。这时，飘起了一阵小雨。

文斯站在那里，看着远方，腰板直直的，腿像生了根一样。我敢说他的衬衣是彻底给毁了，裤子也要好好地洗一洗。曼迪肯定要问个究竟。他慌乱地想说点什么，却又说不出来，或者根本就不知道该说什么。他把手伸进坛子，抓出一把东西，很快地撒了出去，一把，两把。那东西看起来像白色灰尘，像胡椒粉一样，风将这些尘末吹得无影无踪了。然后他又重新把盖子拧好，转身朝我们走来。

"就是这里,"他抹了一把脸上的水,说,"就是这里。"

雷

他说:"现在我懂了,阿雷。"

那是在手术过后的第三天了。说是手术其实也不是手术。所以他并没有那种身体虚弱、动作缓慢和迷迷糊糊的术后反应;在我看来反倒比平时更为敏捷和清醒。他坐在那儿,穿着一件白色的小罩衫,身上插了很多管子,连背上都有。好像他们每天都要插上一根新管子。但是旁边还有更厉害的,身上全是管子,管子、电线、坛子、监测设备和全套的化学仪器。身上全插满了,你都得走近才能看清那是个人,仍然还有一部分身体在那里。

他坐起来了,一动不动。我想,他好像是在请人为他画像一样,最后的遗像,不需要润色,不需要美化。没人知道这幅画到底要画多久。两周,三周。无需做什么,只要静静地坐着,做真实的自己。

不知道当你面对那些自以为知道的人会说些什么。我想现实和想象恐怕相差千里吧。于是,我低头看了看床单,又抬头看着他。他还在注视着我,一动不动,直勾勾地盯着我的眼睛,似乎在告诉我他能挺住,我也应该挺住,似乎又在告诉我他还是他,因为他就是他。其实,事实刚好相反。

他说:"没什么两样,对吧?"然后又加了一句,"屠夫手中的羊羔,福仔。"

曼 迪

路继续向前延伸，漆黑一片，弯弯曲曲的路上依稀能够分辨出万物的轮廓，像雨水、像黑暗、像溅起的水花那样确乎存在着。不知来自何方，也不知去向何方，只有路而已。

"后面是什么东西？"我没话找话地问道。他看着我，说："屠宰了的牲口。"我想，相信我的运气吧。在仅仅六个小时后。

他说："离家很远了吧？"

我点头表示同意，感到头很沉，脖子疲倦得都耷拉下来了。

他说："那是在哪儿呢？"

他的身子向前倾，抱着方向盘。

我说："布莱克本。"

布莱克本，奥勒顿路二十七号。

他说："心已经不属于那了，呃？"说着从他的衬衫口袋中掏出一包烟，咧开嘴开玩笑说："布莱克本的流浪者，呃？伦敦，哦？"

我点了点头。

他晃着那包烟，用手指从中推出一支塞到嘴里。之后他要递烟给我，我摇头拒绝了。

他伸出手去摸索着找打火机，问道："一日游还是不打算回去了？"我没作答。于是他弹开打火机，火焰映出他通红的脸，满脸横肉。他吸了口烟问："小可爱，你几岁了？"

我没有作答。

"十七岁？"他又吸了口烟，看着路上，好像这是他的路，雨刮器在挡风玻璃上左右跳跃着。"'年方十七，君知我意'，有支曲子是这样唱的吧。我可以带你去伦敦，小可爱。我这车肉送到哪儿就可以带你到哪儿。"

他转过身来，我直直地盯着他，他说："你在看什么？"

我说："你让我想起了我老爸。"

这是一句骗人的好话，一句很管用的话，一下子就使他愣住了。我以前也试过的。

不过，他还真的有点让我想起老爸。

我要指责的是老爸，比尔，就是他。如果我被叫去问话，如果我溜回，或者被警车送回到奥勒顿路的家，我就以他为托辞。我不是第一个离开的，我说错了吗？是他给我带了好头。

也许他正在想我呢，和他的小骚货在男人岛①那边——如果有那样一个地方，有那样一回事的话。半夜醒来，点起一支烟，窗外雨声淅沥，我想知道曼迪到底要干什么，那个女孩现在又在做什么？

他曾对我说："你是个淘气的女孩，曼迪，你是个淘气的女孩。"不管我是做对了还是错了，他总是侧着头微笑，或是对着我眨眨眼或是用舌头打个响哨，似乎他眼睛里有的是一分责备，九分赞许。"你是个淘气的女孩，我不知道你会变成什么样。"他看着我好像有一天他会来帮我摆脱困境似的。而我那时喜欢说："我老爸是个水手。"水手比尔，巴拉克尔·比尔。因为这本身就有淘气的意味，这样就和其他女孩子在谈论自己的父亲时说的话不一样了。

---

① The Isle of Man，又译作"马恩岛"。传说最先开发此荒岛的都是男人。

并不是在轮渡上工作就可以使你成为一位真正的水手。他要在舰队坞和道格拉斯港之间一天一个来回，在冬季则从希舍姆市到道格拉斯港，得多花一个小时。但是我每天大清早听到他在离开前摆弄他那辆很久才能发动的希尔曼牌老破车时，我会想，他很快就会出海，我老爸比尔，出海，返航。

直到有一天，他再也没有回来。

我从来不说他是个"水手"①，因为如果发音不准，它听起来就有伤大雅，这也是个淘气歪歪的词，一个傻乎乎的词。为什么轮船会像个安全套？因为它里面装满了"水手"。他曾是位真正的水手，至少他是这么说的。他是见过世面的，上海，横滨。但是在遇到老妈后，他那周游世界的日子就一去不复返了。至少老妈是这么说的。一个狂风大作的夜晚，在利物浦，棕色的肩膀，几处文身，将信将疑的故事。水手啊，停住流浪的脚步吧。很难想象当时所发生的事，但是当母亲带回那个父亲的替代品——那个唯唯诺诺的小公务员内维尔——时同样很难想象母亲是怎样的女人。"曼迪，来见见朗斯戴尔先生。"内维尔·朗斯戴尔，管城市规划的。从那以后，我们的生活和以前就再也不一样了。

他总是挂着一张苍白的脸走到我面前，神父一般和蔼地笑着说："曼迪，你想要成为一个怎样的人。你长大后要做什么？"好像这样就可以在她那里博得好感：终于有人来关心她，尊重她。该死的内维尔！我想说的是我想变得再淘气点，我要变得像老爸所说的那样，做个淘气的女孩。我要改名字，叫曼迪·布莱克，

---

① 原文中上文用的是"sailor"，这里用的是"seaman"，二者都有"水手"之意。而"seaman"与"semen"（精液）一词发音相近，所以曼迪说她从来不说她爸爸是个"seaman"。

我想变坏。

我说到做到。我流连于酒吧和歌舞厅，伴着音乐大喊大叫，扭动着身体，我让别人乱摸我的裙子，以及其他更为疯狂的举动。我让自己沉沦到绝境。我让老妈和内维尔生不如死，这只是以其人之道还治其人之身罢了。更有甚者，我对我的好友兼死党朱迪·巴特斯比说："去伦敦咋样？那里灯火通明，一起走"。但是她打了退堂鼓，胆小如鼠的家伙。

直到最后一刻，我都在盼望着他回来，告诉我这五年里他去了哪里。他会扔下自己的旅行包，然后把内维尔撵出家门。这样我就不必自己离家出走了。

但是他们在利物浦发现了他那辆希尔曼牌的老爷车，而不是在舰队坞。所以他可能去其他地方了，不是在男人岛那边的小骚货那儿，而是在世界各地的小骚货那里寻欢作乐呢，上海，横滨。我以前是这样想象的，现在仍然一样。虽然这是一个异想天开的想法，但是我直到现在仍然还这样想，想象他乘船去了遥远的南海。草裙，椰子树。他还在那儿，回到了三十年以前，耳边插着花朵。那不是男人岛，倒像是温柔乡。

他说："小可爱，你叫什么名字啊？"

我说："朱迪。"

他说："我叫米克。要去伦敦哪个地方还是到伦敦随便哪儿都可以下啊？"

我说："随便哪儿都可以"。

他说："我带你去史密斯菲尔德吧，听说过这个地方没？两个小时就到了。好了，小可爱，放心吧，你可以先打个盹。"

所以曼迪，或者朱迪·巴特斯比——这是她在旅途中所用的名字，坐在一辆满载着猪肉的货车来到了伦敦。然后她又坐上了屠夫的篷车，居然连莱斯特广场都来不及看上一眼。真是个美妙的旅行，棒极了，兜了一大圈，甚至仿佛到了奥勒顿路的家中一样。从布莱克本到伯蒙德西，见了世面啦。但是当我想起这段经历时，看着人们拥挤着蜷缩在商店的门口和拱廊上，盖着臭烘烘的毛毯，我想那时我是幸运的。而当我再想起那个背着旅行包沿着 A5 号公路远行的女孩时，我想，那是我的冒险之旅，一次大大的探险，虽然只有短短的半天时间，那也足够了。

离家出走，然后在不到一天的时间里找到另一个家，虽然新家并不是真正的家，比我离开的那个家好不了多少。这个新家并不像它表面看起来的那样：一个过去没家现在有家的儿子，一个过去有家现在没家的女儿。因为她待过的这样一个"家"里，爹不够格做爹，妈配不上当妈。

为什么我要接受这一切呢？为什么我不能像颗子弹那样又一次离膛而去呢？世界在告诉我们，不管怎样一切都在变，一切都在发展。为什么非得是文斯呢。我们像一对兄妹，或者更糟，像一对父女。他刚从中东回来，"从那该死的亚丁城回来的，亲爱的"。他进去把背包扔在卧室的角落，马上又出来了。"文斯·多兹。"他体味很重，浑身是汗味、机油味、皇家海军的味道。他的肩膀上有文身。"你可以舔它，不会褪色的。"这就像乱伦，就像在众目睽睽下，就像最有安全感的地方倒有危险。房子里很有安全感。在露营车里也一样，那是雷叔的车，像一对吉卜赛人。

从布莱克本到伯蒙德西，心比天高。但那就是我要留下的地方，那就是我要做的。文斯的小骚货，文斯的老婆，文斯的妹妹，文斯的女儿，文斯的母亲，他的整个家庭；另外还是杰克和埃米的已长大的女儿。好像我再也不认识那个在A5号公路上旅行的女孩了。似乎在这半天里,在那条路上,我已经变成另一个人了。你想要成为怎样的人,曼迪?一九六七年的十一月,属于佩珀军士的一年①。四千个窟窿,在兰开夏郡的布莱克本。那不在星期三早上五点,而是星期四晚上八点。但有一首歌不停地在我的脑海萦绕,就像为我自己而唱:她就要离家远行,再见,再见。

他说:"一枚嗡嗡弹。"

我说:"什么?"

他说:"会嗡嗡叫的飞弹,V-1型。房子给荡平了,全炸死了,只剩下我。我不是你认识的那个我,我不是文斯·多兹。"

我想我早就该猜到的。不仅仅从你的外表,从你一直想刻意保持距离,从你如此想搬出来露宿在这辆露营车上,就可以知道的。但那真是狡猾的举动,对吧,文斯,真是足智多谋。

她可以睡在我的房间。

你睡哪呢,文斯?

我不禁想入非非。

我想要告诉他:"我也不是你认识的那个我"。因为我不知道曼迪·布莱克是谁,我不知道,还有待认识。

但是,当我坐在载肉货车上在朦胧中驶过伦敦时就已经告诉杰克:"我不是我刚才所说的自己,我不叫朱迪,我是曼迪,曼迪·布莱克,来自布莱克本。"他问:"那谁是朱迪呢?"我回答:"没这个人。"

---

① 一九六七年,英国著名的披头士(甲壳虫)乐队推出了专辑《佩珀军士的孤心俱乐部乐队》,是音乐史上最畅销的专辑之一,他们的演唱通过卫星直播后风靡全球。

中央刑事法院，圣保罗大教堂，伦敦桥，灯光在灰色的河流上荡漾。

文斯说："我的真名不叫多兹，而是普里切特。"

我感觉到他在我身体里面收缩，滑动。我躺了下去，脸放在了他的胸前。

他说："这不是秘密了，众所周知的事实。只有他想假装不是这么回事。"

"谁？"

他说："老头，我是指杰克。你知道我为什么最早要离开吗？知道我为什么要参军吗？因为我不想成为文斯·多兹。我不想当个卖肉的人。"

我说："但是你还是回来了啊。"

他说："我回来是为了证明自己。"

我说："对男人来说是容易点。他们可以去当兵，他们可以去出海。"

他说："你去过亚丁城吗？"

我开始舔他的文身。其中一个是"V.I.P."，还带有一个拳头和闪电的图案。我说："你的背包里上写着'多兹'。那么文斯，你打算要做什么？你想要成为怎样的人呢？"他答道："修车的。"

"修车的？"

他说："你看到院子里那辆小破车吗？五九年款，九型的。很吃惊，对吗？可不是一般的旧，不像车样了。我会把它修整得跟新的一样。"

然后他就告诉我许多关于汽车的事情，滔滔不绝地讲着。

我想，这和你想象的完全不一样，真的不一样：我和朱迪·巴特斯比在伦敦西区那边晃荡,让几个搞摇滚乐的家伙给骗了。

一辆屠夫的篷车,一个退伍的士兵,指甲缝里全是机油。碰到一个修汽车的。

他说总有一天杰克会巴巴儿地走过来。我倒想看看。

我舔着他的胸毛。

我说:"你怎么知道我就是那个你想象中的人呢?你怎么知道我的真名是曼迪·布莱克?我也可能是其他什么人,你说呢?"

我把手放在他那蔫呼呼的玩意儿上。

他说:"我不是在引诱你,我不是在骗你。我之所以要告诉你,只是为了让你知道这一切。我之所以要告诉你,只是为了不让你有错误的看法。这样才好,对吗?"

我说:"对。"

"那样才诚实"。

我说:"对,文斯。"

他说:"我那时才三个月啊,什么都不懂,对吧?

我感觉得到他那玩意儿在我手里慢慢硬起来。

"我告诉你,你可要做好准备啊。"

"什么准备?"

"他会想要和你做同样的事,他们也会想要和你做同样的事。"

我说:"什么?"

"我敢打赌我们现在做的事正合他们的意。"

"你在说什么呢?"

"所以我不想再走了,你也是。我们得一起来让他们瞧瞧。我们要留一起留,要走也一起走。"

我说:"那做什么呢?"

他说:"修车。"

在露营车里感觉很安全,像在个密窨里。

我说:"你在说什么啊?"

他压到我身上,猛地插入,我抬起膝盖夹住了他。

他说:"他们没告诉过你吗?当然不会告诉你了,你才知道一小部分呢,是吗?"

这和你想象的完全不一样。文斯·多兹夫人,修车工多兹的夫人。一个修车的丈夫,一个忙里忙外的女儿。

伦敦,处处灯火,夜如白昼。一排排连绵不绝的高房子,每幢都灯火通明,像露天游乐场一样。每幢都装满了肉和人,一片嘈杂,似乎人在向肉大喊,肉也向人大叫。外面,天空还是漆黑一片,在里面灯火的映衬下显得越发的黑,空气阴郁而潮湿。卡车轰隆隆地响着倒车,毛毛细雨在车灯里像飞溅的火花一样。车门大开,一摊摊水洼倒映出红白的光芒。更多的肉,在手推车上,在肩膀上,被拖进光明中。拖肉的人浑身沾满了一道道的血迹,污渍黏成一片,他们的脸红彤彤的,一片油光,和肩上扛的肉一个色。那时,我在想,天哪,曼迪·布莱克,你到的是个什么地方?喧嚣就如同一种疯狂的语言,似乎肉仍然在大喊,在抗争,在踢腾。在这一片喧嚣中传来一种声音,一种虚幻的声音,以前在电视和收音机里听过,像一种没人会真正使用的声音那样。可是,在这里他们都是这样说话的,自然得像呼吸一样,好像从这片土地内部传出的声音一样。伦敦佬。伦敦佬们。神气活现的家伙。膝盖。为什么伦敦佬老是站得那么挺呢?

他说:"史密斯菲尔德市场,小可爱。全是猪肉和流言,牛肉和不幸。我得做事了,看那儿。"他指了指,靠在驾驶室里,倚着我,一只手放在我身后。"肯尼咖啡厅。咖啡不错,熏肉三明治也很好。在附近转转,待会儿到那里碰头。"他眨眨眼说。

当我爬下来后,声音变了。它退回去,然后又涌过来,像潮水一样,哗——哗——哗。那种感觉就像在莫克姆海边涉水而行,尽量不要湿到屁股一样。我向咖啡厅走去,穿过肉、人和喧嚣。坦白地讲,此时我所想的是:我会等他的,司机米克,骗他一顿早饭也好,不惜一切忸怩作态给他想要的;我会抛着媚眼,轻轻地说:"你能带我回去吗?你能带我往北去更远的地方吗?"

我从来没想过,一小时后,我在一辆贩肉的篷车里被带到了我的未来,我的后半生。被一个人高马大、圆腰阔膀、粗嗓门的男人,他就像我从哪冒出来的叔叔,就像一直都在那里专门等候我的到来。"你没来错地方,亲爱的。"伦敦中心区,史密斯菲尔德,生与死,史密斯菲尔德。看到那个没?那是中央刑事法院。既然你都没看过,我就带你到处去看看吧。"上车吧。"

圣保罗大教堂,伦敦桥,塔桥,一切仿佛都在梦中。还有那一片湿漉漉的灰色晨曦。他放慢车速,上了桥,对我说:"人一辈子都住在某个地方而浑然不觉,直到某一天你才会注意到它的。"然后他又问:"想在肉铺工作吗?一天一块钱,包吃包住。"

我说:"我不叫朱迪。"

他盯着我,眼都不眨地看了好久:"没什么。"

不管怎样,我的早餐约会都没有到来,或者如果他去,我也没看到,他从没想过要打断我和杰克·多兹。

熏肉的香味使人停住了脚步。蒸汽、烟雾、闲聊和咯咯的笑声。转头,傻笑。全是肉味和喊声。我想,比起外面来这里更糟。每个人的脸上都表情惊愕，仿佛你侵犯了他们宝贵的领地一样，把你当作眼中钉。他们在用力嚼着，在大吃大喝着，到处血迹斑斑，到处都是屠夫。只有一个人除外。除了这个奇怪的小个子，他穿着灰色雨衣，露出了衣领和领带。他在这里显得与众不同，和我一样。他坐在那里不停地搅着杯子里的茶，抬头盯着我看，仿佛若有所思。我在暗想："给我买份早餐，小子，给我买份早餐。看起来我好像可以搞定你。你看起来很沮丧，给人很安全感，正好给我买份早餐。你看起来好像并不需要食物。"

于是我坐到了他的对面，那个位子好像是他专门留给别人的。他还在不停地搅拌着茶，好像他不搅拌的话会凝固似的。正在他要开口说话时，进来了三个人，他好像认识他们。其中一个非常粗壮，他一屁股坐在前排，像个军士一样。不知为什么我只看了他一眼就相信他是个可以托付终身的人。他看了看我，又看了看那个小个子，又看了看我，好像只要适龄的男人看了我一眼我就可以记住他们似的，但是现在就不行了，曼迪·多兹，好像他们都希望自己能年轻十岁似的，但是，他们都知道事实上自己都可以当你的父亲了。然后，带着狡黠的笑容，他又看了看那个小个子。后者清了清嗓子，略带局促地说："这位是——"我赶紧接着说："我叫朱迪，来自布莱克本。"

那个大个子怔了一下，然后就开始说话。那是一种非常冒昧和粗犷的语气，也许他根本觉察不到自己的所作所为有何不妥，也许他也根本不在意自己这种非常冒昧和粗犷的语气被旁人听到。"这是泰特，这是乔。我叫杰克·多兹。你刚才看到的这个是雷。雷这个人很好的。他在保险公司做事。雷很有福气的，个子虽小但是很有福气。他需要多吃点东西养壮点。"

文　斯

　　如果侯赛因不给我识相点，我也会像对伦尼一样，给他点颜色看看。我要让他吃不了兜着走。一是为了我的车，再就是谁让他对凯茜变得这么冷淡。

　　这辆车的价格再加上一千块，我和他就两清了。

　　我需要钱买下这套衣服，这套鸟不拉屎的西装。

　　否则，揍他一顿，我希望他能够明白这点。我是不会对他和颜悦色的，我才不会假惺惺地走过场，像对老左撇子伦尼那样，那个老家伙，眉毛鼻子挤成一堆的泰特。我们可不是在讲蔬菜和水果！

　　这事甚至用不着我亲自出马。有的是人。

　　军士说："咱只做引擎，不做车身。"

　　他知道他可以对我呼来唤去的。他好像只要看看就知道了——因为我自己从没跟他说起过，不过我估摸着凯茜可能去跟他说了。我估摸着她肯定跟他说了——我以前曾在他熟知的那个又脏又臭、蚊蝇横行的军车修理地沟里待过，满手油渍、灰头土脸的，而他现在却能来到伯蒙德西大街的尽头，离开他城市里暖烘烘的房子，来到这里让我给他找他想要的车子，晃晃钱包就可以听到我说："是的，侯赛因先生，好的，好的，侯赛因先生。"

　　我管这叫不看人面看钱面，做生意嘛，总得他妈的去讨好人。他那让人忍俊不禁的小样。

　　就这样，文斯·多兹把女儿卖给一个街头小混混了。

他进来了,这是他第一次来,外套松垮垮地挂在肩膀上,墨镜子塞在上衣口袋里。我觉得他不用化装都可以去贫民窟了。他们嫌城市太拥挤,我进城高消费,他们却来乡下寻便宜。多兹车行并不是唯一的选择,在伯克利广场他也能买到车子。要问他为什么来我这?除非那儿的车他都有了。在那种地方,可以狂砍价。

我特意领他去看那辆八五年款的格雷纳达车,他围着车子转了好几个圈,不屑地瞄了几眼,好像要准备切蛋糕一样。不过我发现他在盯着凯茜。他盯着她的时间都跟盯着车的时间差不多了。凯茜坐在办公室里,在隔墙的后面,大门也敞开着。她穿着的那条裙子,小得跟护腕一样,上身穿着条紧身白T恤。而他来的那个地方,女人们都像修女似的包得严严实实。这些都不是我的错。如今的凯茜已经不再是我以前的小凯茜了,她今年十八岁了,刚毕业又没找到工作。我说,如果你愿意,就在车行里干好了,不能总这样闲得无聊。

我让他又溜达了半分多钟,这才明白他的真正兴趣所在:女人、车子、砍价。这些爱好也是合情合理的。所以我走过去,用一种缓慢的、完全不含催促之意的口气问他:"先生,需要我帮忙吗?"他看着我,一只眼睛好像是在说不希望被我这样的人打搅。他对这辆已经开了三年的福特车不怎么感兴趣,另一只眼睛还在不停地越过我的肩膀往凯茜那边瞟。

"我刚看了那辆格雷纳达。"他说。

"那是辆不错的车,引擎不错,全调试好了。你再也找不到比这更好的货色了。想要在这附近试驾一下吗?"

我看得出他在犹豫,所以我看着他说:"钥匙在办公室。要我去拿过来吗?"然后我看了看手表,说:"我本想亲自陪你试车的,但一会儿还有另外一个顾客要来,约了三点钟见。我去看看凯茜能不能帮我一把。你赶时间吗?"

他看了看他的劳力士手表,说:"也不是很赶。"

所以我将头转向办公室的门,说道:"凯茜,你可不可以陪这位先生一起试一下格雷纳达,我现在没空。和这位——?"我转过头,他就在我边上。"侯赛因先生。""对,侯赛因先生。"然后我从架子上拿下钥匙抛给凯茜,钥匙落在了她大腿上。

我以前从未叫她做过这种事情,她用疑惑的眼神看着我。但是凯茜对车真是天生的好手。当她一到了可以考驾照的年龄时,我就教会她开车。有其父必有其女,她对车很有天分。

她甚至帮那家伙倒好了车,非常干净利索。

她已经出落成大姑娘了,长得跟她妈妈一样漂亮,这些也都不是我的错。

另外一个顾客,扯淡!

我介绍道:"这是凯茜,我女儿凯茜。她是老司机了。"

他们回来了,我问道:"怎么样?不赖吧?我文斯·多兹是不会卖破烂货的。"他看着我,好像是在说,如果搭上这小妞的话我就买。我也看着他:外加五百块,她就是你的了。然后他说:"成交。"

然后他就套近乎地对我说:"多兹先生,我这人有一个小缺点,就是有点太放纵自己。买了一辆车,很快就腻了,然后就换另外一辆,跟玩玩具一样。"这外套是驼绒的。"所以你应该多去找一些我喜欢的车,我是不会亏待你的。"

我知道他从没想过要买那辆格雷纳达。我也知道他不久就会回来再买另一辆车。如果我暗示一下他自己没照顾好凯茜,这个年龄的她本该有个像样的生活,那和他的买卖就有得做了。

这就是文斯·多兹,为自己女儿拉皮条的家伙。

但是凯茜也并非不知道自己在做什么,她并非是个没有主见的人。很像她妈妈。她不是可以便宜甩卖的。她可不像萨莉。

但是如果他想要甩了她,以为自己可以把她赶到大街上,走马灯似的换车子、女人,他就该反省反省了。要是真那样我肯定要好好拜访他一下,非把他的脑袋给敲碎了不可。有什么大不了的,我才不在乎呢,管他还买不买那辆奔驰车了,管他还加不加钱了。车和钱算不了什么,根本算不了什么,杰克现在也一样算不了什么了。但是凯茜是我的亲生女儿。她也是多兹家族的一员。凯茜也出现在杰克的葬礼上,穿着最最漂亮的黑色小套装,那可能要花上五六百块吧。可能我不该这样对她,真的不该。

雷

她以前每逢周一和周四都会去看琼,准时得跟钟表似的,现在也还是如此。星期四正好是我可以不用待在办公室的时候。我一个星期只要上三天班,从周一到周三,比正常的工作日少了两天,算上加薪的钱却也只少拿四分之一的工资。亨尼西对我说:"你要升职了,我提拔的。"他用手指在嘴边嘘声说:"你只要从现在开始好好干,到年度考核就行了。"我觉得,可能是因为卡萝尔的缘故,她在他们面前说起过我,提醒他们我还在这里做事呢。他说:"雷,早就该升你的职了。你今年都多大了?""四十五岁。"我说。但是我对升职没兴趣,对从事保险业也没多大兴趣。真正吸引我的恰恰相反。我对亨尼西说:"我并不是不接受你们的好意,但你们可以给我更好的选择,让我少工作少拿钱吧,那才是我喜欢的。"

对于孑然一身的我，这也是可以理解的。还有一辆露营车。

另外，我也开始行运，变得越来越精明，越来越无愧于自己的名字。就算没人帮我，至少还有赛马给我带来好运。

我是一个无所牵挂的人，一人吃饱全家不饿的人。这样的人难道不应该过自己向往的生活吗？星期一到星期三在办公室上班，星期四到星期六在赛马场或马路上。

生性就像吉卜赛……

工资不够赛马可以补，总能对付，有时还略有盈余。其实赌马和保险是一样的行当，都是几率的问题。保险，赌博。

亨尼西说："顺便问一下，古德伍德赛马场到底是哪点让你如此着迷啊？"

埃米都会在星期四的时候去看琼，而我那时也是跟着我的赛马全国各地到处跑。想了很久一直都不敢说这个事，一直耿耿于怀。有一次，我终于鼓起勇气对她说了："埃米，这个星期四我哪儿都不去。我想我不在那匹老马也照样跑得动。你要是坐那破公车，指不定得花多少时间呢。让我开着我的露营车送你去吧。"埃米说："那好吧，雷。"所以我就载着她上路了。

这好像是我第二次还是第三次送她，也是在星期四。我对她说："嘿，知道吗，我认识你的时间其实和认识杰克的时间是一样长的。"她疑惑地看着我说："那难道说你也是在沙漠见到我的？"我说："对啊，正是在沙漠里，埃及。"话音未了，她就蹙眉一笑。我说："我看过你的相片。"我本想开玩笑似的，用一种轻松的口气回答的，可当这话说出来的时候却像是在陈述事实或者猜谜语时的那种硬邦邦的语气。我并不想这样，可我在哄女人那方面从来都不是高手。

她久久地看着我，含情脉脉却又带着些许矜持，知道她能感受到我对她的感情，或是她也已经思考这个问题很久了。对她，我总是有这样一种特殊的感觉。尽管以前也有过卡萝尔和苏，尽管她是杰克的人，尽管她现在已成明日黄花。但是，我还是觉得这种感觉很美。在我看来，这种消逝的美也很迷人，一切都在于你看待事物的眼光。她跟杰克彼此无法解脱，就像是经过模具的铸造，拿出来就固定成形了。但我想可能我们每个人都是如此，需要融入新的激情才能继续生活。

埃米就是我一直寻找的激情。

对我来说，苏和卡萝尔都是生命中相继的过客。她很同情我，但不是亨尼西对我的那种同情，可能同情就是她对我一直以来的感情吧！如果真是这样，我也无话可说。

去看琼的地方很远。她通常要先坐一百八十八路车到埃勒芬特，然后转四十四路路，有时还得在图定再转车。那里离埃普瑟姆并不是很远。虽然我开车走的是条熟悉的路线，路上也有足够的时间聊天。不管怎样，我们途中总会随处逛逛，要么就坐在车里。如果天气好的话，我们也会去外头凳子上坐坐。她说杰克从没去看过琼，有也只有一次，是第一次也是最后一次吧。他从来没去那里看琼。我猜杰克可能就是这样吧，但我也不是很肯定。可能有一两次他真的有自己的打算，只是他没说出来罢了。但他是真的从没去看琼。这就是杰克彻头彻尾的失败之处，埃米说，一个人怎么可以不认自己的女儿呢。而她的失败之处她自己也很清楚。正好和他相反，她每个星期去看女儿两次，从不间断。没什么区别，母亲毕竟还是母亲，可是现在她已经欲罢不能了。但是如果杰克能偶尔来那么一两次，只要待那么一小会儿，事情也能平衡些，她可能就会多花一些时间跟他在一起，那么他们也不会变成现在这样，就像一根被使劲往两头拉的绳子。现在，一切都太迟了。

她说事实很简单，杰克和琼她无法二者兼得。她没得选的。她清楚这点，杰克也清楚这点。

我说这是个艰难的选择，但是选择合适的言辞对我来说也并非易事：我要数落的是一个不知道自己是谁，而且也许可能永远都不会知道自己是谁的琼，而不是那个健康健全、与她朝夕共处了近三十年的杰克。她不认真地盯着我，好像还没有让我说话的意思。我想我不能这样继续沉默下去。

她问我："你觉得杰克知道自己是谁吗？"

我说："他是我见过的最了解自己的人了。"

她低声地笑了笑："他其实并不像看起来那样魁梧，呵呵，在有些事上他根本不像看起来那样魁梧。"

我说："是他在沙漠里救了我！"虽然我很想对她说"还有你……"，但还是忍住了。

当她进去看琼的时候，我通常是待在停车场，要么就到处转转。这个地方有草坪、小径，还有一些步履不稳的病人到处乱走。他们看起来跟正常人一样。并非你所想的那样。

看着她穿过停车场，走进入口，我总是在想她独自四处张望的样子就像孤独的我一样，每想到这我的心就隐隐作痛。要是我在刚开始的时候就跟她一起进去看琼，去接这份原本属于杰克的担子，可能现在就是个圆满的结局。但我一开始真没想到这点。可能这些都是她所希望我能去承担的。我想我之所以胆怯正是因为这就是唯一的解决方法，因为我名不正言不顺，我在这里仅仅是为了开车来送她的。又或是这一切都只是借口，我只是在害怕。但是到了第三次还是第四次送她的时候，我终于对她说："我也能进去看琼吗?"她说:"当然喽,雷。"

我不知道对有些人有些事你们会怎么说。比如说一个二十多岁的女子,身材跟其他同龄人一样婀娜柔软,而且如果再穿得讲究点还可以说略有几分美貌,看了会让人惊叹不已。但是,这样的妙龄少女却时常流着口水,而且压根儿不知道自己是谁!天下除了一个爱她的老妈之外,她一无所有。这个叫琼的女人,二十七岁的身体,两岁的智商。我想你们会说这世上没有人比自己更倒霉,没有谁办事情比自己更不顺利,可能人人如此吧。

那个星期四下午,我坐在那儿,和琼一样,沉默无语。那个护士盯着我看了老半天,奇怪我是从哪里冒出来的。但那个下午,我终于想通为什么埃米二十二年如一日地每周来看琼两次,因为这是她作为母亲的责任,就像她自己所说的,这是她已经形成的习惯,不自觉地非做不可。她这样不间断地来就是希望能有那么一天琼能认出她是谁,有一天琼能开口说话。但无论是谁,只要看看埃米就知道她的心思,但是只要再看着琼就会知道这些都是不可能的事情。埃米不该这么多年一直坚持来这里;而琼也不该生来就这么不幸;更不该的是一个四十六岁的母亲依然风韵犹存,而花样年华的女儿却傻头傻脑。她们两人就像两个错误,但却不能负负得正。

我想我已经迈出了第一步,现在该是迈出下一步了。

我们坐在凳子上看鸽子,并不急着回去。她坐我的车比坐公交车快一半。关于琼,我真不知该说些什么。我不知道你会说些什么,但我想说点和琼没有半点关系的荒唐的想法。这应该是埃米第一次跟陌生人,或者说是朋友来看琼,这也难怪她显得有些脆弱。我想不管怎样,她现在需要一个拥抱。我觉得她像倚靠在横亘于我和她之间的那段距离上,而她本该直接就倚靠在我身上的。我开始觉得我的自信心在膨胀，这是自卡萝尔离开我之后所没有过的。我在想是不是每个女人都有这种作用。

但是从我口中说出的却是："你从文斯那都听说了吗？我听说他们都准备坐船回家。"

下次再来接她时，我都想好了全部要说的话，打算逮到机会就一诉衷肠。这是一个阳光明媚、清风拂面的四月天。就像抛撒杰克骨灰的那天一样。我相信人生是可以改变的，真的，即使你觉得一切都已成定局，也可以改变。就这样，我一路来到了克拉珀姆。在克拉珀姆，阳光透过层层的树叶，在地面形成一片斑斑点点的阴影。我说："埃米，我们今天不去看护所了，不去看琼了。"我知道她肯定会反对。我接着说："我在行李厢准备了野餐用的东西，三明治，还有保温盒。"那是春天在埃普瑟姆的一次约会。"你想不想哪天去赛马场看看？"

但事实上我们也没看多少比赛。这肯定是我第一次没下注就来到赛马场。我们停好了车后，看到时间还早就在赛道上散起了步。我们像是两个业余赌客似的，各自选了一匹马。她的马对我的马，赌注为一镑。我竭尽全力要让她的马赢。现在已经是七比二了。我本可以在上面押上五十块，然后兴高采烈地回家。可谁想天气说变就变，突然就下起了雨。你们看到这肯定也会说这雨下得真不是时候。有时候就是这样，运气说跑就跑了。所以我说："我们还是回去野餐吧。"就这样我们急匆匆地跑回车上。我想，当两个人都知道该有些故事发生的时候反而不知道如何开始。他们也会很矛盾到底该不该这样做，一边忐忑不安，一边又蠢蠢欲动。然而，他们都确信现在该是故事发生的时候了。挂车上有蓝白格子的窗帘，没人知道里面在干什么，只是车身会有点轻轻地晃动。但我并没有想那么多，拉上窗帘，我说："你就当在自己家吧。不是家的家。"雨水拍打着车顶。我想事已至此，就算是错也无法回头了。我在想，埃米选择了琼而不是杰克，而现在我又选择了埃米。当雨停的时候，我们听见赛马场那边传来人们的欢呼声，一大群人对着几匹破马兴奋不已地嗷嗷大叫。精彩的比赛。后来这就成了我们幽会的地方。每个星期四都去，接连去了十四次，不管有没有赛马我们都去。直到文斯出现，然后是曼迪。

伦 尼

哦，我早该明白自己不应选择一场根本无望获胜的搏斗。但是，这只是我未曾料到的事情之一。人们都说那些年来我的脑子被拳击给打傻了，说实话，我的脑子本来就够傻的了。我早该明白退伍后自己不应再选择回到一个需要斗武的行当。你可能会认为五年时间的开枪瞄着别人射击和被别人瞄着开枪射击，以及收拾同伴破碎的尸体会让我认识到要选择一种更好的谋生方式而不是选择从事将他人击倒在地的工作。但是正因为兜售水果蔬菜之类的没有光彩可言，而且现钱也没这来得快，所以我才重操旧业。

我想我给了那家伙点颜色瞧瞧，而同时，我的胸部也好像装了一袋钉子，到处隐隐作痛。

而这些都是我应得的。如果天性好斗却要与自己的天性去斗，那就太不容易了。我们来这里向杰克表达敬意不是因为他致力于改变天性，使自己成为了多了不起的人，我们来这里仅仅因为他是杰克。

这就像当年我为保卫祖国而作战归来时那样，伯蒙德西的炸弹坑比利比亚的班加西那里还多，而我们得到的除了一个简陋的屋子和一本配给限额簿外别无其他。我曾对乔安说，在拳击台上击倒那个企图打倒自己的家伙，总好过把怒气发泄到每个人头上。这毫无意义，纯粹是胡扯。现在开始新生活了。我说是这个世道让你想用拳脚来做事，而我太太却说："尽瞎说，还是有另外的活法的。你要有自信，专心做事，然后像大多数人那样得过且过。"她就是那样的人。我说："光靠领那点东西是不行的，才几毛钱哪。如果我在沃帝顿争霸赛中胜出了，得了五十块钱，我就会专心做事了。你以前也一直喜欢看到我胜出的情景，不是吗？"她于是说："那是七年前的事了，现在的你已经是好汉莫提当年勇了。"

我想如果不是萨莉的出现，我是不会收手的。我脱下了拳击手套，放下了希望，也学会了不再怨天尤人。其实也可以说不是伦尼·泰特把握住了自己的本性，而是随后而来的某个人，一个和他颇有几分相同却又完全不一样的人——那就是萨莉·泰特。

当我认识他并听说这件事后，我才明白杰克一个帮手都没有，只有琼，那该是多么不容易啊。如果不是因为萨莉和文斯在运动场上一见钟情，我永远也不会那么做。这对埃米来说是多么难以接受的现实。而你也不能因为文斯是个糊涂蛋就责备他。所以我认为你也不能怪我是一个昏头昏脑的笨蛋，或是怪我希望萨莉成为他们家的人。

我想我本来是有可能原谅文斯的——如果萨莉没有搭乘汤米·泰森的便车，而汤米又没有开着一辆看起来崭新的"二手"宝马轿车来到文斯家。汤米知道文斯可以看出这辆车是偷来的，但他认为文斯作为一个老朋友，对这事可能会睁一只眼闭一只眼的。但是文斯并没有帮他把车脱手，相反，他把这事给捅了出来。于是，汤米因为有前科在身，数罪并罚，就被关进了号子里。于于是我对文斯说:"你这蠢货,你没必要帮他销赃,但也没必要告发汤米吧。汤米是去了该去的地方,但你也应该为萨莉着想一下啊。"

他说他只是在尽自己的职责罢了,不是吗?作为一个公民的职责。而我才是那个该为萨莉着想的人,因为看起来是我抛弃了她。

他说:"偷来的就是偷来的。负负不能得正的。"

我本可能会原谅文斯,萨莉本可能会原谅我。我本不可能会憋足了劲儿再打一架的。

我想我给了那浑蛋点颜色瞧瞧,真的。

大炮泰特,人们这样称呼我,因为我曾在炮兵部队呆过,另外还因为我脾气和装满了火药的大炮一样。这听起来挺不错,就像我的拳头是我的枪一样。在华盛顿的半决赛中,人们将我推上台与一个瘦得皮包骨的小孩对决,而这个小屁孩甚至还没到服兵役的年龄,和参战前那时候的我年龄相仿。我说:"没劲,没劲,没得打了。跟喝酒一样,喝个不痛不快的还不如不喝呢!"杜吉替我系上手套,说道:"跟他周旋,然后狠狠一记右拳。"我在踏进半决赛的赛场前就已经在想决赛的事了。我在想,这场比赛奖金肯定有二十块钱,这些钱可以让乔安好一阵子不来烦我了,而如果是我和丹·弗格森最后一决雌雄,这也不无可能。铃响后,我就迫不及待地走出来,脑子里轻飘飘的——必胜无疑,两个回合就搞定。大炮泰特后来就成了一个固定的名词:大炮泰特,中量级。老是吹破牛皮,老是措手不及。我一逼向前,他就往后退缩,轻快地绕着我转,而我想着,你还嫩着呢,小兔崽子,看你往哪儿躲。你去过利比亚、西西里和那什么意大利各地吗?你凭什么和我斗。在职业生涯结束时人得有点长脸的东西,得有点引以为荣的东西。可要是在蔬菜瓜果行当中就算你再杰出再出人头地又有什么意义呢？我再次逼上前，争取尽早结束战斗，我看到了他的脸——冷酷、锐利、波澜不惊，就像一台机器。我想着，小兔崽子，我们之间差了六岁，对你我而言互有利弊。然后他的脸就不见了，我只看到了他的手套。然后，我就两眼一黑，什么也看不到了。更确切点说，我其实是看到了。你知道人们所说的眼冒金星吧。我那时就看到了。

威克农场

  我们结伴返回，穿过了田地，一路上谁也没说话。你可以听到伦尼和文斯呼呼地粗声喘息，就像二重唱。文斯抱着那个坛子，他抱得分外地紧，分外地小心。我们之所以在这荒郊野地，原因似乎是坛子不见了，逃之夭夭了，我们不得不在后面追，去抓它。这全是坛子的错。而我们知道事实恰好相反。这全是我们自己的错。为一个死人的骨灰争得不可开交。现在安坐在文斯手中的坛子好像在对着我们摇头，就像杰克在坛子里偷偷瞅着我们，对着我们直叹气。他的一部分被留在了原野上，被羊群践踏。他没料到会出现这种局面，完全没料到。

  风不断地刮着我们的背，当我们走到大门口时，大雨倾盆而下，把我们都淋湿了。在被淋成落汤鸡之前，我们及时回到了车里，坐的位子和以前一样。文斯把坛子递给我，皱着眉头坐到了方向盘后，接着他就四处找寻可擦拭他袖子和裤腿上水渍的东西，结果什么也没找到，他只好作罢。我们就这样呆坐在车里，车也没发动，大颗的雨珠敲打着车窗让我们觉得自己好像坐在船上。我看了看文斯的脸,他神情恍惚。耳边传来坐在后座的伦尼呼哧呼哧的喘息声,感觉我们坐的不是小汽车,而是一辆救护车,或者说是一辆运肉车。似乎大家都在想我们是否应该坚持到底,还是趁现在就转身退出。两次弯路,一回争吵,一路搞砸,还有差点被大雨淋了一个透心凉。

随后,文斯以迅雷不及掩耳之势发动了车,开了刮水器。透过车窗,我们可以看到雨水落到狭窄的路面上溅起水珠,天空乌云密布,一片灰蒙蒙的。但在山坡上的一个废弃的风车旁,依稀有微弱的天光在树丛旁闪现,感觉好像乌云不久就会散去。

文斯说道:"对了,我们去坎特伯雷大道,留意一下去坎特伯雷的标记,走 A28 号马路。"接着他发动了引擎。

伦尼的喘息已经平静了下来,说道:"去坎特伯雷吗?我们不妨去那里,顺便拜访一下那个大教堂什么的。"

伦尼的口吻听起来像是开玩笑,但文斯坐了好长一会儿,一直注视着挡风玻璃外的雨水,没有开动车子。他情绪激动地说:"如果你这么想的话,伦尼,我们为什么不带着他的骨灰坛去坎特伯雷大教堂转转?"

我能感觉到维克和伦尼在后座相对而视。

又一次愚蠢至极的行为,又一次弯路。伦尼干的好事。

文斯开动了汽车,我们出发了。他没开口,但我从他的表情可以看出他是认真的。或许他甚至希望这个主意是他自己想出来的。

它甚至胜过一辆宝蓝色的奔驰。

维克什么也没说,就像他已经在接受惩罚了。

于是,我抱着湿漉漉的坛子,用维克的口吻说道:"好主意,伦尼,好提议,他会引以为荣的。"

雷

　　他直直地、一动不动地盯着我，和他脸上那静如止水的表情相比我那张脸肯定是直哆嗦的。我想，为了你最后的遗像，你得坐直，保持身形，不要转动身子，不要装模作样，也不要畏畏缩缩的。然后我听到他说："阿雷，人都会惊慌，但你不要惊慌。"这听起来他似乎能看到我脑子里想的东西，看到我想要问他的问题。

　　他说的这句话就像人们在战场上说的。士兵们遵守的第一准则就是：别惊慌。尽管我永远不明白你是怎样将它定成规则的，你也无法命令他们别去相信火会烧伤人这个事实。然而，只有杰克常常将之身体力行。这就像我们在索卢姆遇到的那件麻烦事一样，那位叫克劳福德的中尉，突然浑身是血地倒在地上，呻吟着："怎么办？怎么办？"而杰克却说："你所要做的就是执行命令。如果你做不到，那我会做到。"于是我就想，幸好我不必执行命令，我只需要接受命令。

　　我想这就是他现在在做的事——执行命令，掌管好他自己。

　　于是我说："这个很难办到，杰克，这件事可不好办。"我说这话时好像自己谈论的并不是这件事，反而像是经历一场智力测验后脱口而出的话。

　　他接着说道："对埃米来说更不容易。"然后他直直地、一动不动地看着我说："如果你有得选，阿雷，如果你可以挑的话，你先走。活下去才难，死并不难。"

我回答道:"嗯,这可不是我能选的,对吧?我是说,别人或许有得选,可我只是单身汉一个。"

他看着我,说:"你永远不会了解的。我仍然认为我能先走一步是很有福气的。"

"不,我才是有福气的,福仔。"

他没有笑,这并不是个好笑的事。我没福气,你有福气。他看着我,眼睛看上去似乎可以洞察一切,让人无法抗拒。我想我看了他大半辈子,但直到现在我才看到了真正的他。我眼中看到的不再是在史密斯菲尔德和伯蒙德西一带小有名气的屠夫杰克·多兹,也不是那个车马店的老主顾杰克·多兹。我眼中看到的甚至也不是大个子杰克,沙漠之鼠,或者开罗骆驼营的士兵杰克。我所看到的就是这个人本身,他自己,一个执行命令的士兵杰克。

他说道:"这对埃米来说会更困难,她需要照顾。"

我说:"她随时都会来这里。和文斯一起。"

他说:"我没多少东西留给她。"

我看了看他的东西——一张床,一个床头柜。我算了算他的东西不比琼的多。

我说道:"杰克,有什么我可以帮得上忙的吗?"

他把手摊平在毯子上,手上空无一物,手指微微拢起,然后闭上了眼睛。他的眼睑像百叶窗那般自动地卷放下来,看上去像多年前的一个圣诞节我给苏买的那个洋娃娃的眼睛。有那么一瞬间,它像是在说:"别慌,别慌。"但是他的胸脯在上下起伏。他手术后留下的肿胀的伤疤也随着一上一下。

我看着他的脸庞,看着他放在毯子上的手,心想,每个人都有他自己的空间,任何人都无法涉足,然后突然有一天它就空无一人了。这是私人空间的问题。

他睁开眼睛,看上去好像他一直在耍我,一直通过那眯缝着的双眼在注视我,想知道当我以为自己没被人看到时表现是否与在人前有所不同。但是他的眼睑抬升得很慢,在看到他双眼的全部之前,首先看到的是他翻着的白眼。

他说:"你还在这里吗,福仔?哦,是的,你可以帮我做点事。你觉得自己福气有多大呢?"

文　斯

他仍然躺在那里,他们把他从那推出来以后就把他安排在这里,高危监护病房。他脸上仍带着维持生命的面罩和管子,现在什么都还不知道,因为他还没有清醒过来。他不知道自己不适宜动手术。那个叫斯特里克兰的医生告诉我手术只用了十分钟,只是一个快速的切开然后快速的缝合过程。手术这么快就完了,好像他很高兴。他并没有清清楚楚地对我说明,只是让我自己去想象。如果手术可以顺利进行的话,他说应该要持续两个多小时的时间,可是事情并不是这样子的。不适宜动手术,他只用了这样简单的一句话来解释,不适宜动手术。

我透过玻璃隔墙,看着走廊对面的右手第一个房间——杰克正躺在里面,脑中不断回想着这句话——不适宜动手术,是的,他不能做手术。他仍然在那里,但他已经不能跑了,他停在了路边。就是那种戛然而止的感觉。我们像是在某个地方,那里一切都是静止的,除了那里之外,世界上其余的一切东西都在飕飕地往后退,就像是公路上飞驰的汽车。

他问我:"多兹夫人在吗?"我回答他说:"是的,她出去喝点茶。她和我太太在一起。"他瞟了一眼手表,问道:"你可以找到她吗?我想和她谈谈。嗯,不过这里好像不大方便,我们可以找一个隐秘点的地方,就护士的办公室吧,怎么样?"我听了心里腾地生起一股无名之火:他一点都不在乎我的感受,或者他认为我无关紧要,只是为他鞍前马后跑腿的小厮。想到这我真他妈的想上前给他一拳,一拳揍扁这个小四眼。但我只是平静地说道:"我会去找她来的。"当我说这话的时候,他已经在看他那一叠报告了,是几个年轻的医生交给他的。他说:"我就在这儿等。"用手指推了推眼镜,给了我一个皮笑肉不笑的微笑。

所以我就去找埃米和曼迪了。但看起来我好像并没有动,只是走廊和门不停地往后退而已,像是电影中的那种古老的机器,一个齿轮带动一张图画转动,所以虽然你人不动,但感觉你就像是在行走一样。

她们手中拿着茶杯,坐在那里,她们现在什么都还不知道,只知道杰克还活着,但是还没有苏醒。但是我敢肯定她已经看出来了,即使我不说,她也从我脸上的表情看出来了。虽然如此,我还是说了一遍:"他现在还没醒过来,斯特里克兰医生在病房里,他说想和你谈谈。"我轻轻摇了摇头,好像很为难似的。她看着我,好像并不想听到这些话。好像这全是她的错,她已经知道了,并且感到非常内疚,她不明白为什么她还得到他那里去,去遭受附加的惩罚,因为她知道实情就等于受到惩罚了。或许医生会再给她一次希望。所以埃米站了起来,当她站起的时候,曼迪紧紧地拉着埃米的手也站了起来,朝我点了点头像是询问我的意见。埃米看起来气色还好,曼迪也是。我也点了点头算是回答。

然后，我们沿着走廊往回走，走廊在我们旁边和身下不停地往后退，而我们只是假装着在走而已。埃米一直保持着缄默，直到我们快到病房了，她才说了一句话："雷叔应该知道的。"我简直不敢相信自己的耳朵："什么？！"她已经有很多年没有这样称呼了——雷叔。和伦尼叔叔一样。好像我还年轻。

斯特里克兰看见我们走进来后，匆匆对其中的一个护士交待了几句，随后就把我们领进了一个房间。那不像是护士办公室，反倒是更像一个储藏柜。我们进去后斯特里克兰就关上了门。那里只有两把椅子，他拉了一把给埃米坐，曼迪拉了另一把坐在门边。我紧紧地站在埃米身边，斯特里克兰则站在桌子前面，半个屁股已经坐在了桌子上。当他开始讲话时，我将手放在埃米的脖子上，轻轻地拥着她的肩膀，她的手伸过来握住了我的另一只手。

他说他是个直脾气，不喜欢拐弯抹角的。当他开始讲的时候，他看着埃米，但眼睛却不时地相当狡黠地朝我瞟了一瞟，好像要与埃米谈话之前必须要先和我谈一样，或者他从埃米的脸上看到了一些他并不想看到的东西。我看不到埃米的脸，我得直直地盯着前面，好像在审判席上等待被关入监牢一样。我一定要和这个遭天杀的浑蛋对视到底。

当他讲完的时候，埃米似乎假装没有听到他的话，甚至假装她并没有在房间里。所以只能靠我将谈话继续下去，问问相关的问题——其实归根结底只有一个问题：还能活多久？斯特里克兰看起来似乎相当满意我的问题，我们好像转移到了另一个地方，那里不归他管，他是一个修理工，不是一个收废品的。好像他只要一走出这个房间就可以拍拍屁股不管了。然后他开始谈论"病症控制"，这对我来说和"不适宜动手术"是一个意思。当他夸夸其谈的时候，我感觉到埃米握着我的手越来越紧，并且开始不停地喘息。斯特里克兰继续谈论着"病症控制",眼睛盯着我。埃米仍然紧紧地抓着我,好像是她的病症需要控制一样。我就像是一架梯子,一个安全通道,她的手好像不停地往上爬,像是要爬上天花板,逃离这个房间。但在我看来,埃米好像永远也逃不出这个房间了,她将永远被关在里面,她自己的牢房。她现在和琼已经没有两样了。我全身都僵住了,呆若木鸡,像一根桅杆,一座石塔,而她正拼命地攀着我往上爬。我想着,她不是我老妈,她不是我老妈。

然后,突然,我们就不在这个房间了,好像我们什么都没做过,世界好像瞬间挪移了,时空好像为我们扭曲了。斯特里克兰消失了,从他自己的安全通道消失了。现在曼迪正扶着埃米,扶着她慢慢地走向门口,冷冷地看了我一眼,似乎在说这是她们女人之间的事。但埃米也不是曼迪的老妈。

那我的工作是男人之间的事了。所以我没有跟着她们一起出去,又走进了那隔离的监护病房,站在杰克的床前,静静地盯着他。他连眼皮都不能眨一下,只是一动不动地戴着面罩躺在那里。斯特里克兰说他会亲自说的,他会亲自和杰克说的。但是要等过了二十四小时后才行。因为就算他苏醒了,在麻醉剂的影响下也无法完全正常理解和思考。但是,在我看来,这用不着斯特里克兰去告诉他,那不是他该做的事。

我默默地站在床前,像一根桅杆,一座石塔。但杰克并没有想爬上我的意思,他只是躺在床上,一动不动。他如果现在死掉或许会更好,永远也不要再醒过来,那样的话,他就不会知道,也不需要有人去告诉他这一切了。就这样让他蒙在鼓里,让地球在没有他的世界里继续转动。如果不知道真相你就不会受伤害了,很多事情不都是这样的吗?就像我不记得那个从天上掉下来的炸弹,我从来不曾记起那个从天上掉下来的炸弹。他们说只要你能听得到爆炸的声音就说明你没事,突然听不到了,那也就玩完了。但是我甚至不记得我听不到的时候。所以,如果那个炸弹已经炸死了我的话,我就不会记得我出生过,也不会知道我死过。那么我就可能是其他人了。我俯视着他,仿佛是在看一幅风景。事物消逝前的那一刹那的辉煌。于是,我想,总得有人来告诉他,总得有人吧。

雷

我透过眼镜边缘凝视着酒吧的挂钟。

他说:"不管怎么说,你现在很落魄吧?"

我说:"怎么说?"

他说:"我的意思是,现在只剩下你了,看来她是不会回来了。"

我说:"正好相反呢,不是吗?如果我愿意我现在就可以走了,我现在只属于我自己了,就像只自由的小鸟。想离开几天,就可以离开几天。我也不用担心没地方落脚。"

我喝了一大口啤酒,咂吧咂吧嘴,像是终于明白自己到底是什么了。

他说:"这可不是人过的日子啊!孤零零的,不论在车库还是路边停车都会打瞌睡的。"

我说:"或许这是我唯一的生活,或许我现在只能过这种生活。"我沉默了一段时间之后接着说道:"杰克,你为什么这样问呢?"

他说:"我只是在想,如果你并不需要,你不想要的话,我可以帮你卸下这副担子。"

我说:"你?那辆露营车?你到底想搞什么鬼?"

他说:"很好,当卡萝尔走的时候,对不起,雷,这使我有所思考,关于我和埃米。这很自然。"

我看着他,抿了抿嘴。

"我是说,不是——埃米,我们要从思维定势中走出来,只有那样我们才能想到更多,对不对?我想了一下我们是怎样过星期天的,有时候我们在商店帮忙,有时候我们就休息。"

他把杯子在吧台上推来推去。

"我是说,现在文斯已经滚蛋了,在国外。还有苏,除了我和埃米之外,好像整个世界都已经滚蛋了。"

我看了下他,点上一支烟,说道:"你知道我是这么想的,我和卡萝尔成了笼中之鸟了,我们看不到这个世界。所以我想我们可以一起出去旅行。可结果呢?"

"她把你给甩了,"他喝了口啤酒,"但是埃米她——"

接下来我们彼此都陷入了沉默。今天是星期五,听,那是车马店酒吧的声音。嘈杂而欢闹,却哪儿也去不了。

我说:"埃米知道这事吗?"

他说:"不知道,我想给她一个惊喜。"

我说:"惊喜?我那时也是想给卡萝尔一个惊喜。"

他说:"你买它肯定也花了几个钱,我给你一千块,现金。你用不着这个露营车了,雷,一辆突突响的摩托就足够了。"

我看着他。真是个好买卖啊!

他说:"除非,你认为她会再回来。"

我侧过脸,说:"我会考虑的。"

我真的在考虑,花了我整整一个冬天的时间来考虑。我甚至还问过他:"你还想做这笔买卖吗?"我想我已经准备好脱手了,他说:"照样,一千块,埃米会乐坏的。"但是,我也在想着另外一些事,关于露营车另一种用途的事。自从那次我们没去看琼而是去了埃普瑟姆之后我就答复了他:"我已经决定了,杰克。车子不卖了。"

坎特伯雷

公路沿着群山蜿蜒,一旁斜坡上到处都是果园,光秃秃的,一片褐色、被修整过的果树就像刷子上成排的刚毛。路牌上写着:坎特伯雷,三公里。公路的另一旁有条小河和铁路。公路、小河和铁路线沿着山谷伸展开,似乎互不相让。接着我们看到了几幢房子和一片操场。文斯突然说:"前面有个大教堂。"但是我没看见。我看见前面有个加油站,再往前汽车沿着 A2 公路行驶,一条路往多佛,另一条往伦敦。如果我们选择另一条路线,下了山坡,我们应该可以看见设想中所能看见的东西,展现在眼前的该是在正中间的大教堂。我们穿过 A2 公路,看见一个牌子,"坎特伯雷城——去往雷姆斯"。我们越来越近了,但我仍然看不见大教堂的影子,却看见一面古老而高大的城墙竖立在我们面前,看起来我们已经到达了旅程最后的目的地——那个小镇。但这不是我们的终点,我们要去马盖特,在海边,杰克从未指定说非得坎特伯雷大教堂。

文斯按照那块标着"市中心"牌子所指的方向往前。上车后,从伦尼冒出这个主意后,我们就没有再说一句话。就像我们的第一反应一样,这是个愚蠢的主意,或许我们不该来这里。但现在既然已经来了,大教堂就在隔着几条街的某个地方躲着,我们没看到它,它可是已经看到了我们。想退出已经太迟了。

维克突然告诉我们说,其实他从没见过坎特伯雷大教堂,从没进去过。那种热切和兴奋的语气就像他上次鼓励我们步行去纪念馆一样。文斯说:"我也没去过,维克。"他的声音甜美而温和,让你不会想到半小时前他几乎把伦尼打得鼻青脸肿。伦尼说他从未来过附近这一带,我说:"我也没有。"文斯说:"坎特伯雷没赛马场吧?"但是没人笑,就像我们一直所想的,我们可能活了一辈子都不会见到坎特伯雷大教堂。今天能看到它,全是杰克的功劳。

我们突然瞥到了大教堂的塔,耸立在其他建筑物的上头。文斯想得很好,他想把车直接开到前门。但是它逃出了我们的视线,似乎和我们开玩笑,街道弯来弯去。文斯最后说:"我想我们还是走路去吧。"然后他就把车停在了一个停车场。

我们下了车。我仍然捧着那个坛子,我看了看文斯,暗示他,该他拿了。这是他在一次比赛中赢来的,现在属于他。但是他说:"阿雷,你拿着吧。"我只好弯下腰,在仪表板下面找到了一个塑料袋,把坛子放进去。我想我就是那个要把杰克带进坎特伯雷大教堂的人。

我们肯定看起来是一群怪人。维克和我的衣服还好,文斯的衣服磨破了而且沾满了污泥。他穿上了外套,掩盖了大部分地方,除了裤脚,但那却是最脏的地方。伦尼看起来像从泥潭里拉出来的。他蹒跚着,但是他不想让人看出来,我们看起来不像今天早上离开伯蒙德西开始特别行程的那四个人了。沿途过来,我们越来越像游客了。

文斯理了理他的领带，拿出他的梳子。

　　我们沿着标有"去往大教堂"的指路牌前进。街道很窄，建筑也是弯弯曲曲的，很像罗切斯特的大街，它们就像同一个模子里出来的一样。这里车子都不能开，人们只能沿着路行走。尽管没下雨，路却是潮湿的。时不时刮起一阵风，看看天空就知道大雨将至，应该不只是阵雨而已。

　　我们又转了一个弯，穿过一个拱门，呈现在眼前的就是大教堂了。一小片草地和鹅卵石，走来走去的人们。这是一幢很大的建筑，高大而且宽广，但似乎还没有完全伸展开来，还在不断伸长。相比之下，罗切斯特的大教堂和其他的旧教堂一样，破落而渺小。它似乎轻蔑地看着你："我是坎特伯雷大教堂，你算老几？"

　　我想如果只是我一个人的话，我会毫不在意的，开个露营车，这看看，那瞧瞧。但是我抱着杰克，身边还跟着几个人，感觉好紧张。穿过一个大拱门有个入口，人们盘旋在此排队进入一些更小的门。我们向前走，因为我抱着杰克，其他人为我让路，我走在最前面。我抬头看着拱门、墙、雕刻、奇形怪状的门把手，还有小尖塔，这种感觉和我在托管院那里埃米同意我和她一起进去时一模一样。

伦　尼

　　坎特伯雷大教堂。我问你。我本该保持静默的。
　　不过，我想，神灵会保佑我们的。一切顺利。
　　荣耀永在。对伦尼敞开心扉吧。

维 克

好了,这让你感觉到自身的卑微。这使干我这行的人一想到里面就感觉卑微。坟墓,画像,地下室,小教堂。而我平常干活呢,不过是将他们装进箱子,然后再送去花二十分钟火化掉。

他拿了本最大最花哨的指南手册——《坎特伯雷大教堂奇观》。我想他挑这本书就像挑他那条领带一样。他站在那里敲打着指南,仿佛不想好好看看这个大教堂。他不停唧唧歪歪地给我们念观光简介,好像我们不听他介绍就寸步难行一样。

他说:"十四个世纪,想想看,十四个世纪,这有国王和王后,还有圣人。"

他的外套掩盖了大部分破烂的地方,但是在裤腿上还有块干泥巴的污渍。

"这有红衣主教。"

我看看伦尼,眨眨眼,轻轻歪了下头,暗示他:"走吧,让阿雷一个人在这受罪吧。"

把他俩暂时分开是个好办法。

他说:"他们有十九个大主教,知道吗?如果我们早知道这个,就把他带到威斯敏斯特教堂去了。"

伦尼和我沿着走廊慢慢前行,走过被岁月磨平的石头,好像在踮着脚尖走路一样。

这使你感觉卑微。然而,这又使干我们这行的感到欣慰——

并不是所有人都有选择的余地；再说，当我们选择时也不会苛求太多。坎特伯雷大教堂。我想我们带杰克来这里也算对得起逝者了。多亏了伦尼，摆平了一切，就像死亡那样。

但是，如同我记得的那样，他眼光很高。他会问："有骨灰盒子卖吗？"我有点像兜揽生意地说："杰克，你想过要什么样的吗？"他眨了眨眼，看着我，皱了皱脸，说："哦，我可不知道你是不是有这能耐呀，维克，我可是心怀壮志的。总不能比金字塔差吧。"

文　斯

埃米说："你会一起去看他吗？"我说："当然要去。"她没哭，声音清脆而坚定。她也没有固执己见或软磨硬泡。就像一个主人问客人一个礼貌、体贴的问题。我甚至想，她把头抬得更高点，背挺得更直点，似乎那是个特殊的日子，非常特殊的日子，而且她得好好打理它，仿佛她身上发生了一些特别的事情，她要分享这一天。

她刚出来，刚看过他出来。

我说："嗯,我想看看他。"好像即使我不想看他也不能说"不"。你不忍心拒绝去看看别人的珍爱之物。

她说："去开门，问问那个人吧。"我想她还不知道已经发生的事。

我开了门，去问那个男人。他穿着皱皱的白色夹克衫，支着一张苍白的圆盘大脸。他看着我，好像我不该指望他能理解这对我来说是多么重大的事，就像他也不应指望我能理解这对他来说是多么微不足道的事。

上面写着"太平间"。他问："是多兹先生吗？"我不知道他指的是哪一个，只好说道："我是。"或许我该说："是他。"他说："这边走。"

这是个用玻璃隔成的小房间，一端有个开口可进去，要不你就只能隔着玻璃看了。玻璃的另一端是杰克，直挺挺地躺在那儿。那不是真的杰克，我想我是错不了的。

他只有头露在外面，下巴以下的地方都被包裹得严严实实，像粉红色的窗帘或者是台布，将其他一切都遮住了。似乎杰克只剩下了头，没有了身体，没有已经死去的躯体了。

我走进去，站在他旁边。闻起来都有点冷冰冰的。他不知道我在这儿，永远不知道。我想，除非他不是杰克·多兹，就像我不是文斯·多兹一样。因为死了就是死了。人都只是一具躯体罢了，只是自己的躯体罢了。而躯体又是什么呢？

除非你可以看见他台布下的身体。

我只是站在那儿看着他，感觉自己变得越来越高大伟岸，好像不是自己站在那里，和埃米一样，骄傲而僵硬地站在那里。我全神贯注地站在那里。似乎唯一能做的事就是站直，一动不动，像一块石头，和杰克一样，毫无表情。只有站直。

然后我想，我该看看他那裸露的身体，因为我们都是赤裸裸的，对不对？在包裹着的桌布下面就是赤裸裸的他。我该看看他的身体，他的手、脚、膝盖和那个地方。我该看看杰克·多兹的身体，因为这是杰克，杰克·多兹。但他又不像杰克，像教皇。

我们本来都是赤裸裸地来到这世上,我们是赤裸裸的。教皇之所以看起来像教皇,是因为他被从头到脚包装起来了。

雷

我说:"好吧,文斯。你先走。"

我坐在了通道旁边的木椅上,手上紧紧抓着那个袋子,像一个逛街时没了烟抽的怪老头。

文斯低下头看着我,手里拿着那本指南。我远远地看见伦尼和维克在通道的另一头。我猜他们走得很快,好像知道我和文斯有事要讨论似的。

他问道:"你没事吧,福仔?"

我说:"没事,休息一会儿就好了。"

他轻轻合上手册。"我有点唠叨了,是吗?"

我说:"不,不是这样的。"

他看着我。

如果他们说的是真的,那在教堂就没什么可隐藏的。因为他会知道所有事情,包括我心里最深处的想法。但是我想知道文斯能不能知道,他是否可以知道我的想法,这是否原先就是他的一千块钱,是他在杰克快死的日子里把这一千块钱给了杰克,他不准备把钱要回来了。就像你要讨回已经放进捐款箱的钱一样。他不会告诉任何人的。

杰克也不会告诉任何人的。

他看着我:"真的吗?"

"是的,我休息一会儿就好了,你先走吧。"

他看着我。然后迅速环顾了一下四周的柱子、拱门和窗户,然后又把目光定格在我身上,好像他已经知道了实情一样。其实,他一点都不了解实情。我心中忍不住骂道:"卑鄙小人,看你做过的好事。你应该跪下来反省反省,看你做过的好事。"但是,突然,我感觉到周围的东西,所有的荣耀与神圣和我手中抱的这个坛子、和杰克以及那些胡言乱语都格格不入,相差万里。一个塑料坛子怎么能和如此神圣的地方相提并论呢?一个人的琐碎生活怎么能和十四个世纪相比呢?虽然我从没告诉过任何人,但是这和我在那个殡仪馆里想到的是一模一样的。所有这些都与杰克无关了。天鹅绒窗帘,鲜花,祈祷声,音乐声。我站在那儿,盯着窗帘,努力想把这些和他联系起来。维克碰了碰我的手,说:"现在可以走了,阿雷。"没有什么和杰克有关系了,甚至他自己的骨灰。因为他已经不是杰克了。

我不得不坐下来,低着头,好像被文斯挥手打了一拳。

他说:"好了,阿雷,已经很不错了,放松点。"

"拿着。"我说着把骨灰递给了他,"我会追上你们的。"他接过袋子,看着我,移了半步,想要把那指南塞进去,但是想了想,还是没塞进去。他沿着旁边通道边的那排矮柱子慢慢走开了,穿着他那件驼绒外套和沾满了泥浆的裤子。伦尼和维克已经走到了一个向上的石阶旁。他们停了一会儿,像是在考虑到底要走哪条路。文斯赶上了他们,拍了拍伦尼的肩膀,伦尼转过身,接过了文斯递给他的骨灰盒。

雷的规则

1. 赢什么东西无所谓,重要的是它的价值。
2. 打赌没关系,重要的是知道什么时候不能赌。
3. 打赌的输赢关键在于其他下注的人。
4. 老马不可能有新花样。
5. 眼观四路,耳听八方。
6. 绝不下大于一赔三的赌注。
7. 下注千万不要超过所有钱财的百分之五,一生中最多只能破五六次例。
8. 如果你福星高照,那就让所有这些规则都见鬼去吧。

伦 尼

他把装有骨灰盒的袋子拿给我,视线自始至终都没离开那本指南。好像他把骨灰盒拿给我的唯一理由就是他可以腾出手来好好翻翻那本指南。但是,我看得出来,事情不是这样的。他在研究那本手册,仿佛里面有所有的答案。

他说:"黑王子[①]埋在这里的某个角落。"

[①] 黑王子,即威尔士亲王爱德华(1330—1376),英国国王爱德华三世之子,英法百年大战中多次大败法军,立下赫赫战功。

我答道:"埋进来了,他还是黑王子吗?或许还有过白雪公主呢!"

"我觉得我们应该找到那个王子。"

"都听你的,小子。"

于是我们慢腾腾地继续走着。下了台阶又上台阶,一路经过模样各异的石头雕像——仰面朝天,一排排的,不计其数。

我猜他肯定在忏悔吧。他确实应该这么做。他在努力补偿。回首往事的时候,其实我们或多或少都会这样。维克是个例外,他的手总是干净的。

包括阿雷在内一共有三个人与那件事有关。如果说要为此付出代价的话,萨莉已经付出了很大的代价。其实她是无辜的那个,或者至少也可以说是最不需要内疚的那个。没想到当时她与我们意见不合会有如此的后果。文斯应当负首要责任,但当她想要那个孩子时,是我脱口而出说:"不,不能要,孩子!"这是我经过充分衡量后作为父亲做出的第一个反应。她说他会回来好好对她的。我说:"不要胡说八道了,孩子。你最近都读了些什么书?"打那以后她再也没原谅我。

我想就是在那时真的发生了,就是在那时我们真正地分开了。不过,那是到了后来,直到她跟泰森那个浑蛋搞在了一起,开始来者不拒,我才彻底跟她断了来往。女儿啊,呃,阿雷?

是我找了医生做这件事的。奥·布莱恩。也是我付的钱。我需要买中一次赛马,阿雷。我需要更多的现钱,越快越好。所以阿雷也成了其中一分子。

你把所有一切都留给我来做,孩子,你只用做好准备去那里就行了,把自己打扮得漂漂亮亮,做好准备。

事实上，我从来没去想过那未出生的可怜小家伙。除了偶然闪过脑海的影子，好像是某种借口也像是某种警告。警告说它可能出生后和琼一样，或者更糟。瞧瞧你造的孽吧。一个生命就这样还未绽放就已经凋零。

事实上，当你记得几年前自己不停地在填弹、开火，填弹、开火时，你已经知道有一些人被炸成碎片了。你再也不会去想更多了，甚至有些许高兴，因为被炸碎的是他们而不是你自己，和你没有任何关系。这就是你接受训练的目的。那样一来，这个从不会见天日的小浑球又能把你怎么着？

大炮泰特。

有些事情在某一时期是作孽、违法或罪恶，可是在另一时期却不是，对不对？就像过了五年之后，我们可以从容、合法、光明磊落地解决这些问题了。不同的时期有不同的规则。就像一会儿我们为了一块沙漠里的不毛之地而拼得你死我活，过了一会儿又呼啦一下就撤出了亚丁城。

只有现在我才思考事情可能发展成什么样了。它。他。她。一个完整的生命。所有这些各式的石雕。它可能是坎特伯雷的下一个大主教了。也许是凯茜，凯茜·多兹。不同的母亲，相同的结果：文斯的小家伙。现在这些适合凯茜的似乎也适合萨莉，只不过萨莉的运气更好一点罢了。在葬礼上她打扮得勾人心魄。

我拿着骨灰盒，像是拿着一个和自己没有任何关系的东西。罗切斯特食品市场。维克在前面走着。我拍了拍他的肩膀，说道："拿着，维克。"像一次接力赛，环绕坎特伯雷的接力赛，现在该轮到他了。

维 克

他念道："'爱德华——金雀——爱德华——金雀花，爱德华，金雀花王朝。黑王子。爱德华三世之子。百年战争中英军指挥官。在克雷西战役和普瓦捷战役中……'"

听起来像是一个彻头彻尾的军人，看起来也像，头戴钢盔，身穿盔甲。死亡磨灭了一切。

"'……娶"肯特郡美女"乔安为妻'。瞧，伦尼，他和乔安结婚了。"

文斯在念的时候，伦尼碰了碰我的手，他把装骨灰盒的袋子递给我，文斯抬起头看着，好像他是一个老师，我们应该听他的。注意背后。

我接下了袋子。

"……逝于一三七六年"

嗯，杰克啊，如果这对你来说也是一种慰藉的话，我们让你和黑王子这种大人物也算有了一面之缘。

雷

这里弥漫着石头、空间和古朴的味道。柱子一直向上升起，然后呈扇形伸展开，似乎它们已经不再是柱子了。它们放弃了自身的重量，不再是石头，也不再是物质了，就像一只只巨大的弧形翅膀悬在上空，不断向上伸展着，伸展着。我知道这时你一定会注视着上方，并想着这太奇妙了，感觉自己也变得更高大。我也在凝视，盯着那里，但我仍然无法洞悉那边的另一个世界。

但我想我可以飞到澳大利亚。跨越这个世界。我有钱了。不用苏费脑筋了，另一个办法。什么时候？如果。

虽然我猜她会的，我敢打赌她会的。虽然你也会认为这没什么意义，没有实质作用。你觉得可以有一百种方法让这笔钱做物有所值的事情，比如说新车、新游泳池。

从悉尼到伦敦要比伦敦到马盖特远得多，它们之间的差距也是一个天上一个地下。要是她来这里，她可能都会想自己为什么要来，这里不像她多年前离开时的那个地方了，那曾是她的根，那里没有小鸟啁啾的乡村教堂。只有上帝才知道我被挤到哪儿去了。但是总得有人做，我打赌她会的。

但我可以为她省去这烦恼。

伦　尼

我找到那个医生来做这件事。奥·布莱恩。我真想知道他取得过什么级别的资格证，或者怎样被吊销执照的。而且我还想知道他是怎样洗手消毒的。

医生，更像是屠夫，代代相传的屠夫。

这个想法都让我觉得好笑。但你不应该在教堂里开玩笑。因为杰克还在袋子里站着呼吸呢，或者躺着呼吸也说不定，像那些神圣的伟人一样，只不过他还没变成石头而已。他曾对我说他一直想当个医生。

我盯着他，不知如何答话好。于是他说道："你也知道，医生也就是些江湖骗子，十足的庸医。就做些治病疗伤以及与调戏护士之类的事。我觉得活的肉不管什么时候都比死的肉好，你说呢？"

我环顾了一下其他的病床，然后回过头来看着他，因为我觉得他是有意耍我，接着他就说："你在偷偷笑什么？"

于是我就说："哦，杰克，这太出乎意料了。"

听了这话，这位"黑王子"的笑容就没有以前那么灿烂了。

正在看参观指南的文斯说："我觉得我们应该先看一下修道院，然后再继续我们的行程。"

我马上答道："好的。你是老大，你带头。"维克和我会心而又得意地笑了笑，然后我们就跟着文斯往前走，就像我们在把这个地方全部看完之前决不能离开一样。那是必须得做的事。

我们似乎不太应该在教堂或者医院里开玩笑。希望自己成为不是自己的那个人，这要么是个卑劣的想法，要么是个天大的笑话。可我宁可笑，也不想哭。我把所有事情都彻底思考了一番，然后得出了结论。我觉得这个小子才是笑到最后的人，因为他清楚自己不是文斯·多兹，他知道他从来都不是自己。尽管看上去他是想对自己的身份改变看法，但是我们其余的人没有一个知道我们自己到底是谁。拳击手？医生？还是赛马骑师？

只有维克是个例外。

我们走出通向修道院的那扇门，可阿雷似乎跟我们走散了。

活的肉总比死的肉好，这是他说的。然而，我们永远都不可能知道琼·多兹对这句话发自内心的真实想法。但是萨莉却一直都想要那个婴儿，那个浑蛋的死婴，尽管打那以后她不靠活的肉过活是不成的。有时候是与非只有一线之差。但是骨肉就是骨肉,这是无法否认的事实。

我们把杰克的后事安排完后第一件该做的事就是去看望萨莉。是我,孩子。是你的老父亲,还记得吗?而不是另一个去世的笨蛋。

这是个不容否认的事实。虽然不该受到表扬,但是,有时,它也不该受到否认。似乎我现在在修道院的转弯处,不该想起埃米。也就是四十年前,萨莉还是个光着身子从海滩边回来的小屁孩。但是突然之间,我发现我就是我。当你护送她丈夫的遗体去火葬场的时候,你不该想起她高耸的乳头以及平时穿连衣裙的动人模样。但是,我就是我,我控制不了自己。

在教堂里,你不该有这种邪念,但是你还是想了,无法自已,好像这些想法在鼓舞着你。当你已经是个年逾六十九岁、心衰力竭、一无所有、两腿之间的那东西只能当当装饰品的糟老头时,你就不该有任何邪念了。但是我却去想了,我有自由这么去做,因为杰克已经装在这个袋子里了。我在想她是怎么亲吻和拥抱萨莉的,我嫉妒我的亲生女儿,而且那时我认为杰克是世上活着的最幸运的浑蛋。这就是我来这儿的初衷。无上的神圣。但不是为他。当一天快要结束的时候,他会慢慢地喝着啤酒跟谁倾诉,又会跟谁吹嘘呢?我的伙伴为我增添了荣耀,他们把我带到坎特伯雷大教堂。

在那儿,我们应该遵规守矩,重返正道。埃米不在这里。

在心里,我正在给她脱衣服。

这不是我发泄脆弱感情的出口,这样的想法也不会反映在脸上。脸就像个火警报警器。你无法控制自己的脸,更别说你的思想了。你控制不了肉体之成为肉体。

就像杰克经常说的一样，我可以看见他在车马店酒吧里滔滔不绝地说，无论过去世道是好还是坏，在史密斯菲尔德，都不止一个肉市。那一晚杰克特别高兴，但是阿雷却似乎不太开心，我想可能是赛马不如意的缘故。那天是文斯的生日，文斯所谓的生日。还有个新来的酒吧女服务员。你不该想着酒吧女服务员的屁股。阿雷想开一些玩笑，说马车哪儿也去不了。每个人都喝醉了。杰克说道："史密斯菲尔德曾经因雄鸟巷远近闻名。你们知道他们是怎么想出这个名字来的吗？雄鸟巷就在金子街那边，我们去过那儿的，是不是，阿雷？雄鸟巷，雄鸟弄，雄鸟道，我们都坐马车去过。"

维 克

于是我说道："我可能得自己一个人去了。"

特雷夫抬起头。

我说："那是托尼，他不会来了。好像他跟迪克一样，得了同样的病。就跟苍蝇一样落了下来。"

特雷夫说："罗伊和我在一起呢。"

我说："得去萨顿区外。你们俩在三点半要到达火葬场。时间很紧。我得走了。你能处理好哈里斯家的事吗？"

特雷夫点点头。"要是你没在我去火葬场之前回来，那我该怎么办？"

"你最好把'已下班'的牌子挂上。吃中饭都已经很晚了。我们不能再要求玛吉来顶班了，"我站在窗边，微笑着这样说，"除非你想叫杰克·多兹来替你顶半个小时的班。他通常这样说。"

只有那个时候我才意识到费尔法克斯公园医院和托管院。琼就在那里。埃米去那里,杰克不会去。

"就这样,我走了。给我调一下班。"

因此刚过一点半钟,我就带着表格和钥匙,去车库开出那辆后窗玻璃都用黑布盖住的黑色灵车,这辆黑色灵车被称为黑色玛利亚。灵车似乎很友好,好像一条船。

尽管我没期望会见到她,也没觉得那儿看上去有什么不同。尽管琼在那里,但是那里和殓葬者常去的其他托管所和医院也没什么两样。托管院,医院,以及安乐院,就是人们被收容的地方。最糟糕的是托管院,因为你知道它们根本不是什么值得托付的地方。仅仅是个好听的名字。说白了,其实就是个收留残疾人和老人的地方,或者用一个你再也不使用的名称来代替:收容所。而且你也知道对大部分人而言,在那里都不是短暂的居住,而可能是一辈子,大多数只是活死人而已。在某种意义上,那里的生活就意味着死亡,意味着无家可归。

就像伯尼在被叫了几次之后经常说的那样——地主都是这个德性——"你们都无家可回吗?"。这样的大发雷霆,如此对主顾的轻蔑似乎让他正气凛然——"我可是痛恨那些游手好闲和不务正业的家伙。"骂别人无家可归,这或许是最具侮辱性的话语了吧。

无论怎样,从这种地方拉出来的人一个个都悲哀满面。把他们从一个箱子中拉出来,然后又放到另一个箱子里去。似乎他们根本就没有选择的余地。在我这个殓葬人还没到达之前,要是你仔细听,你可能就可以听到钉棺材的声音。我曾经去拉过一个犯人。沃伍德·斯克鲁比斯。心脏病突发而亡,五十一岁。我问狱警:

"犯了什么罪被关进来的?"他答道:"谋杀。三年前他杀了他的情人。最后被判了无期。"这或许也是一种仁慈的解脱吧。

但是这些被抛弃的人和被剥夺权利的人还是得死,被圈禁和遗忘的人。总会有一两个极不情愿的亲戚会惴惴不安地赶来为他们料理后事。你从来都不会问,也不该问,逝者的死亡对他们意味着什么。尽管有时你觉得事情并不是像他们所希望的那么简单,那种仁慈的解脱。你的工作就是提供一个体面的葬礼,为别人送上最后的尊严与庄重。这是每个人都应得的。窥探别人的隐私不是你的职责所在。

你在这个行当中学到的东西就是该闭嘴时就闭嘴。

那是一座砖房,前面有个大门,里面有花园和小径。花园里种满了树。因此,尽管这里地处伦敦边缘,你却会觉得是到了哪个乡野山庄。不过,这个山庄看上去跟旧式的军营很像。窗台上堆着烤架,穿过主入口是狭窄的走廊,你能闻到那种每个福利院都有的变酸的牛奶味,远处传来手推车推动时发出的声音。

接待员看了看我的身份证和表格,我想,有一天会有人帮琼做这种事的,会有人拿着文件来这里的。肉体的解脱,这是下一步主要的事情。接待员拿起电话,按了几个号码,然后看着我。那种神情就像打电话的时候似乎没往你那看,但同时却盯着你一样。她的头发烫得跟电线一样硬,眼镜用根链子挂在脖子上。我想,她来这儿日子也够长了,对所有人都是那种自觉高人一等和疑心重重的神气。那种神气仿佛告诉你,如果你让她当院长,她会把这打理得更好。尖溜溜的脸,歪咧咧的嘴。在等对方接电话时,她把话筒紧贴着耳朵,一脸愠色;看到我发现她在等对方接电话,她就对我面露愠色,于是我想(我有时这样想),这倒有助于平息事态。我的好姑娘啊,你呀,你也总会有这一天的。

肉体的解脱。

然后她对着电话脆生生地说道:"知道了,我会告诉他的。"接着颇有兴味地告诉我说:"你还得再等等,负责人在吃午饭,很晚才开始吃的,可能要三点以后才回来。"

我说:"好的,那就等吧。"心想,我还好没他妈的派特雷夫来。

她又瞄了一遍表格,似乎怕它们被改过一样,然后把它们递还给我。然后就开始看着她桌子上的另一件东西,似乎我已经被打发走了。然后,她知道我正要打算问什么一样,不耐烦地开口了,好像我应该知道似的:"拐过这幢主楼的后面,然后跨过废物堆放区。"

但是,实际上我早该知道是哪儿了。通常看到火化炉的烟囱就知道了。还有一扇双开的白门,就跟电影院后门出口一样。假如没人在附近,也没有其他任何标志,你就用拳头砸砸那扇门,就会有人从窗口探出头来,让你把灵车玛利亚倒进来。

她说:"三点钟再来。"

心里不是滋味。对,就是耻辱这个词。就像你不屑认识那个给你运走垃圾的人一样。我已经习惯了,司空见惯了。有个老人说过,殓葬人是高贵和低贱的结合体。你对此不容置疑。

我忍不住想问:"这儿哪有吃的卖吗?"然后就想还是算了。然后在一念之间,我又想:二十分钟——我可以去看看琼。看看就行,去看看杰克从没看过的。纯粹是出于好奇,出于我自己都不清楚的原因。看看杰克没见过的东西。看看就走。穿黑色的夹克几乎去哪儿都很适宜。但是我又想了,不,看琼可能不是那么的难,也没想的那么糟。但首先你得从这房间走出去才行啊。

我说:"三点钟再来。"把表格折好了,放回口袋。

我朝着走廊的尽头望去,心想,这就是我要去的地方。埃米一周来这儿两次。年复一年。我想知道她是否跟这个母老虎打过招呼,是否得到过她的微笑呢。

直到那时我才意识到今天是星期四。星期四下午,也就是埃米要来的时候。我感觉自己已经做好了准备,挺了挺肩,拉了拉衣领。当你突然要见一个不速之客的时候,你也会这样做的。殡葬人大部分时候都得这样。你不知道会撞见谁,也不知道会遇到什么。这不仅仅是工作,也是社区服务的一部分。这是那位老人说的。有人说我的职业仅次于教区神父。我说:"没事,叫我师傅好了。"

所以我不再做一个低下的收尸人了。我成了美其名曰的葬礼承办人,而且她肯定也看到了,因为我看见她的眼睛不断地向我这边瞟来。

我说:"外面天气很好,我想出去遛遛。"

这是个湿润而又微风习习的好天气,阳光明媚。我走出去,一直到了前院,看了一下灵车是否停得妥当,然后踏上一条草坪上逶迤的小路。感觉自己就像一个工作时忙里偷闲的人,感觉我在享受这一切,老板却在做雇员的工作。这种感觉就像太阳躲避云朵一样。那种感觉大概持续了二十分钟,我对这个世界有了别样的认识。

树木郁郁葱葱,几丛玫瑰花点缀其间。病人们都出来锻炼,呼吸新鲜空气。你怎么称呼他们。病人?收容者?还是居民?有些人行为怪异,而有些人却古怪地站着一动不动。一个瘦瘦的男人朝我走来,嘴里叼着根香烟头,手指紧捏着一头,似乎要用力从嘴里拉出一根长线,但事实却是往里拉。其他人看上去还比较正常,只有旧衣服泄露了他们的身份。假如你不仔细看的话,也不一定能看出来。然而你又怎样解释?因此你就以为你是个殡葬人，是吗？你最好跟我们一起走。

我坐在石凳上。太阳被云遮住了，忽隐忽现。叼着香烟的那个男人转过身走回来了。好像我占了他的石凳似的。当他经过的时候，突然像狗一样地咆哮起来，唾沫横飞，整个牙齿都露出来了。我不怕，一点都不怕。我不知道埃米会不会害怕，当她第一次来这里的时候，她会不会害怕。但女人是不会害怕的，或者说不怕类似的东西。我想，你已经看到过各式各样的死人，所有佝偻如柴、面目全非或者缺胳膊少腿的死人，于是你认为，现在，所有这些人都是陌生人，完全陌生的人。可是，这些活着的才是陌生人，才是你永远都猜不出的陌生人。

就在那个时候我看见了他们。肯定是有什么东西吸引了你的目光。坐在另一条小路旁前边靠左的石凳上，我看见了埃米棕色的长发，微风拂乱了发丝，阳光照在上面，金光闪闪的。她还是保持同样的坐姿，随意而安静，好像在排队等位子一样。后来我看到了埃米边上那个瘦小的雷，看上去就像她的孩子。他那圆圆的头像个椰子壳，而且他挠头颈的样子，我一看就可以认出来。手指整个都伸到衣领里面，好像里面藏着一只老鼠似的。我在想他是否知道自己的脑门已经有点秃顶了，都露出了粉红色的头皮。

假如我走另外一条路，可能我就要从他们身边擦肩而过了。而现在我只能跟在他们后面，偷偷地向我的车子走去。走着走着，我突然看到了雷的露营车。它刚才都没在那里的。人就是这样，对于没料到会看到的东西，自己永远也看不见。我应该蹑手蹑脚地过去。他的车在停车场很远的那一端，一辆沾满污泥的绿色车子，滑稽的顶棚敞开着，好像一架手风琴。

我回到了自己的那辆灵车上。透过挡风玻璃，我能很清楚地看见他们，雷坐在凳子的一侧，离我很近的，大概五十码。十点钟。

尽管他们两个坐在同一条凳子上隔得很远,在旁人看来好像素不相识似的,但在我看来,他们两个似乎就是坐在一起。

雷朝前倾了下身子,拢起手挡住风,点了支烟。然后吸了口烟,把香烟从嘴里拿出来,手肘撑在膝盖上,然后用大拇指敲着下唇。在他们俩的中间,放着一个纸袋子,里面还装着一些吃剩的东西。因为埃米把手伸进去,拿出了一些面包屑扔给在他们脚边啄食的鸟,有麻雀,也有鸽子。她扔食物的速度很快,手臂一挥,似乎是要把这些鸟儿赶走,而不是喂它们,但是面包屑又把鸟儿吸引回来了。雷没有喂鸟。他在吸着烟,摸着嘴唇,挠着脖子。然后在他恢复到原来坐姿的那一刻,埃米的身子却不由自主地向前倾,似乎他们两个就是一台如此运行的机器。她摸着膝盖下方,似乎那里挺疼的。

我看了一下我的手表:几乎三点了。但是那个负责人能等的。我也等过他啊。尽管这是一次庄严的交易,对肉体的解脱。你需要签名和证明,还有时间和日期。你不该仅仅因为他们是死人就姗姗来迟。这是我的一条原则。不跟死者磨蹭。我会臭骂托尼一顿。

三点五分,他们还坐在那条凳子上。车上没什么可以消磨时间的,只有一本翻破了的旧书以及口袋里的表格。但是这些人我都记在心里了。简·埃斯特·帕特森。出生日期,死亡日期,享年八十七岁,死亡原因:脑出血。直属亲人:约翰·雷金纳德·帕特森,儿子。要是负责人不对我气恼的话,我一定要问他她进来有多久了。

(我确实问了,他说二十八年。)

我看到埃米向后倾去,手又一次迅速地伸进袋子里,拿了面包屑在扔,然而这次雷没有前倾。你能感觉到他们两人都不希望中间放着那个袋子。埃米抓起那个袋子,把它揉成一团,理理裙子,似乎要站起来的样子。在她做这些之前,雷伸出手抓住她的肩膀,然后慢慢地移向她的颈后,手指深入她的头发,那动作就跟把手伸进自己的领子一样。可能他一直都想做这样或者类似的事,只有埃米试着站起来的时候,他才有机会把身子靠近她。接着埃米犹豫了一会,扭了扭头,想摆脱雷的手。最后埃米站了起来,雷也从位置上跳了起来,仿佛装了弹簧一样。他们开始向停车场走去。

我在座位上弯了下腰,但我觉得他们是不会看见我的,因为车子前面的挡风玻璃会反光,即使他们想看也看不见。前一刻钟,他们还是一对年轻人,现在他们俩却尽力表现出一副沉稳的成年人样子。这使他们看起来很滑稽。不过我觉得,假如你想表现得滑稽,这绝对是个好地方。埃米把那个纸团扔进了垃圾箱,同时雷也把烟头弹到几步之遥的地方,过去一脚把它踩灭。他们分开来走着,好像刻意要这样做,好像他们只是碰巧走同样的路线而已。

我想这种场面在这里是见怪不怪的。探访的人穿过小径,在闲暇时刻彼此拉几句家常,互倒几分苦水。伤心俱乐部。

当他们走到离我左边大概有四五个车位的时候,我只好迅速弯腰,头倒向乘客坐椅的位置。这次轮到我来个滑稽相了。他们绕过我的车后,走出我的视线。但通过后车窗旁边的后视镜,我能清楚地看见大门。车子上都有这个东西,你可以通过它看见旁边车子的车顶。我听见引擎启动和倒车的声音,然后看见露营车朝着大门慢慢倒出去,经过带有"进/出"方向指示的护栏杆。回去就要向左转。另一条则通向伦敦郊外:尤厄尔,埃普瑟姆,莱瑟黑德。我看见雷刹车,打着右转的指示灯。

你不该胡乱猜测。你在这一行中学到的就是如何保守秘密。

雷

我说我从没感到像现在这样有福气。我叫福仔。

于是,他笑着对我说,他也从没像现在这样像杰克,以后或许也不会了。杰出,攻无不克。

然后,他看着我。我想,他不是在说要靠我了吧?当他第一次被带到这里,在他知道之前,在手术之前,我感到每个人的目光都聚集在我身上,我顿时成了焦点。雷会搞定的,雷会摆平的。杰克所需要的只是从他的好朋友阿雷那里沾点好福气。只要我们在这里,相信手术一定会非常成功的。

我想,拥有这样的福气真是一副难以承受的重担。

他看着我,似乎想看看自己怎样可以让我陷入窘境。而这时应该感到困窘的不是我,应该是他。他缓慢而坚定地说:"我已经听天由命了,雷。"他的摇头似乎要否定我脑海里设想的一切。他又说了一次,似乎感觉我没有听到一样:"我已经听天由命了。我现在想的是埃米。"

我惊呆了,眼睛睁得滚圆滚圆的,生怕一眨眼就会迷失一样。

"我已经听天由命了,但我对不住埃米。"我看着他。我目不转睛地注视着他。他接着说:"我不想扔下她撒手而去。"

我说:"但这不是你的错,你——"

"不是因为这个。我欺骗了她。"

我看着他,他也看着我。

他说:"我说的是钱。我们本来不是已经决定在马盖特买房子的吗？西门那边。好像世人都认为这是因为杰克·多兹最后想通了，决定开始新生活了。但是所有人都认为老天多么的不公平，刚想开始新生活，却发现自己已经活不了几天了。

我说："我也是这么想的，杰克。"

他说："是的，包括你，还包括埃米。所有人都不知道我不得不卖光东西，否则就会破产了。这就是我这么做的原因。大家都不知道五年前我贷了一笔款来挽救自己的铺子，而这笔贷款一个月后就要到期了。本来是没什么问题的，我把铺子卖了，把房子卖了，然后在马盖特买幢小平房，买幢差一点的小平房，勉强应付一下生活，混口饭吃就可以了。可现在呢，什么都没有了。鸡飞蛋打，不是吗？"

他看着我，似乎我应该最了解情况。

我说："那你为什么不在五年前就把店铺卖了并把债务还了呢？"

"因为那时我要维持生计，不是吗？"

我看着他。

他说："阿雷，我是个卖肉的。这就是我。"

我一直看着他。这是他，似乎又不是他。他好像在隐瞒什么。他说："这是我维持生计所要做的。"

"所以你的脑筋从没——转过弯来？"

"没有，阿雷，"他说。我不相信他。"没有新生活，我没有。"

他看着我。

"多少钱？"我问道。

"我那时借了七百块钱，现在要还将近两千块钱了。"

他看到我轻嘘了一声。

他继续说："不是从银行贷的，而是特殊的借贷，私人的。"

"不是文斯吧?"

他大笑起来,头往后一仰,呛着了。我发现自己伸手去拿纸碗,我发现自己盯着他的紧急呼叫按钮。"文斯?"他哽咽着说,"要是他知道我快死了,就不会借钱给我了,对不对?"

"那是谁啊?"

他说:"文斯是不会出钱给我开铺子的,是不是?他想我去超市打工。"

"那会是谁啊?"

他说:"他的一个朋友,老早的一个朋友了,他们合伙做过生意的。一个很厉害的角色。你知道的。"

他看着我,似乎准备好挨批了。

我说:"你当时要是在马赛上压上一宝,那就好了。你要是来找福仔就好了。"

其实,即使我在说这话时,心里对他说的这事已经有底了。

他说:"你这样说真是好笑,雷。我那时哪有钱下注?不过你提起这个倒挺有意思的。"

他看着我,笑了起来。我赶紧改了口,说:"你把这些都告诉埃米了?"

他摇了摇头。

"那你会告诉她吗?"

他说:"这真的很为难,是不是?我希望自己不要这样做,没那个必要。呵呵,你提起了她,真是好笑。"

他用手指碰了碰我一直揣着的纸碗,说道:"你这样像个乞丐一样,揣着这个家伙!"

我把碗放了回去。

他说:"我不知道她会怎样做。我的意思是,当我们——她可能想一直住下去，她可能想一直在平房住着。这不是胡说。我不想有讨债的人去敲她的门，我不想她发现比自己应得的钱少了两千。"

他似乎想从我这里得到解决的办法。

他说："这就像留窝蛋一样，不是吗？两千啊！这就是他们所谓的留窝蛋。"

我说："那么，她是不知情了，也就是说只有你一个人知道，一个人重获新生！天哪，怎么可以这样！"

他看着我，好像我也会知道其中的答案。

他说："有些事情还是不知道的好。"

"那为什么要选在马盖特呢？"我问。

"我不想抛下她不管，我只想她好好地活着。"这时他突然闭上了眼睛，眼皮沉沉地耷拉下来，仿佛他的眼睛有难以承受之重，又好像他突然不说一句话就离开了片刻，留下我在那里猜测着问题的答案。

然后，他又睁开双眼，仿佛不知道自己总有一天要闭上一样。

"那你说她会怎样做呢？"我问。

"这就很难说了。你也许会知道她会怎样做。"

我看着他。

他说："我需要赢一把，阿雷。这是我一生中最需要赢一把的时候。"他把右胳膊从被单上提起，胳膊上插着输液管，看起来他就像是被管子提起来，一个木偶一样。他加了句："我这次有钱下注了。"

他把手慢慢地移向床头柜，打开一个小抽屉，里面有一些碎杂物件，他的手一直在抖，在哆哆嗦嗦。我很想上前帮他一下，但是我知道帮他也没什么用，因为他自己还能做的事已经不多了。

他拿出钱包。我从没见过杰克·多兹的钱包这么鼓过。

"看看里面,最后一层。"

他把钱包递给我,我接过来,轻轻地打开,里面没有照片,有一大沓钞票。

"里面是一千块钱,五十块的有八百,剩下的是二十元一张的。"

我看了看,用拇指捏了捏最上头的一张。"你把这一千块钱现金就放这里啊?"

"谁会拿啊?"他朝旁边病床瞧了瞧,"这些家伙?"

我问,"你从哪里——"

"不要问了,把它拿出来,数一下。"

我摇了摇头。"我信你的。"

他说:"这不是我的强项,是吗?"

"什么?"

"数一下吧。我算术不行。不像你的脑瓜子那样灵活。"他抬起了头,好像是对着自己的头顶点头一样。他说:"拿去吧!我需要赢一把。"他看着我拿着钱包的手,说:"赛马开赛的季节就快到了,对吧?"

我想,要是一切顺利的话,我一定会去的。

我说:"这可是个大买卖呀,一千赚两万,大买卖。"

"大买卖。"

"可是,如果我押错了马,怎么办呀?"我问。

"你不会押错的。你不可能押错。埃米需要这笔钱。"

你要钱还是要命啊?我在想。

他笑着说道:"不管怎样,就算是露营车的价吧。一千块钱,你还记得吗?但你那时不想卖,是不是?"

坎特伯雷

我到处都找不到他们。他们似乎已经走了，要把我一个人丢在这坎特伯雷大教堂了。我又折回到楼下走廊，文斯离开时我待的地方，以防万一他们还回来找我，所以我就坐在木板凳上，手肘支在膝盖上，沉思着。现在我变得彻底的莫名其妙了。

我坐着想，他仿佛正在看着我，什么都知道了。阿雷，最好下定决心吧，赶紧做个决定吧。不仅仅是钞票的问题，还有我，我们在一起的事。有钱，有埃米，有阿雷。一切都会很快好起来的，有福仔一切都会好的。嘻嘻哈哈，打打闹闹，我想你们很快就会和睦如初的。

如果我是他就好了。

我坐在那里，四处张望，但是没有看到他们，于是我又起身出去，就看到了他们正站在石砌的路上到处找我呢。我心头一热，朋友就是朋友啊。夜幕渐黑，大雨将临，风越吹越冷，但他们似乎没有生气，就像什么事都没有发生过一样，开开心心地在一起就好了。

可能吧，我想。

文斯说："我们正在犯嘀咕呢！我们还以为你迷路了！"

文斯拿着指南手册。维克拿着那个袋子。我两手空空，什么也没拿，但似乎每个人都可以看到阿雷拿了很多不属于他自己的东西。

我可以感觉得到教堂就在我身后，盯着我。

文斯说:"我们去了修道院那边。你去那儿看了吗?"在他看来,似乎我也应该去一下。

"是的,我去过修道院了。"我答道,心想,撒个小谎总是不难的。

然后,我们顺着原来的路回去,出了大门,沿着狭窄的街道前行,只不过这次走的和来的时候不是同一条街罢了。这条叫"屠夫巷",这就是我们走这条街的原因。文斯说我们得走这条。我们刚拐进这条巷,大雨就瓢泼而来。幸好前面不远处就有一家名叫"城市徽章"的小酒店,正在营业中。伦尼说进去喝上一小杯又无妨。有道理。

维　克

那时他绷着脸、神色肃穆地坐在我的办公室里,双手红彤彤的,刚忙完一天的屠宰工作,就像一个已经洗漱完毕、做好了殓葬准备的特殊主顾。他告诉我:"说实话,维克,我和饱经风霜的老水手一样,并不介意葬身大海。"

埃　米

唉,他们现在应该到那儿了。他们一定已经完成了。把他倒出来,抛撒了。我猜他们正走在回来的路上,或者在马盖特附近,一路有说有笑的,因为事情已经办完了。

但我仍认为我应该待在这里,开始自己新的旅程。我和他们都要开始新的旅程。逝者杰克已经远去,应该以生者为重,虽然这些生者对他来说早就生如同死。现在对他来说一切都一样了,没有任何区别。我已经和他说再见了,就算不是第一次,那也是最后一次。永别了,杰克;杰克,我的老伴。他们一定会说,为了陪他度过最后一天的时光停一次不去看琼也没关系的,去了她也不会变得更聪明点。以前也隔过几回没去,可能有十几回吧。而对你而言,你不可能再有第二次机会去抛撒丈夫的骨灰了。但是他们怎么知道她不会知道呢?得有人告诉她这事。

如果她不会变得聪明点,那他也不会了。

我想我是不会这样做的。站在码头或者说防波堤上,我脚下波涛翻滚,眼里泪水汪汪的,他们都在边上看着。你先来,埃米,别急,悠着点。风卷起了我的裙子。那天呀,我得说,马盖特那边狂风阵阵。

我坐在了公交车的上层,这里才是属于我的。这么多年来,似乎我在四十四路公交车上可以享受到别的地方所没有的那种家的温暖。不是在这儿,也不是在那儿,而是奔波在这二者之间。我不知道自己是否能在马盖特的平房里安家。"我打算买房子了。"他这样说。而那时我早就已经对他不抱任何幻想了,以为这是永远都不可能实现的。在此之前我一直在想总有一天他会死在柜台后面,直挺挺的,竖条纹的围裙扔在一边,手里还拿着屠刀。这是他一直梦寐以求的。又一具等待处理的尸体。"我叫杰克,杰出,攻无不克,知道不?"哈!"老伴,我和你要开始新的生活了。"我不知道是什么使他下定决心,是什么使他的脑子突然一下子转过弯来的。他看着我,好像我应该喜出望外似的,好像他看着的不是那个他已经看了五十年的女人,而是另外一个陌生的女人。"马盖特!马盖特怎么样?"他问。好像我们可以回到过去,一切从头开始。第二次蜜月。好像马盖特是魔力的代名词。

在那时,我知道他已经服软了。当我第一次对他说再见时,心里想的是重新开始,天不会塌下来。我还有选择的权力,我选择了琼,而不是他。我看着他一步一步地变成屠夫杰克·多兹,杰克·多兹,技艺高超的屠夫,吃肉,找女人,偶尔赌上几个小钱。因为他不能选择琼,不能选择属于他的东西,他只能这样慢慢消沉。我想我还是可以改变的。曾经,也确实这样做过。但当他用一种异样的眼光看着我,像看着陌生人一样,我就知道自己已经是一潭再也吹不起波澜的死水了。这个女人每个周一和周四下午都要坐四十四路公交车。即使丈夫一个星期前刚去世,尸骨未寒,她还是去了那里。

仿佛这是我的错,毕竟是我先抛弃他的,一次,两次……
她不会知道的,永远也不会知道。

马盖特啊,马盖特!琼现在怎样了呢?

来说说这辆公交车吧。这是一辆红色双层巴士,整天在雨中穿梭,数字"四十四"挂在车头最上端,那有它的目的地及沿途经过的站点,年复一年,始终不变。似乎只要有四十四路公交从伦敦桥始发到达米切姆那边的终点站——板球俱乐部站——伦敦桥就不会倒塌,地球就不会停止转动了。似乎他说的就是对的,是他爹自豪地告诉他说,史密斯菲尔德就是伦敦的心脏地带,绝对没错,而那些红色的巴士路线必定就是动脉了,动脉,静脉。

从没坐过的士。坐杰克·多兹的车?哼!也从没坐过地铁,虽然那个更快,北线,一路到莫登那边。我喜欢向窗外看,在旅途中我喜欢思考,喜欢那种奔波的感觉。我喜欢四处观看。露营车只坐过十几次。到底多少次呢？十三次、十四次还是十五次，阿雷？

今天我为什么坐到了巴士上层？坐在上层，巴士就像一条船一样，在雨中航行。难道是想证明我是一个手脚还麻利的女人，和下面那些老态龙钟的人不一样？想证明我仍有权力去选择？还是为了有个新的视角去观察那急速后退的一切？兰贝斯，沃克斯霍尔，贝特西，旺兹沃斯，一路过去。我怎么会做这种事呢？雷，和你一起站在那里，抛撒他的骨灰。四十四路，这里才是我的归宿。他的骨灰，他的老婆。只要有红色巴士开动，血液就会循环，心就会扑通扑通一直跳个不停。哦，雷，你是个有福气的人，也是一个小男人。哦，我那可怜的杰克！

雷

我把《马报》和马赛日程表摊开，点上一支烟，取出我那些表格和笔记。雷·约翰逊的记录簿，一九八七年的，一九八八年的，一九八九年的，都有。要把你所有打过的赌都记录下来。然后，我浏览着那一场又一场的比赛，和那一匹又一匹的赛马，头脑中自然而然地思考着淘汰，胜负率，哪些可以投注，哪些不可以投注。人们都觉得我很幸运，有敏锐的第六感官。有时，的确是这样。但也有很多时候不过是碰巧罢了。而为什么我赌马一直赢钱，而杰克·多兹和伦尼·泰特永远都是输字一个呢？原因其实就是他们都凭感觉来下赌注。有时这的确像是运气在起作用，但其实却是背地里百分之九十的认真记录，百分之九十的仔细算计。我在保险公司可不是吃干饭的。有些人认为赢马是上天赐福,是上天在回应你的祈祷。但实际你是在和投注经纪人博弈呢。要想打败这些经纪人,你非得有点经济头脑不可。

因此,那时候我总会边轻抚着下巴,边研究那些赛马。高赔率,高赔率。当然得赌他一把了,可是还要交税的。下他一千块的注。我想,马赛季节刚开始,任何优胜预测都是瞎忙活。我想,我当时如果在那儿的话,就不会这么紧张了,在场的话总会让人有种安全感。你可以看见赛马,你可以见闻到一切动向。那可是物有所值的。草皮上翻飞的马蹄,阳光在彩绸赛马服上闪耀,爱尔兰骑师;啤酒,喧嚣,满怀的希望。而这一切,杰克以后都不可能再有机会去瞧一瞧、听一听了。

阵阵烟雾从我的香烟上袅袅升起,飘向窗户。阵雨过后的那些浮云,那丝微风。飘逸。飘逸。

我看了看表:十一点三十分。只有傻子才一早就下注。要知道,情况可是每分钟都在变化的。只有傻子才会最早一个去下注。但,那又如何?比如说,杰克。

我尽力不去看那匹三赔五的赛马的名字,那名字从名单中央仰视着我。二十二匹赛马。名字有什么花头呢?他们管我叫阿福。只有傻子才凭一个名字就下赌。杰克已经无药可救了,真的。

我打开笔记本,匆匆记下一些东西。第一条,要合算。但杰克并不需要什么合算。他需要一战定江山,一劳永逸,他要挽救他的熏猪肉,挽救他的煎鸡蛋和熏猪肉。平平稳稳,稳打稳扎已经不适合他了。

所以,这次可不是一次寻常的赌博。

但我刻意不去注意那些直盯着我看的赛马的名字。非种子赛马,不入流的家伙。可它一直在盯视着我。有命在天,运气常存。

运气让你远离伤害，运气让子弹也离你的脑袋远远的，运气让你长命百岁，行大运的人会让金子也朝你投怀送抱。赌马既需要算计也需要直觉，甚至可以说直觉更灵验，有时甚至可能全凭直觉，只要看着马儿甩动一下头你就八九不离十地可以猜到结果了。似乎本该赌博才是正经事的，可有时喧宾夺主的却是赛跑、冲刺和人群的欢呼，或者是马儿出彩时的无上荣耀。

我熄灭了烟蒂，重新点上一支烟，在房间里踱着步，好像无法安坐一样。我站在窗口。伯蒙德西后面的街尾。平坦宽阔的赛马场。你必须做一个傻子。我感到心在怦怦直跳，也感觉到运气在油然而生。你这样做的初衷是什么？又为什么要趟这浑水？我打开了窗户，好像喘不过气来似的。我感到了鼻子里的空气和烟味，四肢中充沛的活力，还有杰克的钱在胸口滚滚发烫。

"奇迹缔造者！"

埃　米

可是，在那些日子里，想要博人一笑，是件容易的事。连那个胸膛隆突、胸前挂着一堆小杆、目光严肃的黑胡子记数员阿尔夫·格林，在记错了数的时候也会拍拍自己的脸，逗我一笑。除非我说的这一切都是臆想出来的。有时他会多算，把六说成七。我穿着我的那件又热又粘的单薄长袍站在筐子边上，他则拿着他的计量器。七筐五分钱，一天得拼命挣到一毛三。巨大的工作量。但请别告诉我不存在捷径，谎报数字的方法有很多的。雪莉·汤普森本该成为采摘冠军的，她就精于此道。一周可以摘两百筐（其实每筐都没装满)。她最后几乎挣了十块钱,还不包括一些现发的零钱。她那住在德特福德的父母因为她交回家一张五块的票子而兴奋异常。我们的小雪莉儿,啤酒花采摘冠军!

别告诉我做这些是一无所获的。自由工作,自由采摘。在英格兰的花园里,沐浴着温煦的阳光,呼吸着新鲜空气,边上是一堆堆的干草和一个个采摘筐,那种感觉棒极了。尽管这项工作是固定的,得不停手地做,一排排的筐子。三四个人围着一个筐子,活像分散在各处的室外厂房。分开而开心。像当地人一样居住在小木屋或者帐篷里,甚至以地为床,居无定所。这里没有叫卖的小贩,没有吉卜赛人,没有狗吠,更没有偷鸡摸狗的人。夜晚,煎锅里食物的香味,篝火,油灯,海阔天空的闲聊。

吉卜赛人装着满满的行李,牵着马儿来到这里。和我们一样,他们也需要采摘的工作。但他们是分散着搭营居住的,他们在林子的那一头。在这些吉卜赛人眼里,好像我们不应该选择此地似的。我那时很妒忌他们,因为相比之下他们更加的放浪形骸、无拘无束。他们是专业的流浪汉,而我们只不过是业余爱好者而已。当哪一天我们回到伯蒙德西时,全是砖瓦、水泥和封闭的笼子,一切将会恢复旧貌;而他们仍将在丛林和乡村里游荡。我也曾嫉妒他们深棕色的皮肤,他们皮肤的颜色完全不同于我们这些伦敦佬生面团一样苍白的肤色。特别是当这白色皮肤变红时,简直就像是理发师的热电极。那时,我每天晚上采摘收工后都会看到一位吉卜赛人牵着他的马儿去池塘边饮水。他无须采摘,对他而言,那是城里人才干的事。魁梧的身材,裸露的脊背,他和他的马。

你可以说这已远远超出妒忌了。

我老妈说过我不应该妒忌的。

我确实没有妒忌,虽然我应该妒忌。我和杰克·多兹一起玩,他来自伯蒙德西的那一头。世界是多么宽广辽阔啊。我不知道雪莉·汤普森到底做过什么，使过什么。但她从没和人干过那事，但我却干了，他第一次开口我就答应了。

他也是个肌肉发达的男人，很魁梧，很高大。我并不否认我喜欢这个男人。我想我喜欢这样的男人。对一个女生来说，除了威猛的男人，还别有他求吗？我知道他在盯着我看，在旁边那一排筐子那儿，我知道他在蠢蠢欲动。然而，吉卜赛小子是不会看你一眼的，头都不会转一下，就算你没回眸看的时候。杰克认为这不是男人做的事，有一双宽大厚实的手，却干这种行当。哦，这一切让人觉得发毛。做这样的事情，简直是像采摘花儿，他说。她爱我，她不爱我，如出一辙。就像数纽扣一样。我问他："你来这做什么？"他答道："有很多原因啊。"于是我又对他说："当你不摘啤酒花时，你都做些什么？"他回答："那可得保密，对吧？"但是，有人看出了苗头，跑过来悄悄告诉我说："他爹是个杀猪的。"在一个星期天的晚上，当我们去散步时，他就露馅了。那时我们在农场附近，他停下来看猪，从上到下地打量着它们，就像从另外一个角度看一些熟悉的事物，就像他正在掂量着他的猪肉肠似的。

这就像是采摘花儿，也像是串珠子儿。但终究是啤酒花让我们走到了一起，是采摘啤酒花这活儿让我们开始了交往。一切冥冥中自有注定。干杯，文斯，再来点小孩的饮料！然而，却是另外的一种采摘使我们结合到一起。这些，都是生命的采摘。

他用报纸包着几斤红花菜豆，说这是从威克那里弄来的。他问我想不想要。当然，我全都知道，这是他偷来的。我回答说，如果他能帮我把这些豆子剥了壳，拣好，再晾起来，我就要。好像我在屈身接受礼物一样。伯特叔叔和本尼正在皮罐酒馆里喝酒，用采啤酒花挣来的血汗钱。我一个人在家做饭。如果不是抽空来这儿的话，此刻他也应该在那边推杯换盏的。红花菜豆。他说："没问题。"于是我走进小木屋，拿出一只平底锅，两把刀和一个滤筛。以前总是用这些东西的，什么锅呀，瓢呀，脸盆呀，像难民一样。接着我去取水，回来时递了一把刀给他。只有在这时，我才朝他莞尔一笑，一个你永远无法捉摸的微笑。就像是交通灯里的黄灯，你永远不知道，接下来的会是什么。

  我坐在木屋的台阶上，把这些豆子撒在我铺在草地的报纸上，又把那平底锅放在身边的台阶上。我是故意这样做的，因为这里有足够的空间可以坐两个人。我说，"如果你想坐，里面有椅子。"他却说坐在草地上挺好。不过是想献殷勤罢了。我扔了一颗红花菜豆给他。我可以断言，他以前从没做过剥豆荚这种活。他可能学过剁肉，但是没学过剥豆荚。我说："这样。"于是我把滤筛夹在两腿之间，把裙子都给绷紧了。我对他说："把豆荚扔进来吧，看看我们能否将它装满。"因为我希望他看到和知道这个很简单，看到和知道这里有一个碗，有我这个充满了期待的碗。除非他当它是一具盔甲。于是我们开始往这个碗里装豆荚。他瞄准然后掷出，而不是伸手过来放下。当然，会有一些豆荚没扔准了，差得离谱。一些蹦进了我的外套里。我这件外套，是乳白色的，印着蓝色的花，前面有一排纽扣。我估计他正看着这些纽扣，在数一共有多少颗呢。我们终于将滤筛装满。我用手指卷起一缕长发，问道："接下来做什么？"我说："伯特叔叔和本尼一时半会不会回来的。"两腿还夹着那个滤筛。"你想要去那儿和他们一起喝酒吗？"他看着豆子，说他没这样的想法。于是，我说："在这儿等我，你可以带我去散散步吧。"我端起滤筛，站了起来，拍了拍身上的夹壳，又拿起了平底锅。我走进屋去，马上又出来了，朝着他笑了笑,他也对着我笑。

我在问自己:你到底在做什么呀?埃米·米歇尔,你到底在做什么呀?你甚至都不认识这男孩。你对他没太多好感,一般般啦!但空气是多么温润而醇和,四周一片寂静。我内心有一种感觉,就像那只碗一样,满当当的。当我们经过池塘边时,偏偏遇到了吉卜赛小子骑着马嗒嗒地经过。事情总是这么凑巧,该发生的事你是无法阻挡的,它们只是悄然而至。

但是,琼,你永远都不会了解到这是如何发生的。或者说,并不完全是凑巧,对,不完全是这样。就像杰克永远都不会知道这是吉卜赛人的视角。那些做了却不为人所知的事。你永远不会知道,你没有机会知道那些温暖的八月之夜所发生的和滤筛有关的事情。你也永远不会知道,你也永远不必知道事情的前因后果,可能这样对你来说是最好的。如果你领着一个人到了水边,那么他就会喝水。你也不必满怀不安地努力告诉自己,错的不是自己而是他,觉得自己让他陷入绝境,也是身不由己的。其余的人都在漠然旁观,装出一副假惺惺的样子。他们把这叫作"套牢"。

但只有你来到这个世界以后,我才觉得他与我渐行渐远,与我行同陌路,好像眼下这全是我的错,是我造成了这一切,而不是他。你看看都发生什么了。如果在那个炎热的夜晚,在啤酒花地里,我们和其他夫妇一样采取了措施,那一切就会好多了,对吧?

但我认为,这并不是一种惩罚。有因,必定有果的,这并不是一种惩罚。重要的是不要把它视为一种惩罚。

我不知道我是如何凑齐那些钱的。那个夏天没有啤酒花可采摘。我们能干什么呢?日子紧巴巴的。却偏偏又多了张嗷嗷待哺的小嘴。除非,有人代我们抚养她。我几乎在伯特叔叔和老爸面前下跪了，我说道，我和杰克连蜜月都没度。但现在，现在，可怜可怜我们吧。

那时，我真的就想抛弃你了。我想，我已经做好准备，把你扔了。

我对杰克说："这个周末我们去马盖特吧！别多问了，一切都安排好了。你只要去你爹那边请一下假就行了。你就说这是你的蜜月旅行。从塔桥坐轮船。得让他表明，就算他不要她，也还得要我，最好这样。要我说，只要他还要我，即使不要她，那也行。你永远都不必知道，琼，我们那时是多么的不受人待见。

我买了一件新夏装。内衣，鞋子，袜子，泳衣，一应俱全。伯尼叔叔去把他的落地式大摆钟给当了。

太阳出来了，好像它对我们还有些许怜悯之情，海浪打在我们身上，我穿上了我的新夏装……在这时体内的母性突然涌起，在这最不需要它的时候。而这个，你也无须知道了。十八岁的少女，站在海边，吃着冰淇淋，还穿着一件新买的泳衣，男人们都眯着眼盯着你瞟，左边，右边，中间。都把我当大众情人了。

我想，这下你有机会了。唉，我把机会给你了。

码头，海堤，沙滩。多么梦幻的地方。

我想，也许战争会改变一切，会让一切的一切都各居其所。你也觉得自己遇到了麻烦。炸弹在伯蒙德西倾泻而下，几乎荡平了整条大街。我想，他可能也被炸死了吧。或者，死的那个是我，也可能是你。一颗散弹扔到绝望的人们头上，无须悲伤，那其实是一种怜悯和解脱。但事实上，战争所做的是使一切都变得更加无法挽回。我和你孤零零地相依为命，没有亲人，没有朋友；杰克在远方当兵，没有战死沙场，反而重新焕发了青春。和雷·约翰逊一起。所以，当文斯·普里切特——就别叫他普里切特了——

当文斯投进我的怀抱，投进我们的怀抱，我早就该知道即便这样也是枉然的，已无法让他再回来了。假的到底还是假的。你无法弄假成真。你可以牵一匹马。埃米·多兹，善良的人，接受了普里切特这个毛头小子，带着她那个小累赘。唉，这就是我这么做的原因，明白了吗？

从那时起，就有你、我、他，还有文斯。这意味着他和文斯之间将短兵相接，相见眼红。但这让男人们团结在一起，让他们有事可做——打仗。

是的，打仗，文斯。就在这儿。在这儿，在花园里。

而你永远都不会得知，这甚至比你以前一直所坚信的更加真实。一切都和啤酒花有关，一切都发生在啤酒花地里。因为它是一个装啤酒花的大桶，两边都有支架。十足的隐秘之处，就像专门为这个而制作的。就像袋子里的两只兔子。

还有一件你永远不会知道的事，就是在三天后的那个夜晚，在那座小山上，老风车附近。他望着我，目光坚定，大胆而热烈，对我说："你很漂亮，你知道吗？你真的很漂亮。"我没想到这样的话语会从一个屠夫的儿子口中说出。一个男人对你说这样的话，会让你神魂颠倒，忘乎所以。活在这个世上，能听到一个男人，不管是谁，这样笑着告诉你，他说的是真心话，那就足够了。

而你，琼，从来都没有听过这样的话，将来也不会。

做了却不被别人知道的事。那个记数员会带着他那堆小杆和计量器，过来验收你采摘的啤酒花，数数，验数。他面无表情。"我可是记数员，别想巴结我。"最好装满点，最好按规定摘，别想投机取巧，这可是件严肃的事。"这个，米歇尔，埃米……"没一丝笑脸。可能是我臆想了这一切吧。然而，要是他哪怕只知道一丁点我们在这大桶里干的好事，他都肯定会笑的。

维　克

　　幸好，我还穿着制服，我想。这些漂亮的姑娘们。复员才一个月左右。肩上戴着表示四年军龄的横杠。
　　"你没在小船上当兵之前是干什么的呢，维克？"她问。
　　嗯，问到这个问题了。这个问题总归是要问，逃不了的。我还知道接下来要问些什么。她会先看看我的双手，匆匆一瞥，好像我不会注意，可是我注意到了。然后根本就不看我，而是对那个舞厅打量起来，抑或是她连那也不想多看，而是在脑中思量着这件事情。当我提出下次再见面时，她会找出所有那些再普通不过的理由。
　　在这里面，她是到目前为止我看到的最漂亮的一个，在那屈指可数的几个年轻姑娘中她是最漂亮的一个，长得很惹眼。一个跳跃，一个平衡，一种神情，似乎她不想错过任何好玩的事情，也不想错过了再后悔。但是有些事总是需要一个漫长的过程，不是一天就能搞定的。
　　一九四五年，圣诞节，她是穿得最漂亮的一个，粉红色和黑色相搭的衣服，一副神情肃穆的样子。
　　乐队正在演奏《坐着火车去查塔努加》。
　　我说："是大轮船，不是小船。"但是，我想你得对这个坦然些，我不打算扯那些什么海边长大之类的话。她迟早要问的，可能她现在的问题就是个暗示。
　　因此我说："我是从事丧葬业的，子承父业。"

她看着我,却一刻也没瞧我那双手。她看着我说:"我根本,根本猜不到你是干这个的,维克。至少你不会失业,对吧?"她低头看了看,很快又抬起头来,似乎不打算换个话题,只是嘴角泛起一丝笑意。"那么,你就会习惯和死尸打交道了。"

雷

他说:"想拿这院子做个买卖吗?"。

突然问起,一副得意的样子,好像看穿了我,确信我不会拒绝的样子。开什么玩笑,也不想想他拿什么来做买卖。然而,他不是在开玩笑,他是认真的。他知道我会走过去,等着去上他的钩。等着瞧吧。

我说:"什么买卖?我们不是已经说好了吗?"

他说:"我们没做成,只是有了一个协议而已。"

我说:"从我的角度来看,我得说这真是个相当不错的协议。那么,还有什么问题吗?"想着他是如何弄到两辆车子,停放那儿,拆散后又组装了起来。一辆是罗孚牌的,另一辆是阿尔维斯牌的,更别提最近又用上的露营车了。最近刚用上的。好像这地方成了他家似的。

他说:"不错的安排,可我不是不领情。那是你的好意,这就是你对一个退伍军人的善意——他想花时间在汽车上,想成为一个维修汽车的技工。我不希望再这样无限期地拖下去,行吗?我真的不想靠你的好意成全。"

他拿起了一包烟,抖出两支,轻巧而熟练,递给我一根,点上,说:"雷叔,我不是不领情。"

雷叔。

于是我想——我纳闷——他知不知道我是怎么全搞错了,完全会错了意的。我本想罩着他的,就像杰克那时罩着我一样,否则我可能就不会在这里了,二十五年了,我可能已经躺在利比亚的墓碑下了,而不是在这个车马店里和文斯一起喝酒吸烟了。我至少应该还了这个人情,帮帮这个刚退伍到塞维大街的小伙子,帮他脱离杰克的掌控而独立生活。不过,杰克可不喜欢我卖这个人情,我知道的。他还没有放弃,即使过了长长的五年他都还没有放弃。多兹父子。

这事我插了一手,有我的份。

不管怎么样,现在事情已经发生了变化,巨大的变化。那个女孩住在了杰克和埃米的家里,虽然不是常住。所有的爱恨纠葛。似乎突然之间每个人都在另找地方搭自己的帐篷。还有那些在埃普瑟姆的下午。

我听说了你跟卡萝尔阿姨的事,很遗憾听到这个消息,阿雷。

或许我根本就不应该让文斯用这个院子。要是埃米没告诉我"文斯要回来了,一两个月之内就会回来。我想我们最好到此为止"或许我就不可能给他选那匹赛马,让他去买第一辆二手汽车。追风驹,来自桑当地区,一赔六。

"另外,"他说着停了下来,点上一支烟,吐出一团烟雾。他看着那团烟雾,好像在审视自己的人生。他所有的指关节都黑乎乎的,皲裂开了。"另外,现在我要做生意了,我得有间店面,非得有店面不可。假如你打算做生意,你得有地方,对不对?"

我说:"你打算做什么生意?"

他说:"你已经听说了吧,阿雷。"阿雷。变得更加趾高气扬了，举起啤酒，深饮了一口。"正如我一直讲的，我不是在说着玩。你也许认为我不是认真的。但是，我很想干,知道吗？现在就想干。不然你可以一直说：'你知道我们已做了安排，文斯？我不想再这样继续下去了，不好意思，对这块地我有了其他想法。'就这样，对吗？我不会没选择余地的。"

我说："可我对这块地没其他什么想法啊。"

他说："或许你应该有，阿雷，这可是块做生意的好地方，对吧？"

我看了看他说："这是废品堆放场，不是什么好门面。大门上还写着迪克逊呢。"

他说："没错。一年前查利·迪克逊突然搬走了，对吧？打那以后你就再也没收过租金了。你也只是个坐办公桌的,还有赌马。"

我说："那是我的事。"

我看着他。他又吐出一圈烟雾。

我说："那你是什么意思？你付我租金？拿什么来付啊？"

他摇摇头。"我说的是所有权，我是说把它买下来。"

我看着他。他脸上的那种神色使你无法发笑。

我说："同样一个问题，再说一次。拿什么来付？"

他说："我想邀你投资，阿雷。多兹汽修厂。非现金投资，你一分钱都不用出。一笔关于时间的投资。现在它暂时不是多兹汽修厂，因为还没办成，不过五年以后就有了，我是说真的。你卖给我这块地作为厂房，作为一笔贷款，五年以后，我连本带息还给你。假如我不能成功——但是我一定会成功的——这块地还是你的。简单明了，不会吃亏的。一旦我有修车生意做了，不久后我就会挣到钱，我会先给你押金。全都是你的。"

或许他知道我在想着我应该笑，但我不能笑。我说："为什么我要接受这种荒谬的提议呢?为什么我不能把它出租,价高者得呢?"我尽量装出一副已经知道他在愚弄我的样子。

他喝了一大口啤酒,慢慢舔了舔嘴唇。"在过去这一年多的时间里,你好像并不热衷于这样做吧。似乎你并不介意我的车免费停在你的院子里。这就是你的好意,我非常感激。正是这点,让我相信我们之间有种特别的默契。"

我看着他。我想,这家伙真会收买人心,这话很中听。

他说:"我不会逼你的,我只是提议一下,要是我再劝你改变主意的话,那就是我的问题了。当然,这也是一种赌博。但是你能理解的,对吧,雷叔?我喜欢修车,你喜欢赌马。"

但是他看着我,好像这事已经板上钉钉了。他的双眼越来越炯炯有神,凭这个我就知道他已经心里有底了。我不知道他怎么知道的,但他就是已经知道了。察言观色,彼此彼此而已。睡在那辆露营车里,不仅仅是睡觉而已。

赌马。

那就是他认为我不会拒绝他的原因。

他说:"没别的了吧?"笑着伸手端我的杯子,可我摇了摇头,不想被他牵着鼻子走。一切都朝着有利于他的方向发展了。

我说:"那价钱呢?"装出一副满不在意的样子,只是想提个异议考验考验他。心想他不会直接回答这个问题,因为他知道自己无论如何都没有希望拿出这笔钱。

但是他手都没拿开就立马答道:"两千块钱,这五年里再给你算百分之二十的利息,百分之二十,差不多有五千块钱了,还有押金呢。"

似乎他已经付完这些数目了。

他又吐出一团烟雾,踩灭了烟头,视线从我这移开,注视着烟灰缸。而此时此刻我看着烟雾飘散，直至消失。虽然这只是在斯巴路边的一个废弃的院子，但是我确信，他不用问都知道这个价即使在一九六八年也是个相当便宜的价格。假若我能知道五年后会发生什么的话，假若我知道这些年能做些什么的话就好了。文斯也想知道这些吧。得了吧，文斯。我不是在卖地。在这几年一分钱都不用付，拿去用吧。

太划算了。

他抬起头说："我只是提个议，不会勉强的。我只是想跟你提一下。你确信你不考虑一下其他的？"

我说："是的。"怕他误解了，所以我接着说："是的，我会考虑一下其他的。"

他说："考虑考虑吧，你可是多兹汽修厂的创始人之一。伯尼，你在这吗？"

我想可能他不知道，可我永远都不会知道他不知道。

伯尼现身了，给我们又倒了两杯酒，文斯付了钱。在喝酒之前我说："所有这些，归根结底，只有做一件事最好了，文斯。"我一说出口，就意识到自己正沿着他想要的思路走下去。

他说："那是什么？"

我说："那叫肉铺，名称是多兹氏祖传，子承父业。"

他端啤酒的手在半路停了下来，目瞪口呆地看着，好像我不理解他，他有理由这样想。他说："帮个忙，饶了我吧，我还以为你会站在我这边的。"一副可怜兮兮的落魄样。

然后他扑哧一笑，举起了酒杯："干杯。"我也举起酒杯喝了一口。他说："再考虑考虑。"接着，我又喝了几口闷酒，说道："我想把露营车停那儿。我还得有个自己的车位。"他看了看我，说："当然可以，不收费的。我还会定期帮你保养，如果你想处理它的话，一定帮你卖个好价钱。"他把杯子端到唇边,好像看到他对我眨了眨眼。

我说:"这并不代表我答应了。"

他说:"当然不是了,阿雷。"

我想,杰克是不会原谅我的。不管怎样,他是不会原谅我的。伤害人这种事,有了第一次,就会有第二次。甚至现在,我还想到当时我们坐在这儿喝酒,他却在店里砍肉称重什么的,对我们一无所知。他有个不变的原则:午饭不沾酒,即使只喝一口润润喉咙也不行,要干动刀子的活可丝毫马虎不得。

文斯把剩下的酒一口全喝光了,然后看了看手表。手很脏,一点也不像杰克的那双手。前臂上有文身,呈蓝红色,在亚丁城纹的,用花体字刻着他姓名的首字母"V.I.P.",上头还刻着一个握着霹雳火的拳头。

但是,"多兹汽修厂"。

他用手腕擦了擦嘴,咧嘴一笑,说:"得赶紧走了,要去和人谈一车子的事。"他把那包香烟放进他衬衫胸前的口袋里,从凳子上站起来,用拳头轻轻碰了一下我的肩膀。"好好考虑一下吧,"说完就把手移开了,和平时一样,好像不经意似的。

我在那儿坐了一会儿,慢慢地喝完我的啤酒,拿出烟盒,又点起了一支。店里的钟指着三点差一刻。我说:"再会了,伯尼。"脑中一片空白地径直走到比利山,然后拿出一块钱的硬币来赌马,想着,这不是要挣钱,而是要做个决定。如果赢了,我就不松口;如果输了,那就卖给他。你可不应该在迷信上打赌。在九匹马参赛的角逐中得了第四名。我离开了,思虑重重。这根本没有解决问题。我朝院子走去,思虑重重。他会不会在那里呢,要是在的话……

他不在。他的罗孚和阿尔维斯停在那里,沐浴着阳光,好像已经报废了似的,这缺一块板,那少一根杠。阿尔维斯的尾部被两堆砖块垫着,翘了起来。他的那些工具、油桶,还有沾满油污的破旧衣裳扔得到处都是。我想他得有个维修地沟。整天躺在地上,鼻子对着油箱。露营车就在车库那边,二月中旬的天气比较暖和,所以最近常用到它。常用,不常用。管它常用不常用,反正现在不用。我想我好久没出去好好转转了,都是因为开车送那个女人,都是因为我这么殷勤。

我想,我把院子卖给文斯。可我从来没把露营车卖给杰克。

那时我就这样站在院子中间,我自己家院子的中间,边上的车库以前是马厩,里面曾拴着我们的"老马公爵"。一排新楼高耸于灰蒙蒙的蓝天下,铁路的拱顶一路伸向远方,每个拱顶下都住着一些瘪三。灰尘、铁锈、隆隆的交通噪音,以及远处不知哪个角落的建筑工地上"梆梆"作响的重锤声。我想,第一个是约翰逊,其次是迪克逊,再接着是多兹或普里切特。这是个领土问题,但你说这块是我的,这里跟我姓,那么问题就出来了。托斯特尤托克西特。①

那么就让他买了这院子吧。

现在我想,他当时根本不知道,根本不知道啊,而现在也不知道。因为要是知道的话,他会说出来的,到现在他早就已经说了,他肯定会的。

我想,他是太自以为是和精于世故了,因为他就是这样的人,

---

① 托斯特(Towcester)、尤托克西特(Uttoxeter),英国城镇名,皆有赛马场。

他还从曼迪那儿学了一手，在我的露营车里。无法捉摸。但他仍然让我贱价把院子卖给了他。我太不合算，太亏了。所以，我想，这就是我为什么留着那一千块的另一原因吧。

埃 米

我想他现在给我机会了，他真的给了。一报还一报。以其人之道还治其人之身。孩子，是你让我相信，生活是不会把人往死里逼的，是不会一棍子把人打死的，总会有山穷水尽和柳暗花明的时候的。

嗯，你的机会来了。那个和你一起住了五十年的人，那个穿着竖条纹围裙喜欢逗女人开心的人，他只是个替身。现在他走了，正好在你以为那个真正的杰克会重新出现的时候，他就去了。我们一起去海边吧。太可笑了，突然现身只不过是为了突然消失罢了。女人啊，失去才知道拥有，不是吗？这样的结局几乎可以说是最好的。你的机会来了，你的生活又可以从头开始了。一切都还为时不晚呢。

当然了，如果你只有十八岁的话，那就好多了。

他举起了枪，一只眼睛顺着枪管瞄准，另一只则紧闭着，我想总有一天你会对着真人瞄准，而不是这些锡鸭子。或者，别人瞄准他也说不定。那个夏天肯定有不少人在闲暇时去练射击，他们并不是把这个当作游戏。我想，就他而言，征兵令来得很是时候。让我离开这里，让我摆脱这一切，去到可以重新开始的地方。毕竟,这不是痴人说梦。面对枪林弹雨就好多了。他擅长着呢。看这,老婆,过来瞧瞧。我想我知道他面对另外一些东西时更加得心应手。

"来赌一把,为这个迷人的小姐赌一把。两便士可以打三枪呢。"

那时我傻傻地想,如果他打中了,我们的感情还有得救,否则……

他说,你应该知道他们可以做点什么的,这都什么年代了,你应该知道他们会想出点办法的。他们。治好先天残疾的孩子!哼,以为自己是魔术师呀!这是仅有的一次我们在谈话中提到了她,在旅社的客房里,那里正好对着电车车站。这是仅有的一次我们谈论到了她。然后他又问我是不是知道他曾傻傻地想过要当医生。

但是他说自己可不是当医生的料,可不是什么佛罗伦斯·南丁格尔。

我知道这不是我以前所想的那种简单的开刀动手术——失败就死去,成功就痊愈。要么就一起搬去马盖特,要么就各奔东西。也许人这辈子注定无法重新开始,我一直试着告诉琼这点。

五十年来我都是这样。

我们最该做的事情,埃米,就是把她给忘了。

鸭子排成一排,在一条隐蔽的传送带上源源不断地出来,全被漆成花花绿绿的,被子弹打中过的地方就掉了漆凹陷了进去,每只鸭子都把眼睛鼓得圆圆的,吻喙则弯曲成微笑的模样,似乎在大喊"向我开枪",就等着哐的一声掉下,然后又从后面排着队出来。

我站在防波堤的木板上,灯光、喧哗、人群和海浪都隐藏在黑暗中,你分明可以感觉得到。白色的悬崖突兀而出,一直指向克利夫顿维尔那边。有艘轮船在渡海,呜呜地驶回伦敦,上面灯火通明,人头攒动。我想,他可能也在想着这个事吧,打中还是打偏,死去还是……那三只鸭子告诉我们,生活的路还长呢。他每开一枪都要瞄上老半天,乓!一只。三只鸭子在传送带上瞪着眼睛过去了。乓!又一只。又有两只鸭子摇摇摆摆地笑着过去了,第三只乓的一声跳进了那本不存在的池塘。

"好枪法!全中了!看看,伙计们,他打中了。那些鸭子根本都不会躲闪,不是吗?还打吗,还打吗?好,要哪个呢,先生?要巧克力,瓷器还是毛毛熊呢?我们让这位女士来选,好吗?她真有福气。"

我傻乎乎地选了那只毛毛熊,一只很大的黄色毛毛熊。要了干什么呢?不过是为了告诉别人今天是我行运的日子,我们行运的日子,我是个有福气的人。他没露出笑脸,连一点欢喜的神色都没有。他只是看着我在笑,捧着那个毛毛熊,好像摸不着头脑一样。现在,当我回想起这段往事的时候,我知道我没有拥抱他,本来获奖后是应该拥抱庆祝的,人人都这样。我只是笑着拥抱了那只毛毛熊。往哪边走呢?回到岸边还是走到堤坝的尽头?或许不该回到岸边吧。这些选择全都错了,他居然三发三中。但是,你不会在堤坝上走到一半时就折回去,不管有没有毛毛熊什么的,不走到底是不会回头的,人就是这样。现在也得走到堤坝的尽头去,一切都还有可能,一切都还没成定局,大海在下面哗哗地拍打着。我没有注意到,或者说即使注意到了也不会在意,他脸上挂着的笑容和那些鸭子是一模一样的。直到走到了尽头我才想到这不是真的,只不过是做梦,海边的虚幻图景罢了,可能那时他也是这样想的吧。我怎么可以又笑又跳,把生活当作节日呢?住到马盖特,哼,我那愚蠢至极的想法。微风吹起了我的裙子,男人们都盯着我看。幸运的毛毛熊。我想,又要自由了,有微风,有夜晚,有大海,还有那些盯着我看的男人们。挑一个吧,好像这又是一个起点似的。兰贝斯沃克斯霍尔[①]。

我的鞋子上有根带子松了,一双新鞋,于是我把毛毛熊递给他,弯腰去系鞋带。或许我只是想把脸藏起来吧。我把它递过去时就知道他会怎么做了。在那一刻,在堤坝的尽头,他这个大男人抱着一只毛毛熊,在堤坝的尽头。他看了它一会儿,好像不知道自己为什么要捧着它,它和自己有什么关系呢。然后,他就走到栏杆边,接着,毛毛熊就不见了,只剩下他一个人站在那里。再见,杰克!

雷

但是我并没有穿上外套去比利山赛马场。"乔治,有笔大买卖给你。"就算他们会受注,一把砸下一千块,他们也会把你当傻子的。那我赌马的一世英名就全毁了。"阿雷,咋样啊?你好像赢够了,不会再赌马了吧?"听到这个我几乎忍不住要对那些贪心的常败将军们说:"这是为了杰克,为他赌上一把,你们认识的,杰克·多兹,拉他一把。"去买"奇迹缔造者"那匹马可是昏了头,自己养马和训马,那也是昏了头。那你就是投注经纪人的财神爷。然而,这个福大命大的约翰逊还是对此抱有一丝幻想。

---

① 兰贝斯(Lambeth),伦敦市中心最大的一个区;沃克斯霍尔(Vauxhall),兰贝斯区内一地名,交通枢纽之一。

烟都抽到第三根了,我拿起了电话,拨了一个号码,那里会接受一千块以上的投注,一个电话就搞定,不会问东问西的,对我这种人也会大胆受注。他们会说:"下什么注啊?"然后我就说:"一千块,赌它赢,不包税。"然后他们就会记下我的信用卡号码,用清楚镇定的声音给我复述一遍投注的细项。"奇迹缔造者"。每时每刻都会有奇迹诞生,要挣钱其他办法可能更辛苦吧。

一赔三十三。

要是我当时知道,情况就不一样了。即使输了——不过当然不会输的——那我就把钱还给杰克,自己掏腰包,以后赌马再赢回来。把钱还给杰克,我也能对得起自己的良心。露营车的价钱。

"好的,就这样,约翰逊先生,谢谢您的投注,再见。"

得用我的名字,不能用杰克的,要以防万一。不怕一万,就怕万一。

于是我把杰克的一千块钱藏在一个隐秘之处,柜子的后面。不是万不得已,我是不会带这么多钱在身上的。我披上大衣,把烟盒放进兜里,在房间里四处打量一下,好像以前从没看过一样。这个房间看起来像是地球上最孤独的地方。

把自己家说成这样不太好吧!

我向车马店酒吧方向走去,盘算着自己要不要去跑马场那里也买上几注,投个复式彩,来补了这个窟窿。要是我当时知道的话,这就不符合逻辑了,这个想法太有诱惑力了。这不是属于我的一天,而是属于杰克的一天。我得让它就这样简简单单的,虽然实际上并不简单。

或者,现在我去见他,把这事告诉他。可能这就是我在这条街上踽踽而行的原因吧。五十三路公交车去圣托马斯教堂,威斯敏斯特桥那边。让他知道他的钱高枕无忧,风险由我来承担。我只能为你做这么多了,杰克。我不想和他对视,也不想他和我对视。如果他还有知觉的话,他会用耳塞听收音机,他还能做的也就是这件事了。赛马场的赛况。他会知道的,他会的。

于是我走进了车马店酒吧。很安静。星期五,按道理应该更热闹些的。伯尼端了一杯酒过来,用一种说交心话的语气问道:"杰克怎么样了?"我说:"我昨晚去了,今天傍晚还会再去的。只是早晚的事了,伯尼。"看着酒吧的钟,两点一刻。伯尼摇了摇头,似乎杰克的事很让人难以置信,似乎奇迹发生的时候弄反方向了。我说:"你也来一杯吧,伯尼。我请客。给我再来个三明治,还有火腿,不要放芥子酱。"在吧台另一端的架子上方高高地挂着一部电视,正在播放,伯尼把屏幕角度和声音都调得很好,在哪儿都可以边看电视边喝酒,视线无须离开酒杯半步。唐克斯特赛马。林肯郡障碍赛马会。

伯尼端来了三明治,看见我盯着屏幕眼都不眨,就问道:"我猜你买了一两注吧?"我回答说:"没有,真的没有,情况不是很好,拿什么来投注啊!"伯尼赞许地点点头。"但是你肯定看好一两匹马,对吧?"我咬了一口三明治,说道:"还是瞒不过你啊。"伯尼笑了,他知道我会这样说的。他倒了一杯酒,得意地对着电视摇头晃脑起来。"我想要不是这事的话,你会在那儿的,对吧?"我说:"对头。"好像杰克也应该想到这点吧。

还有切尔腾纳姆,金杯赛,然后就是唐克斯特赛马,平地赛马的第一场。

他端起酒杯说:"干杯,雷!"我说:"为健康干杯。""身体健康,对你来说好像很重要啊。"我点了点头,他蹒跚着走开了,肩上搭着一条毛巾。他知道现在不是聊天的时候。但是他可以看见我坐在那里,视线让电视给黏住了,要没投注买马是不可能会这么全神贯注的。他可以看见我一支接一支地点烟，弹烟灰，比平时吸得猛多了。慢慢品酒的人，雷是个慢条斯理、不紧不慢的人。"下杯酒来点烈性的，伯尼。这杯酒淡得出鸟来。"

"那可是会醉人的，阿雷？"

当马匹被牵出来的时候，我的思绪不再像个赌客，不再像一个心里没底的冒险分子了。我觉得自己变成了骑师，我没得选了。一个叫什么铁托的人，听都没听过。加里·铁托。对骑师来讲这名字也太沉重了点吧。我在想，骑师坐在一匹名叫"奇迹缔造者"的马上该做些什么呢？偏偏名字又叫作铁托。我坐在酒吧的长凳上，却像一个骑师一样，脚蹬在凳框上，绷紧了膝盖夹住凳子，屁股微微抬起。就差一根鞭子了。我看着他佩好了鞍具走了出来，圆腰阔背，羊皮的缰绳，带头走到起跑线那边。我知道他第一个跑过去，也会第一个跑回来。我看见他蹬起草皮，转眼间就飞奔起来，步伐矫健而有力。耐力出众的良驹，勇冠赛场的好马。我想，今天是属于这匹马的，今天是属于这个骑师的。真是个好铁托。今天是属于杰克的。这只是看着你已经看过的，看着你头脑里早已预见的，只是让那匹马为你完成比赛而已。我看着他跑，好像他以前从没跑过，以后也不会再跑了，至少不会再背着这种赔率跑了。他占据了中间位置，发现空当，猛冲上前，好像一开始就加足了马力，很快就超越了前面三匹领先的马，马蹄翻飞，将他们全部甩在了身后，好像有无穷的动力一样，好像要再跑个几百米才能施展开全部身手一样。

有时候这就是一匹马的辉煌时刻。

他跑到了终点，我一动也没动。他们把它牵到围场内，骑师下了马，取下马鞍，拍拍它的头。它微微低下脖子，喷着响鼻，那种神情好像这只是小试身手而已。我一动也没动。他们宣布名次,竞赛董事小组确认结果。我一动也没动。我不需要什么竞赛董事小组来啰啰唆唆的。

一赔三十三。

伯尼说:"今天可有人中大奖了。"我答道:"对啊,"端起酒杯一饮而尽,可以透过杯底朦胧地看见周围的一切。然后我看了看表,再看了看酒吧里的钟,把杯子放到吧台,从凳子上站起来。"唉,得走了,伯尼,回头见。"伯尼说道:"回头见。"拿走了杯子。很难想象伯尼不在这里会是什么样子,和那个时钟一样,在吧台后面。

我出来了,心想我得立马去见他,运气好的话坐公交车二十分钟就到了。我得立马去见他。但是,如果他还清醒的话,他就已经知道了,他会听收音机的。福仔来了,来得真好。

这里是他的一千块钱,为了安全起见放在了这里。得还给他,那是他的。但是还有个小问题,那就是该如何把赢的钱给他,因为奖金不是以现金的方式支付的。可他恐怕以为是这样的,杰克·多兹肯定会以为是这样的。一沓厚厚的钞票,开店的人就喜欢这个。三万四千块,硬邦邦的票子,放在床头柜里,像个收银台一样。老婆,你绝对猜不到我这里面有什么。

但那会是一张支票,杰克。为了方便起见我用了自己的名字。我把它给你吗?还是给埃米?

于是我回到住处,拿出了杰克的钱,虽然我动都没动过它,但为了保险起见还是数了数。五十一张的有八百块,二十一张的有两百块。我又拨打了那个号码,确认了一下领奖的事。很酷吧,我想,刚赢了三万多呢!我想,我来付税钱好了,杰克,我会给你个整数,后面带三个零。这时,我觉得自己有点摇摇晃晃。我想,刚才在酒吧喝多了点,不该过量的。完全没必要,对吧,咳,要是当时知道就好了。现在不能去那里了,满身酒气,两腿打战。对着护士凯利直喷酒气。

  于是我冲了杯浓咖啡,坐着清醒清醒。半小时过去了,没什么改观,要是他还有能挺住的话……但是我没有清醒起来,反而打起了瞌睡,眼皮直往下耷拉,迷迷糊糊地睡了过去,然后我就知道电话响了,不知不觉一个小时已经过去了,咖啡没喝几口,还放在原地,早凉了。窗外彤云密布,一片灰暗,一场大雨正在酝酿当中。我拿起了电话,听出了是谁的声音。是埃米。她的声音听起来有点怪怪的,听不太明白她在说些什么。她说:"他去了,雷,他去了。"

马盖特

  我们来到了坎特伯雷大道上,眼前的楼台和房屋一排排地往身后退去,那种寥落的景象通常只有在海边才有。旁边的旅馆都挂出"客未满"的招牌。在灰色天空的映衬下,这些楼房显得格外苍白。面对着朵朵白云,你可以看见扭转着的白色斑点,就像房屋被划成一条一条,又像被风猛地吹散开来一样。海鸥。即使坐在奔驰车上你也能感觉到风吹到街边又反弹到我们身上。我们都在思索着,任何时候我们都可能看见它,我们得看到它,它就在那儿。突然,我们就看到了它。当我们翻过一个陡坡,楼群中间出现一个缺口:是大海,是大海,整个马盖特就展现在我们面前。海滨人行道,海湾,沙滩,远处是克利夫顿维尔。因为现在正值涨潮,可能你看不到沙滩或只看到一点点,就像维克之前说的一样，大海就像天空一样灰，而且厚重，波澜涌动，溅起白色的浪花。海湾远处那边的港口有一片绵延的围墙，一看就知道是个码头，旁边是汹涌的海浪。那里似乎就是我们要去的地方，那里似乎就是我们要完成这件事情的地方。

暴风雨正在酝酿中。

伦尼说："旅行结束了。谢天谢地，我想撒尿了。"

在坎特伯雷多喝了两杯。

他说："它正在等着我们呢。"

维克似乎活跃起来了，好像现在该看他的了。我在想，你可能会被风吹到墙那边去呢。我抱着杰克，他在袋子里，坛子中。我更加紧紧地抱住了他，好像怕自己被风吹走似的。文斯看起来十分地小心谨慎，一脸肃穆。他一句话也没说。他刚在罗切斯特的酒吧里只喝了一杯。我想我们都暗自庆幸自己刚才在桌子上多喝了点，可以生出足够沉着的勇气，去面对我们即将到达的旅程的终点。他开车慢慢地沿着山坡下去，海岸在我们面前慢慢移动，他这看看那看看。这儿并不特别拥堵，也没有太多的游客。现在还不是旺季。

我们驶上了海滨大道，他把车停在了路边，没有关掉引擎。看起来他注意到了伦尼的小问题。突然看见这片水。海边最容易找的就是公共厕所。他把车就停在其中一个的附近。那个厕所有点像小木屋。但是，他并没有在那儿停下来，他打开驾驶室的门走了出去。一阵海风扑面吹来。他绕到人行道上，抬起头向海岸望去，他那乱糟糟的白衬衫像一面旗子一样在风中飘舞。他为伦尼打开了后坐的门，毕恭毕敬的，像个司机一样。他把视线转向马路另一边白色墙面的楼房，说道："请自便，伦尼。"他的声音听起来好像他正在微笑。好像他希望从此一切都可以变得顺利，希望未来不会像一个随时都担心会破灭的泡泡。"还有谁要去吗?"他问道。我并没有响应他,而是跟维克一起喝起了威士忌。

伦尼扭扭捏捏地挤出车子,脸上满是顺从和羞赧的神色。他打开了门,一股更猛的海风横扫过来,但站在外头的文斯好像并不在意,好像他想借机成为我们中第一个站在马盖特呼吸到咸咸的海风的人。我扭过头,这样我就可以看到他耸起肩膀,抬着下巴的姿势。你可以听到海浪喧嚣的声音。我抓紧了杰克。细小的雨点打在挡风玻璃上,马上就干了,虽然有点有云,天空却干巴巴的不像有大雨的样子。周围都是风,伦尼没有去小便。他站在路边,大口地呼吸着空气,好像空气既给了他力量,又伤着了他。他朝四周看了看,拱了拱背又挺了起来,看了看文斯——高大伟岸的他正在他身边东张西望,于是,他说道:"还记得吗,小子?还记得吗?"

文　斯

于是,我揣着钱走进了医院。五十块一张面值的有八百块,其他的都是二十块的,用皮筋扎着,装在牛皮纸信封里。我想,这儿不会像赌场那样有那么多人来吧。我希望他明白这事是多么的不容易。他应该知道关于现金流通的起码知识,他绝对应该知道的。他可能认为那些钱对我来说只是一些零花钱而已。因为我穿着四百块钱一件的衬衣,因为我倒卖老爷车,转手就赚。但是,他应该稍微懂得一点什么叫利润,特别是现在。有时候现金流通,有时候不流通。现在,现金却几乎流都不流动。

所以，侯赛因好一点。

然而，我什么时候才能把它们拿回来呢？你无法拒绝一个临终之人的要求，即便再疯狂，即便再没有意义。你走的时候不能把它带走，但是他走的时候却可以。

我想，我这样做无异于把这些钱撒到悬崖下面。

我出了电梯，进入那个像往常一样有手推车和轮椅来来回回的走廊，那儿充斥着一股挥之不去的熟悉味道。站在展览室里能闻到，坐在车上也能闻到。就像他们给你打完针用棉签擦的药水一样，只不过味道更重些罢了，仍然残留着那种隐隐的陈腐的味道，那种衰老的像纸一般的皮肤的味道。我猜那种味道是……我想是这家医院所有的病人，病床上的人，我不知道总共有多少，不知道今天有多少。我想，我已经按照他的要求做了。我也只是按照他的要求做了，如果我以后再也不碰这笔钱，我也问心无愧，对得起自己的良心了。

于是，我昂着头走过那条走廊，就像回到了训练场，中士点了我的名一样，执行——命令！我看着那些垂头丧气、毫无精神的老头老太坐在轮椅上，心想，我敢打赌你们没有一千块可以送人，不服气吗？但这仅仅是钱而已，对吧？只是纸。

我走了进去，他躺在那儿，身上插着各式各样的管子和仪器，腹部隆起，好像怀孕了一样。我看得出他今天气色不怎么好，我是说他已经没得治了，一天比一天糟糕，每况愈下，大势已去。但是我知道他脑中最关心的事情，所以我没有兜圈子，也没有开玩笑，直接掏出信封，同时快速瞟了一下四周，好像这里到处是间谍和小偷一样，递给了他。我看着他，思绪万千，我再也没机会再见到这些钱了。

我说："拿着，杰克，就像我们说定的那样。不用数了。"

但是我敢打赌他一定数了，我一离开他就数了。他只是快速地瞥了一眼信封里面，摸了摸有多厚，用大拇指捻了捻，然后就从上到下地仔细打量我，好像他要把我全身看个透，好像他就是那个中士，正在检查我的穿着和仪表，说道："文斯，你这小伙子不错。"

埃　米

现在他们应该在那儿了吧，在那个我们可能去的地方。结束了或者重新开始，新人，旧人，都是同样的那些人。

我坐在床边，握着他的手；他看着我，他的干涩的拇指轻轻地围着我的手指绕圈。我想我们以后没有那么多时间互相注视了，也没有那么多时间谈话了。刚开始你一年一年地算，然后就是十年十年地算，现在突然变成以一小时一小时和一分钟一分钟来算。即使现在，他剩下的最后机会，也不会提到她，不会提到任何有关她的话语。好像我们又回到了以前，五十年前，在那个宾馆，我看着他，深知他根本就对此事漠不关心。你应该相信他们可以想点办法的。

他看着我，好像很内疚自己一直没什么改变，内疚在他即将回心转意的时候却又要离开。他本可以是个改头换面的人，当然会有变化的，心的变化，世界本可以为我们天翻地覆的。好像他很内疚他自己过去是那样一个人，现在也没变。但是他不想提及她，他没说自己由于她而感到内疚。他在向你表达内疚的时候甚至连一点点歉意的样子也没有。他那么张扬地、目不转睛地看着我。我都想躲开他的目光,哪怕仅仅是躲开片刻。然而,在他的注视下你或许会认为自己根本没有时间那样做。但是,我想,我会永远看着他的脸,永远看着杰克的脸,就像留在我脑海中的一张小相片一样,就像在记忆中人永远都不会死去一样。

但是他没有提到琼。他提到了文斯,那个现在不是、以前也不是我们家人的人。他说:"文斯会照顾你的。他是个好孩子。他没有那么坏的。"他说我会好好的,有人会照顾我,但是他没说自己从来都没有照顾过琼,也没说"告诉琼我爱她"这类的话。

所以我想,那么我也不会提到雷,我也不会说任何关于雷的事,虽然这也是我最后的机会,而且这应该是最恰当的时间,在床边,现在是告诉他的唯一机会,时不再来。

他不提琼的事所以我也不提雷的事。扯平了。不知道真相就不会带来伤害。但是,他用那种凛然而执著的眼神看着我,看得我不得不又避开自己的目光。我只好暂时盯着隔壁的那张空床看,床单和被子都被卷起来了。当我将视线转回来的时候,他的眼睛在原地没有丝毫的移动,似乎要穿过我然后再转回来拥抱我。然后,他好像用最后交代的语气告诉我他为什么躺在这里,我为什么坐在这里握着他的手,为什么是他,为什么是我陪着他而不是任何其他人,那个难忘的夏夜……他说道:"一切都是赌博,对吧?问问阿雷。你会活得好好的。"

马盖特

它看起来不像是旅程的终点,它看起来不像是一个最后的安息之地,不像那个你想来结束人生、寻求永久安逸的地方。它不是蓝色港湾。如果你往那边看,往伦尼进去的公厕那边看,那儿只有灰沉沉的天,灰沉沉的海和海天交接处那道模糊而灰暗的地平线;另一边,路那头,好像有人仓促地竖起一道屏风来逼视这片灰色,那一排排的房子就像集结的前线部队来演出一幕壮观的戏剧,却又穿着滑稽的制服。

弗拉明戈舞。蒂沃利剧院。皇家剧院。杂乱的都市。

文斯说:"海滨阶梯。"我们在等伦尼时,文斯回到了汽车里。似乎他已经决意再次成为我们的导游,就像在坎特伯雷大教堂时一样,只不过这次他是全凭印象罢了。"海滨阶梯,马盖特,黄金海岸。"只不过这个黄金海岸也太短了点吧,一里路不到,并且看起来也不怎么黄金,至少在这样的天气里看起来一点都不像黄金做的。汉堡热狗冰激凌奶昔茶爆米花糖果棉花糖。密集的路标,广告牌,五色的灯光,闪烁着,忽隐忽现,万物都在风中摇曳和颤抖,人行道上横七竖八地躺着被风吹掉的各式海报。拱廊下的商店大都打烊了,只有一两家还亮着灯,在风中明灭。在一个入口的小岗亭里端坐着一个头戴低顶圆帽、身穿风雨衣的家伙,挂着一副公事公办的神气。但是并没有蜂拥而入的人群。

文斯说:"现在不是旺季,呵!"

你可以想象文斯开店的样子。真的不会有太大的差别。多兹展示店。

幻影店,淘宝店,贝氏小铺。

雨点越来越密集,敲打着车窗玻璃,文斯打开雨刮器,却只是把窗户给弄糊了,他便又关上了雨刮器。天空越发阴沉,大雨却还没有来临的意思。

维克说:"来得正是时候,对吧?今天早上都还没想到呢。"

文斯说:"嗯,我们来了。"

大海并不知道这些。

维克说:"这可不是撒骨灰的好天气。"好像他刚想起这个问题似的。

文斯说:"这取决于你从哪个角度看它了。"

我捧着骨灰盒。

维克说:"狂风依旧啊。"

我说:"码头在哪儿呢?"好像很为这事担心似的。

文斯慢条斯理地说:"你正看着它呢,阿雷。你看着的那个地方就是码头了。"

我说:"那里看起来可不像个码头。"

文斯说:"但它就叫码头。那里是港口的围墙,但人们就把那里叫作码头。"然后他就扯起了导游的神气。"这里以前叫防波堤,看起来像个码头,走上去也像个码头,可以停泊汽船的。但他们以前就是叫它防波堤,那边那个是一堵实实在在的港口的围墙,人们却管它叫码头。"

我问道:"听起来有道理,那么那个防波堤什么的后来怎样了?"

文斯看了看我,好像我连那个也应该知道似的。"被吹垮了,真的,一场大风暴,一九七〇年还是什么时候来着。我记得埃米说:'你听说了马盖特防波堤的事吧?'我猜这就是杰克点名要来这个码头的原因。他不是指这个码头,他指的是防波堤。但是他肯定记得防波堤早就没了,所以他只好要了这个码头凑合凑合。"

我都听迷糊了,一句话都没说。

文斯说:"在这里是看不见防波堤的了,就在码头后边,应该还留下点什么废墟吧,孤零零地延伸到海的那边。"

我说:"那没准今天就给这些风吹走了。"

"今天可算不上什么风暴。"文斯用不容置疑的语气说道。

我看着溅起的浪花,心想,当然算不上啦。

海鸥成群地在空中盘旋,它们看起来要么在享受生命中最美好的时光,要么在希望自己压根就不该起飞。

文斯瞟了一眼人行道,说:"他干什么去了?不是去划船了吧,他?"

他来了,从男厕所入口围墙的背风处走出来。他看得出来我们在看着他,于是顺着风打了个趔趄,故意的,装出一副不畏狂风艰难前进的样子。同时他面无表情地看了看天空,然后微微一笑,有一种如释重负的感觉。他似乎总是最后一个到达的人,总是一个让别人都等他的人,并且他自己也知道这一点。他在那里站了一会儿,身后是栏杆和灰色的大海,似乎因为这里是海边,而他又是众人注视的焦点所在,他自然得来点逗乐的举动了;可是他不知道该怎么做,所以只好站在那里咧着嘴傻笑,就像在等着别人给他拍照一样。我在马盖特照的。天气糟透了。突然,他踮着脚尖跳了起来,握起拳头,抡起了右臂。我想伦尼的脸才是逗乐之所在吧。他走到汽车这边来了,好像经历了千辛万苦似的,好像游泳一样。他开了车门,一股厉风吹了进来。

"这样的天气可不是来沙滩的日子呀。"他说。

文斯说:"现在是四月份了。"

"该死的四月愚人节。"

"疯狂的'大炮泰特'。"伦尼说道,好像他说这句话时并没有什么所指,只不过脱口而出罢了。

"疯狂的杰克·多兹,"伦尼关上门,说道,"昨天是愚人节,你说他有没有来点什么特别的节目啊?"

捧着坛子你也无法知道答案,它一动也不动。只有引擎在独自轰鸣。

文斯从后视镜里看着伦尼,然后又直视着前方。我们停在人行道旁边。

维克说:"嗯。"好像时辰到了一样。

伦尼也说道:"嗯。"

我什么也没有说。好像我们都在等别人说开始一样,或许我就是最合适的一个,因为杰克被我捧在手里,我应该感觉得到他在说:"快点,伙计们,动手吧。"但是我什么也没有说。我没有下令。

文斯凝视着远方,双手放在方向盘上,像在开车一样。我们没有动。这是一辆假装在开的车。挡风玻璃一片银白,天空一片铅灰。我正想开口说:"好了,伙计们,我们走吧,"这时车子就开动了。好像文斯什么也没做,是车子自己决定要开动的,好像我们都是货物,车子自己开动,那条传送带好像是自己突然开始动起来的,都可以听见轻微的叮当声,它好像驮着杰克的棺材离开我们的视线,消失在蓝色天鹅绒幕的后面。

那里看起来不像是路的尽头,那里看起来不像是你一直想要到达的终点。那里看起来好像一年到头都要重演这幕某个周末发生的故事。这就是你想到的,这就是你到达的终点。我想这一切,只不过是幻想回到童年而已,水桶、铁锹,还有满嘴的冰激凌。或者,这一切只不过是体验一下穷途末路的感觉而已,知道自己身处穷途末路那种感觉。道路已经到了终点,到这里戛然而止,前方就是茫茫大海。道路的终点,码头的终点。哗啦。如果说海边是一个美好而让人流连忘返的地方,那这里就不需要那些琳琅满目的娱乐项目了。所有那些都想竭力挑逗你,就像一堆满脸倦色的妓女。好像这里不是肯特郡的海滨,而是开罗的红灯区似的。

弗拉明戈舞。蒂沃利剧院。皇家剧院。

文斯开着车慢慢前行，油门都没怎么踩，好像车子自己知道该怎么做似的。奔驰车有自己的头脑，就像我们家的"老马公爵"一样，不管走到哪儿都知道回家的路。我知道他的想法，我知道他想要怎么做。这车子似乎成了一辆灵车，一辆宝蓝色的灵车。因为这是杰克最后一次坐车了，最后一次路过海滨阶梯，马盖特，最后一次路过黄金海岸。人生中的最后一次旅程，对吧，杰克？文斯直直地凝视着前方，双手放在方向盘上，好像他不想别人打扰他。幻影店，淘宝店，大海。它们全都粉刷和装修得跟穷人的宫殿一样。在那排房子的尽头突兀地高耸着一座光秃秃的砖塔，上面醒目地写着几个大字。它看起来不像娱乐场所的入口，倒像是监狱的大门。我们已经开车驶过了这座塔，但是当我们下坡时都看见了塔后面拔地而起的巨大摩天轮和那巨大的长柄斗，在灰色天空的映衬下显得黑黝黝、瘦伶伶的。那就是使马盖特声名远扬的东西，那就是人们到这里来的目的：梦幻之乡。

埃　米

这五十年以来我最期望、我最企盼的，请相信我，我从没向大地要求过什么，就是你哪怕有那么一次看看我，叫我妈妈，那也足够了。这并不是什么非分之想吧，这么多年了。不争气的东西哟，你都已经是五十岁的人了！你早就该走出父母翅膀的庇护出去闯荡了，你不该再要我围着你转了，你该有自己独立的生活。老天啊，妈妈，我是个大人了。嗯，好啊，走吧，你是大人了呵，你自己拿主意吧。那是你自己的生活，自己过吧，去挥霍它吧。

我一直想知道你过的这种日子是什么滋味。永远待在托管院里，寸步不离，而这里也是我唯一来探访的地方。你永远都生活在这具麻木的肉体里，而我却只用一周看它两次。这一切本不该如此艰难，因为它曾是我身体的一部分。我的骨肉。然而，我想，当那根脐带被剪断时，一切都被分开了。他们说现在你得靠自己了，你和其他人一样，与我不再相连，不再相同。要是拒不承认事实，那就是自欺欺人了。当我将这些每周两次的探访全部加起来时，我发现我们在一起的日子还不到一年，相对这五十年来说是多么微不足道，相对母女情怀来说是多么微不足道啊。但是如果反过来看的话，你整整一年的时间可全是探访。

这就是现在的我，这就是那个一直没变的我：一个访客。然而，文斯在外面等，而我独自进到那个小房间去看杰克，去探访杰克的遗体，你也可以说当他活着时我也只是个访客，然而我却一直没算过我们在一起总共有多少时间，那时我总是想：多一点少一点有什么关系呢？现在他还是他，是不会变成其他东西了。可是，不要欺骗自己了，埃米·多兹，杰克已经死了，就像他曾活过一样，冷冰冰的现实。

孩子，这无论于你还是于他都是一样的。或许，这就是他从不来探望你的原因吧——他已经探望了自己，在他现在躺着的那个小房间里凝视过自己，他知道自己不会有什么变化的。或许，这就是他为你而做的牺牲吧——对你不抱任何希望，所以他对自己也就不抱任何希望了。他牺牲了做另外的自己的希望，而不得不做那个现实中的自己。或许杰克·多兹，我的丈夫，真的是个圣人，而我却对此毫无所知，我从未知道他的好。我是个懦弱而自私的人。嘿，妈妈。

埃米，现在我们最好去做

你这个浑蛋，你这个卖肉的家伙。

我站在那里，手放在他冰凉的额头上，冷冷的，像一块石头。我心想，杰克只有这一个，过去只有一个，将来也只有一个，我的唯一，我可怜的丈夫，杰克！我在想，他们会把他抬出冷冻箱，他们会把他弄没了，就像他以前宰猪杀牛一样。说话呀，杰克，不要对着我也一副死人样啊！

我心想，在文斯面前我一定要表现得坚强、体面而不失风度。至少我们曾给了这个没出息的浑球一个家。

我问："你也一起进去看看他吗，文斯？"

我一直想知道你过的这种日子是什么滋味，孩子。想知道你怀念已经失去了的东西的滋味，而你甚至不知道自己曾失去过什么！我一直想知道，如果我们事先就知道，如果我们能选择在你知道自己是谁之前就将你从这种痛苦中解脱出来，那会是好事还是坏事。如果你真的知道自己是谁就好了。那样，由于你放弃了你的生活，我和杰克就可以自由地过另外一种生活了。你做出的牺牲。

只是如果那样的话，不管怎么说对萨莉·泰特就不公平了，可怜的生不逢时的小萨莉。她似乎也刚刚完成探访。丈夫的笼中鸟。现在她有了自己众多的访客和房客。这也是谋生的一种手段，你可以看出是什么逼得一个女人走到这一步的。伦尼·泰特翻脸不认人了，与她恩断义绝。那是你自己的生活，自己过吧，把它给糟蹋了吧。虽然他自己的生活也给糟蹋得差不多了，看他这些天憔悴的样子就知道。至于乔安·泰特是不是也离开了，或者她是怎么想的，我就不得而知了。不过，我想她一直都应该知道伦尼对我有点花花肠子。

这就是让人有负罪感的地方，在以前那时候这就是一种罪恶。

给你剁碎一点吗,太太?为什么那就是罪恶呢?你想想,你想想所有的苦难,世界上有一大半人肯定在一大半时间里都会希望自己要是没出生该多好。琼,你和我真不该出生。然而现实,悲惨的现实是萨莉真的想嫁给文斯。而我也从没停止过对杰克的渴望。让我们都去梦幻之乡吧!

红花菜豆。滤筛。傻得可以。

今天公交车慢得跟爬一样。肯定是由于下雨吧,路上水积成河。糟透了的天气。但公交车总是能挤出一条道来。今天看来我要迟到了,孩子,但是这没什么区别,你什么时候知道过时间和日夜的概念呢?即便每逢周一和周四,我有时也曾担心你会等我的。你会想今天是星期一,今天是星期四,那她该来了。我希望她能来,我希望她永远也不要忘了来这里。

我不希望车子太快就把我带到那里,在今天这样的日子里。车子呼哧呼哧地慢慢开着,让我有足够的时间思考,让我有足够的时间准备一会儿该说些什么。

我已经尽力了,我也抱过希望,我也一直在耐心地等待,五十年了,你不能再向我抱怨其他的了。你可以抱怨我不该把你生下来,但是现在你不能再抱怨了。五十年了啊。对世界上很多人来说,出生或许是个大大的错误。但是,一旦你被生了下来,就不要哭哭啼啼了,你得活下去。你也是一样,孩子,你也一样。你得证明给别人看,没有你,世界不一样,让他们知道你的存在不是可有可无的。用五十年来抚养一个婴儿也未免太长了吧。对所有那些不切实际的愿望和期盼,对所有那些心灰意冷的时刻,我感到很内疚。对所有那些你的替代品,我感到很歉愧:文斯、萨莉、曼迪。但是,所有这些都无法阻止你成为真实的自己。琼琼琼。

我得自己照顾自己了，虽然你并不知道这一切。你怎么会知道呢？看看我吧，一个可怜兮兮、弱不禁风的孤寡老人，天知道为什么，坐在一辆四十四路公交车的上层，透过满是雾气的窗子看着外面的世界，一切都变得面目可憎。伯蒙德西现在似乎远在天边。孩子，你在那儿更安全，相信我。现在，车子晚点了，到了孩子们放学的时候，我们的汽车到了那一站，一大堆孩子尖叫着要挤上车来。一群穿着藏青色校服的乳臭未干的小子。他们一窝蜂地挤到车子上层，又挤又推，又叫又闹，好像不知道该怎样好好说话似的。我知道他们还是孩子，还是一群在宣泄过剩精力的孩子，但是，他们把我吓得半死。就算杰克出现在我眼前也不会让我如此害怕。那是不可能的，对吧，因为不管怎样他都不会在这里。他会在那里，在他的柜台后面，卖牛股肉给那些太太小姐们，他不会和我一起坐在这车上的。从不会来看你，从不。也从不会问，她怎样了？琼怎样了？从来都不会。但是让我感到害怕的是，虽然他不在这里，但是他也没在那里，没在他一直都在的地方卖牛股肉。他甚至也没在医院里垫着枕头，似乎要在那儿待很久很久，待上一辈子，被别人探望。埃米，过来我这里，我告诉你。就算那时也没有提过你的名字。哪里都找不到他了。如果一切都按照计划顺利进行，在下雨前就应该做好了，或许现在他已经被冲到海里去了，或许现在他已经和马盖特沙滩上的沙子混在了一起。我知道他们会怎么说：他们会想：她应该来的，她应该在这里，应该的。怪我吧，怪埃米吧。但总得有人告诉你呀。

我要说的是，那他妈的都是你的错。如果除了我之外没人亲过你，甚至没人思念过你，那都是你他妈自己的事。我想，五十年了，你都没正眼看过我，你都没对我说过交心话，我早就看透了，再也不会希望或者盼望你现在会等我，会对我说：我理解，我一直都理解。得了吧,忘了我吧。

我要说的是再见了,琼。再见了,杰克。他们看起来没什么两样。我们现在都得在没有对方的情况下继续活下去,我们都得过自己各自的日子。我得为自己的将来打算一下了。就像雷说的一样,我有多可怜。

你还记得雷吗,你雷叔?那年夏天,他和我一起来看过你,我很怀念那些周四的日子。

我得做我自己了。但是我不能在没有当面跟你说清楚的情况下就突然不再来看你了:再见了,琼。我不可能告诉了你一件事而隐瞒了另一件事。其实,对你而言,说不说都没什么意义,但总得有人告诉你这个,没有其他人会告诉你的。你的亲生父亲,你那个从来没看过你的父亲,那个你从来都不认识的父亲(因为他从来都不想认识你),你的亲生父亲。

雷

当他打着赤膊去挖工事、装车、搬运军火或者去所谓的澡堂(只有军方才如此称呼)时,当他躺在马特鲁的某个残垣断壁的阴影下睡大觉,而我却在站岗时(部队里士兵大部分时间里最奢望的莫过于睡觉了),我便会悄悄从他胸前口袋里摸出他的钱包。我确实像是一个小偷,只不过我什么也没拿走罢了。我会掏出那张照片,希望照片中的那个人就是我。当你在沙漠中迷失方向的时候,有很多疯狂的事情让你保持清醒。如果我是他,并且拥有她,我就不会有他做我的盾牌和保护者,让他挡在我和子弹之间。那样，我就不是那个躲在后面的小个子了，而是站在前面的大个子。大目标。

我只有两三次感觉过自己脆弱地暴露在危险之中，因为不久前刚得到老爸去世的噩耗。战争时期消息总是传得很慢。他几个星期前就去世了，他死时我却毫不知情。他死时我正和杰克坐在骆驼上，色迷迷地盯着那些风骚娘们。那时我才刚刚踏上非洲的土地。我，非洲。嗯，雷仔，你去稍微见见世面也好，你可以看看伯蒙德西以外的东西。但是记住缩起你的脑袋，我对你就这点要求。我都不明白老爸给我的这两个建议之间有什么联系。

不是炮火，是他的胸脯。他已不在了，你也许以为这不会对你此时此地的安危有什么影响了：他隔得那么远，死与活还不是一样啊。只是他的去世带走了一种庇护，一种安全感，让你觉得自己站到了最前面，下一个就是你了。

现在想想当时的情景与自己期望的正好相反，真是难以置信。那时，在我听到噩耗的前不久，我刚给他寄了一张明信片，告诉他我还活着，并且还活得很好，在享受阳光，真有点想让他也来这享受享受。我想，他的生意可能会很红火吧，四周堆满了废铁，干燥而洁净的空气对他的肺也有好处，要是没有灰尘、烟雾、汽油味和成群的该死的苍蝇那就好了。他的身体肯定好多了，他会四处打听我的消息，约翰逊，雷，到远方了。杰克说："那他现在再也用不着操心了。"他自己躺在墙脚根，像个死人一样。我想，将来的某一天如果我遇到照片中的这个女孩，我会说："你是多兹夫人吗？埃米·多兹？你不认识我，可是我认识杰克。在非洲。"手里捧着一小包军队所说的个人遗物。"我叫雷·约翰逊，我就住在街那头。"

记住啊，雷仔，你可不止收废品的出息。

那张照片是在海边拍的。一看就知道。夏天的衣裙，灿烂的微笑，海边拍照的人。现在我知道是什么地方了。

我们顺着弧形的海滨大道前进，依然慢得跟蜗牛一样，庄严，肃穆，一本正经。如果想赶在下雨前把事办好我们得迅速点了。但是，从港口围墙边上（我是指码头）溅起的水花看，我们反正都是要湿透一身的。风一定是对着海湾直吹过来的，从西往东刮。临海的房子少了很多，将它们与大海隔开的路也变得越来越窄了。它们看起来脆弱而荒凉，因为它们首当其冲，或者因为它们从未在人生的戏剧中占有如此醒目的地位。马里奥咖啡馆。有些店看起来已经永久地关张了。洛兰奇石店。红宝石酒吧。我猜伦尼肯定看上了这家，那个老酒鬼。我猜我们都看上了这家。卡萨诺瓦外卖店。致命诱惑——女士内衣，保健，美容。

没什么好说的。没必要把它说得这么清楚，有多少就写多少吧。海就是海，干涸的沙漠，其余都是微不足道的小摆设。码头，明信片，投币口的硬币。在我看来杰克和埃米都解脱了，尤其是埃米。那是一个酸楚的梦。所有的梦都是酸楚的。

三万四千块。

我看透了这世界，不可能全是大海和沙漠。我看得见这世界的另一端，悉尼港，邦迪海滩，和那儿比起来马盖特不知差到哪里去了。我可以看见苏，她在收到信拆开前都会对安迪（我想他应该不会再穿着那件阿富汗外套了吧）说："老爸写来的。"

到远方去了。

我想说：我很愧疚，愧疚自己不再写信给你了。我承认是我先停止通信的，但是我也是有苦衷的。我个子虽小，却也有自尊，我不喜欢低头认错。全是因为卡萝尔。全是因为卡萝尔走了，她甩了我，去找了另一个浑球，我感到无地自容，没脸告诉你这事，虽然你们的关系一直都剑拔弩张,但是我想你要是知道了会认为那是我的错,或者认为我在博取你的同情,或者认为这事和你的出走有什么关系。我想,不写总比编造谎言来写要好,我是这么想的。除非你现在已经知道了,知道我瞒了你都快二十五年了,这样我更加跳到海里也洗不清了。这二十五年来,你肯定一直都认为我和卡萝尔(主要是我)生活在大洋的这边,只不过我们不想给你写信罢了。眼不见,心不烦。这恐怕正合你的意吧。但是,现在,在这里我要把真相都告诉你,当着你的面告诉你。你走后不到半年卡萝尔也离开了我,事实就是这样的。事实是我老早就把她给忘了,可我对你的思念却从未间断。

现如今,我的孙子孙女们哪去了呢?还有游泳池。你们会带我去看考拉吗?

我看着这世界,这比盯着赛马场要好一点,温坎顿伍尔弗汉普顿约克①这比赌马要好一点。你听到了吗?老"福仔约翰逊"已戒赌了,再也不赌马了。这个世界上总是有太多孤独的可怜虫,徘徊在赛马场和投注站,核对足彩的结果,将奖票撕得粉碎,那些傻瓜蛋在周日的下午就像接通了运气探测仪一样兴奋异常。

我想对苏说:我还有一件事得告诉你。我这次可不是一个人来的,孩子,不是一个人。等一会儿,还有个人,我……这是埃米,埃米,记得吗?你那时叫她埃米阿姨。不过,她现在再也不是埃米阿姨了,再也不是了。你知道这是趟什么样的旅行,对吧?和以前不一样,不只是一般的探亲访友。

那时我会和盘托出的,真的,全说出来。我和你埃米阿姨,

---

① 温坎顿(Wincanton)、伍尔弗汉普顿(Wolverhampton)、约克(York),英国城镇名,均有赛马场。

就像你妈和——更重要的是，我得先和埃米把这事说定了，向她开口，赌一把。不开口就什么也得不到，不冒风险，哪有收获呢。这是赌博的首要法则。但是，有时你也会一无所获。旧情复燃，你得到的却只有灰烬而已。那时她说："我们到此为止吧，我以后得继续去看琼。"那种神色就像从修道院逃出来的修女一样。她说："我非去看琼不可。"

你想要去澳大利亚吗？在下面吗？

假如她说："算了吧，雷，那都是二十多年前的事了。我们现在都一把年纪了。"假如她只是一句"算了吧。"那或许我一个人会过更好，一直都过得挺好。孤身一人去闯荡闯荡，去地球的那边看看，怀揣着三万多块，挺踏实的。没人需要知道这个。甚至文斯都不知道他那一千块去了哪里，我敢打包票。

那样的事再也不会有了。奇迹不会重演的。不管怎么说，就把那当成杰克的遗赠吧。

要么，或许我该把这笔钱给她，一分不留。给，埃米，这是三万块，这下你就有着落了。别谢我，谢杰克吧，还要谢一匹马。但我不知道该怎么告诉她。那可能是一种征兆，一种默许，是对我们两个人的祝福，要我们再续前缘。接下来的事就是不成功便成仁了，你全部的生命都取决于是一个点头还是摇头。你怎么想呢，埃米？如果我真的有这个福气的话，全世界的人都会知道这事的。不是我去见世面，而是世面见我。阿雷是匹黑马，很有实力，真的。

然而，关键是，他一直都知道这件事。隐瞒得密不透风，就像那时的他一样，躺在床上，盖得密不透风。似乎他在说，这些是我的鞋子，阿雷，给你穿吧，穿啊。要不是在这个世界天意弄人，要是我们打开始就知道结局，可以选择的话，你早就取代了我的位置。你和埃米。要是我们可以选择的话。那样你就会成为赛马冠军,而伦尼则会成为中量级拳击冠军。我呢,就成了医生。那维克会怎样呢?我想维克也会得偿所愿的,我想他会有自己的打算的。

去吧,穿上吧。虽然你穿大了点,不过我想你穿着还是能走的。

要是我们早就知道结局……我们就要走上码头了。恋恋不舍酒家。萨内特馆——台球,交友。要是我们早就知道结局,可以选择。那早就发达了。但不管怎样,总有些事是要发生的,该发生的总得发生。就像我们不知道结局,也没有做出选择,要是我们知道结局可以选择的话,我们一定会那样做的。但是生活就是这样,好像我们是被别人先看到先选择的,他们看到我们过来了,虽然在方圆这一带我们并不是最高的,不是最矮的,不是最时髦的,也不是最聪明的赌客,但是我们并没有被漏掉或者被忽视。天空逼仄而压抑,大雨就要倾盆而下。文斯在找地方停车,而我心里想的却是我根本就不配抱着这坛子。大海显得一片荒凉,那种灰烬被打湿后的颜色。大雨将临。哦,雷,你真是一个好人。能活着听到一个女人对你说这句话!即便是违心的又有什么关系!你是一个好人。顶棚上的雨声,人群嘈杂像海浪一般。她眼中噙着泪水,哽咽着说道:雷,你是一个好人,一个行大运的人,你是一缕阳光,你是一缕希望。

杰　克

他说:"杰克仔呀,这都是损耗啊。你得明白,进商店的和出商店的不是同一样东西。卖肉这一行的诀窍就是避免损耗。如果卖肉的能充分利用他扔进垃圾桶的东西和剔下来的肥油,那么他就会过得很幸福,对吧?他一定会放声大笑。如果从你进的货里剔去那些零零碎碎,再将剩下的净肉卖出去,那你就没多少赚头了。一定要记住这一点。骨头得算钱,肥肉得算钱,重量缩水也得算钱,磨刀还得花钱。保管不善,刀子又没下好,最后呢,剩下一堆肥腻腻的肉,卖都卖不出去,那你就有的亏了。你得时时注意损耗的事,时时得注意。你得知道做我们这种买卖是怎么回事。容易腐烂啊。"

马盖特

文斯准备去停车,而我虽然紧紧握着手中的坛子,心里却在想,我不配来拿杰克的骨灰,不配啊。在道路和大海之间,有一大片高低不平的空地,中间有一幢低矮的老房子,还有一座钟塔,是海关办公楼还是什么的,码头一直延伸到很远的那头。一边是港口的内弯,像码头的胳肢窝似的,旁边是一道混凝土的斜坡;另一边则是海面,围着高高的栏杆,向另一侧弯曲,远处是悬崖,在灰暗的灯光下变成了灰白色。海鸥在空中飞来飞去,有的则收拢了翅膀成排地蹲在栏杆上,看起来这地方已不仅仅是海滩了,而是广阔的大海,北海,那边就是挪威,在这里建造一个码头主要是为了形成海湾、沙滩和港口,像一只遮风挡雨的巨大臂膀。可问题是,今天的风雨是从臂膀的背后反向刮来的。

文斯说:"到了。"引擎几乎都还没停他就打开了车门。"我们开始吧,开始吧。"好像刚才沿着海湾慢慢地行驶压紧了他的弹簧,现在他要释放出来。阴霾的天空告诉我们得抓点紧了。天空阴沉,必有大雨倾盆。文斯抬头看了看天,举起手似乎在感觉雨点又似乎在摇着手示意我们赶快下车。他们推推搡搡、拉拉扯扯的,像牲口争食吃一样,好像他们已经准备好打湿一身了。

伦尼说:"我们还是等会儿吧,杰克也不急这一时半会儿的。"

维克说:"这不是阵雨,这雨还有得下。"

没错,没错,头儿。

文斯去行李厢拿大衣,车门都没关。寒冷的空气夹杂着海边的焦油、污水和粪肥的臭味一阵阵又向我们袭来,但是闻起来似乎有一种熟悉的味道,像是记忆中海滩的味道,虽然我从没去过海边。要么是塔桥,要么什么也不是。雷,为了你和我。这一切闻起来就像记忆深处的味道,就像捕虾笼的内壁。

文斯走了过来,我们又可以看见他了。他捧着我们所有人的衣服和外套,像个老爸一样,但是我们坐着没动。我想那是因为我们都被他吓了一跳。我们突然都被他吓了一跳。文斯在维克和伦尼头上方的车顶上狠狠地砸了一拳。伦尼本能地躲闪了一下,嘴张得老大,眼睛眨巴着瞪得老圆,跟只青蛙一样。"快点,走吧。"文斯说。维克打开了车门,文斯把大衣递给了他。接着,我也打开了车门,不过抱着坛子坐着没动,好像它太沉了拿不动似的。然后文斯走到他的座位那边,门是开着的,拔了车钥匙,把我的大衣丢在他的座位上。我抱着杰克,看着他,像在说,给你拿,你要吗?他说:"你抱着吧,雷。"他好像记起自己已经抱过杰克了,而他抱过的杰克的一部分已在途中遗失了。"你抱着吧。"他的意思是要我拿。他说:"我想我们用不着这个袋子了吧,对不对?"于是我把坛子提了出来,把袋子扔在了脚下。杰克·阿瑟·多兹。

雨越下越大了。于是我抓起大衣，下了车，伦尼也打开门，下了车。文斯递给他外套，替他关了门，上了锁。这样一来，我们就都置身于寒风和大海的咆哮声中，艰难地穿上我们的外套。我换了只手，戴上帽子，迎着风紧紧地抱着他，我不想把他放到柏油马路上。坛子被淋湿了，变得滑溜溜的。不会把它给打碎了吧？文斯没戴帽子，头发全湿了，披散了下来，但是我却已经戴上了帽子，现在我都怀疑自己该不该戴了。

"快点，快点，"他说，"我们走吧。"突然，这一切好像不矛盾了，我们花了一整天才到了这里，但是现在却又赶什么似的匆匆忙忙。在此之前你会想象，会憧憬，那该是不紧不慢的，隆重的，有条不紊的，也许再由维克念上那么几句悼词，像司仪那样，而不是现在这样匆匆忙忙地赶时间。要是我们早点到这儿的话，其实我们是可以做到的，这里就会一片宁静祥和，有阳光和充足的时间。但是我们好像是被天气给一路逼成这样的，似乎天气没和我们作对，反而帮了我们。似乎我们慢吞吞地走到了悬崖边上，再也无法回头。因为天马上就要开裂了。

码头比从远处看显得宽阔多了，和一条大路一样，这样我们应该不会把一身都给打湿了，至少不会被溅到水花。朝向大海那边本应是风浪最大的地方，但实际上却不是这样，那边筑起了一道一米多高的防护墙，和防御工事一样，只剩下残余的栏杆和灯柱，矮墩墩，锈迹斑斑，似乎很久以前你可以在上面无忧无虑地散步，当然，前提是别让风和海浪给卷走了。现在这里已经废弃了，台阶已经坍塌，在下面，我们现在走着的地方，有个牌子写着：**此处乃私人领地，闯入者后果自负**。因此，我们本可以有借口往回走的。不，走吧，杰克，我们一直都是在闯入别人的领地。不过，这样的天气里会有谁来阻止我们呢？周围一个人影都没有。再说，不管怎样，特事特办嘛。这就又成了驱使我们前进的一个理由。

这里宽敞而坚固。我很庆幸这里不是一个浪花四溅的防波堤。但是路面坑坑洼洼，这一个补丁那一个补丁，就算在天气好的时候也不容易行走。在那防护墙的内侧墙上有拱形的凹洞，里面满是瓦砾、锈罐头盒和各种垃圾，再往前一点，在那防护墙更高些的地方，有储物格和突出的顶棚，天知道里面藏了什么，有些地方的油漆被风吹雨打得掉色了，露出灰色的薄木板。

看起来就像一个垃圾堆，给人的感觉就是这样。

那里大概有一两百米长，两百米多一些吧，但是杰克说的是尽头，他指明了是尽头。我们继续走着，散得很开，似乎是天气逼着我们散开的，可不是我们自己想那样，似乎每个人都在和风雨做着小小的搏斗。我们靠着右边走，远离海面和掀起的浪花，但是时不时都有大浪掀起浪花溅到我们脸上，海浪哐哐地拍打在码头下方，像要把它也给掀了一样。正前方，在码头弧形的边缘里，你可以看见波浪涌过来，一座座山峰似的，像是一群疯狂的动物惶惶然争着到达海面，却又一次次地退去，所以拼命地甩动着自己的尾巴。我们一言未发。我们无法开口，我们各自分开了，我觉得自己无法说话，因为一股冲动在我体内油然升起，从胸膛那儿，杰克正在我胸前，包在我的大衣下，就像海浪在拍打着我的胸膛。

这出乎我的意料，我没想到会这样。似乎我身体的某一部分控制了我，告诉我该做什么，告诉我该怎么做。

文斯走在最前头，大概有三四米远，他是故意这样的。他一只手插在上衣口袋里，另一只手抓着衣领，裤子上还留着在肯特郡沾的泥巴。维克和他差不多并排走在一起，不过是走在他左边，离得很远，似乎一点都不在乎那些溅起的浪花。他抬着头，脸上有种木然的表情，有点像微笑。伦尼走在我后头，或者说我希望他走在我后头。也许我该转过身，帮他一把，抓住他的手臂牵着他向前走，但是这对我来说并不容易，因为我还抱着杰克。突然，文斯转过身来，看看我们是不是都跟上了。我走上去一把抓住了文斯的手臂，不再担心杰克了，我的另一只手和胸中的情感会把他照顾得好好的。我拽着文斯的手臂，拉着，捏着，对他说："你那一千块钱在我这，我会还给你的，我会告诉你怎么回事。"我很庆幸，因为有这巨大的风浪和涛声，我们不可能长篇大论地讲话，而这四处飞溅的浪花又让他无法捉摸我脸上的神色。但是文斯脸上表情鲜明而释然，像一道亮光突然闪过一样。他看起来很有耐心听我讲那个说来话长的故事，只不过眼前有件恼人的小事要做，他无法分心。我们都转过头看着伦尼，他驼着背，步履蹒跚，满脸通红，艰难地朝我们走来。等他靠近我们时，他说："我觉得埃米终究做出了明智的决定。"

  我们继续往前走，走着走着又散开了。维克走到了最前头，隔了有几码远。看起来维克要在这场赛跑中获胜了。胜利者维克。这时，大雨好像决定是时候该下来了。天空没什么变化，不过大雨开始倾泻而下。风夹着雨水横扫而来，似乎看着那些浪花想要打湿我们一身却又一次次无功而返，它都看得不耐烦了，于是，不到几秒钟我们就全湿透了，雨水顺着鼻子和脸颊直淌下来，但是我已经无所谓了。不知是狂风让雨水变得更轻还是雨水缓和了狂风的暴烈，反正觉得有了雨水一切都更柔和，更有安全感，就像我们已经身处其中，再也无须担心下雨的事了。海湾对面的灯光模糊而朦胧，好像挂着一个转动的巨幅薄纱卷帘似的，风浪也不再显得如此狂暴了，或许维克关于这不是阵雨的论断是错的，因为远处天边，陆地那边，隐约露出了亮光。我们选的真是时候。

现在已经快到了。我不知道我是真的说出来了还是在脑子里说的，但是我说了："快到了，杰克。"我紧紧地抱着他，"就快到那儿了。"现在我们已经走到码头的弧顶了，透过茫茫的雨幕你可以看见马盖特的中心地带，就像在海对岸一样，不同的土地。你可以看见海滨阶梯和我们刚才经过的一排排的房子，灯光在闪烁，像一些玩具房子在向我们招手，告诉我们，我们在这呢。在它们后面，在苍白的天空的映衬下，你可以看见摩天轮的轮廓，还有那个巨大的长柄斗，你甚至会想象，现在可能有些无聊的疯子正坐在上面，坐在吱吱作响的转箱里，在风雨中又喊又叫，好像他们比我们更疯狂。

维克已经走到尽头了。他在那儿站了片刻，四处张望。桥上的头儿。在他头顶上有盏港口的大灯挂在塔上，像一座微型的灯塔，但是他站的那个地方好像只有一个石砌的平台和一个陡坡。他开始踱来踱去，在等我们。看起来维克先到是对的，去视察一下哪个地方好，检查一下设施，要是有什么不符合要求可不行。我们上前走到他边上，他转过身来，看着我们，落落大方地站得笔直，好像风都决定了要绕着他吹过一样。他抛给我们一个他惯有的微笑，把目光专门集中在了我身上。

他说："到了。"但是那儿什么也没有，只有一些巨大的石板排列得跟旗子一样，满是坑坑洼洼和凹凸不平的地方，还有一堵低矮的花岗岩墙，和人行道边上的路缘石差不多，破旧不堪，还有风，还有雨，还有浪花。一边波涛在汹涌地撞击着，击起千层浪；而另一边波浪却在汩汩地蠕动，像在表达着某种歉意。一边是马盖特和梦幻之乡，另一边则是无垠的大海。不过这海也不是无垠，因为我们可以从防护墙的尽头看到它，一堆锈迹斑斑的旧钢架耸出水面，有两三百米长，海浪在它的周围奔腾，就像倒塌的桥梁一样。

"那是防波堤,"文斯迎着风大喊道,"那是防波堤,还有一部分没被冲走呢。"

我听到伦尼说:"今天就可能被冲了。"

我们走到尽头了,我捧着杰克。我想你知道到了尽头该做什么。我总觉得应该停留片刻,花点时间整理一下最后的思绪,也许有人想说点什么并且还要做个开始的手势。那种迟疑不决的情形就像你和陌生人坐在一起吃饭的时候,你会这儿看看那儿瞧瞧,因为你拿不准他们到底会不会做饭前祷告。但是,我没有迟疑。我把坛子从大衣下拿出来。杰克·阿瑟·多兹。我没有说话,一只手把它抱在怀里,拧开盖子,好像没什么大不了的。这时,雨小些了,像雨幕裂开了一道缝,时间不长不短,刚好适合抛撒骨灰,这就是明显的开始的手势。我们走到尽头了。我说:"在生命的尽头,他走的时候在做什么呢?"埃米答道:"那时他坐在床上听收音机,护士说的,然后他麻利地取下耳机,说了一句:'好了,一切都好了。'后来,护士有事走开了一会儿,当她回来时就发现他已经死了。"我拧开盖子,把它塞到口袋里,然后我背对着风捧着坛子递了出去。我说:"来吧。"好像捧的是糖果或者配给品。现在得悠着点了,一个一个来,一次只放得下一只手。伦尼第一个把手伸进去,抓出一把,手指缝里漏了些出来。维克说:"尽量把你们的手擦干点。"说着他就拿出手绢来擦手。我明白他说的是什么意思。把手擦干了,这样杰克就不会沾在我们手上,这样我们就不会把杰克沾在我们手上。但是我没有手绢,我从没想到会用得着这个。今天也好,哪天也好,我从没想过要带手绢。这时,维克把手伸进坛子,抬起手抓了一把出来。接着,文斯卷起了袖子,可是他犹豫了一下,好像要说:"你先吧,阿雷。"因为他已经伸过手了,已经抓过一把了,或者他仅仅是想要我先来吧。然而,我知道又要抱着坛子又要伸手去抓那是很不容易的,于是我说道:"继续吧,文斯,继续。"他抓了一把。他们都走到矮墙的避风处,伸直着手,握紧了,好像他们每个人都抓着一只要放飞的小鸟。我们得一起行动,所以他们在等我。维克说:"如果我是你,就不会走得太靠边的,风会把它带走的,让风把它带走吧。"他还真把我们当傻瓜了。干脆给我们发根安全带算了。我知道我得动作快点,就像播种一样,只有一只手是空着的,所以我走到墙边,把坛子口转到背风的方向,伸手进去,抓起一把到罐口。软软的、颗粒状的,有些发白,就像海边的白色细沙。然后,我就挥手把它撒了出去。他们肯定也是同时撒出去的,但是我没有看他们,我只是盯着那些撒出去的灰烬,说道:"再见了,杰克!"我是对着风说的。他们也说道:"再见了,杰克!"

维克说得没错。风把它带走了,一眨眼,在电光火石之间,就被卷走了。瞬间即逝。然后我又双手捧着坛子,很快往里瞟了一眼,说:"来吧,来吧!"他们都拥过来准备再抓。四个大男人,每人抓两次,就所剩无几了。他们又伸手进去抓,一个接一个。一把福气啊。我也抓了一把,我们再一次同时撒了出去,划出一道白色的细轨迹,烟雾一样,瞬间就被吹散。几只海鸥不知从哪里扑了过来,却又马上盘旋着飞走了,好像被骗了一样。这时,我知道坛子里剩下的不够我们全部人再来一轮了,所以我自己先把手伸进了坛子,他们似乎并不介意。我的手在坛子里刨了又刨,像那些打洞的动物一样。我知道最后我得举起坛子拍一拍,就像你把一桶玉米片吃到见了底一样。一把,两把,只有两把了。我说:"再见了,杰克。"大海,天空,海风,全都融为了一体,然而我想,就算没有融为一体也没关系,因为我的眼睛早就模糊了。维克和文斯的脸白糊糊的一团，而伦尼却容光焕发，像个灯塔一样；越过海面，你可以看见马盖特的灯光。你可以站在马盖特码头的尽头看到海对面的梦幻之乡。我撒下了最后的一把骨灰——那群海鸥又一次飞扑过来，我举起坛子抖了抖，似乎我连它也要扔进大海，坛子里有杰克·阿瑟·多兹，只留下我们的灵魂，手中的骨灰——那个曾和我们一起走来走去的杰克——随风而逝了，在风中飞舞着，旋转着，直到灰变成了风，风变成了杰克，和我们融为了一体。

图书在版编目 (CIP) 数据

最后一单酒 /（英）格雷厄姆·斯威夫特著；郭国良，陈礼珍译.
－北京：北京燕山出版社，2017.3
ISBN 978-7-5402-4458-3

Ⅰ.①最… Ⅱ.①格…②郭…③陈… Ⅲ.①长篇小说—英国—现代
Ⅳ.①I561.45

中国版本图书馆 CIP 数据核字 (2017) 第 065372 号

Last Orders
Copyright: ⓒ 1996 by Graham Swift

最后一单酒

［英］格雷厄姆·斯威夫特 著
郭国良 陈礼珍 译
丛书策划 / 赵东明
责任编辑 / 尚燕彬 朱 菁
装帧设计 / 小 贾 张 佳

北京燕山出版社出版发行
北京市西城区陶然亭路 53 号 邮编 100054
全国新华书店经销
北京中科印刷有限公司印刷

开本 850×1168 1/32 印张 8.5 字数 192,000
2017 年 5 月第 1 版 2017 年 5 月第 1 次印刷

定价：45.00 元

版权所有 盗版必究